Für meine Schwestern und besten Freundinnen,
was letztlich auf dasselbe hinausläuft:
Laurie, Jane, Julie
&
Bethany, Dena, Kirsten, Mikaela, Susannah

DIE WELTEN VON

STAR TREK
DEEP SPACE NINE®

ANDOR

PARADIGMA

HEATHER JARMAN

Based on

Star Trek: Deep Space Nine

created by Gene Roddenberry

Ins Deutsche übertragen von

Christian Humberg

cross cult

Die deutsche Ausgabe von DIE WELTEN VON STAR TREK – DEEP SPACE NINE: ANDOR – PARADIGMA
wird herausgegeben von Amigo Grafik, Teinacher Straße 72, 71634 Ludwigsburg.
Herausgeber: Andreas Mergenthaler und Hardy Hellstern, Übersetzung: Christian Humberg;
verantwortlicher Redakteur und Lektorat: Markus Rohde; Lektorat: Katrin Aust und Gisela Schell;
Satz: Rowan Rüster/Amigo Grafik; Cover Artwork: Martin Frei;
Print-Ausgabe gedruckt von CPI Moravia Books s.r.o., CZ-69123 Pohorelice. Printed in the Czech Republic.

Diese Geschichte ist Teil der Originalausgabe:
WORLDS OF STAR TREK: DEEP SPACE NINE Vol. 1 (CARDASSIA & ANDOR)

Print ISBN 978-3-86425-030-9 (August 2012) · E-Book ISBN 978-3-86425-053-8 (August 2012)

WWW.CROSS-CULT.DE · WWW.STARTREKROMANE.DE · WWW.STARTREK:COM

Historische Anmerkung

Diese Geschichte spielt im November 2376 (Alter Kalender), etwa vier Wochen nach dem Ende des STAR TREK – DEEP SPACE NINE-Romans *»Einheit«*.

We all begin with good intent
Love was raw and young
We believed that we could change ourselves
The past could be undone
But we carry on our back the burden
Time always reveals
In the lonely light of morning
In the wound that would not heal
It's the bitter taste of losing everything
That I've held so dear.
Though I've tried, I've fallen ...

- Sarah McLachlan

Wir alle beginnen mit guter Absicht
Die Liebe war roh und jung
Wir glaubten, wir könnten uns ändern
Die Vergangenheit könne ungeschehen gemacht werden
Doch auf unseren Rücken tragen wir die Last
Die die Zeit stets offenbart
Im einsamen Morgenlicht
In der Wunde, die nicht verheilt
Es ist der bittere Geschmack des Verlustes von allem
Das mir so lieb gewesen.
Ich habe es versucht, doch ich stürzte ...

Aus *Die Sage der Spaltung:*

Also erhob sich Thirishar, das Schwert in Händen, trat zum Torwächter Uzavehs und sprach: »Ich habe getan, wie dein Herr es verlangte. Der Prüfungen sind keine mehr. Daher lass mich nun ziehen, oder teile das Schicksal jener, die gesandt wurden, meiner Quest ein Ende zu bereiten.«

Doch in ihrem Beharren auf Einlass war diese aus wenig mehr denn dem Staub des Universums bestehende Kreatur ein Quell der Belustigung für Uzaveh den Unendlichen, der auf dem Thron des Lebens saß. Um dem Torwächter den Tod durch des Kriegers Klinge zu ersparen, bat Uzaveh Thirishar herein.

Thirishar beschritt den Pfad des Lichts mit Stolz. Niemand vor ihm hatte Uzavehs Prüfungen gemeistert, und so glaubte er, der Leere Thron neben dem des Unendlichen, der Thron der Geheimnisse, gehöre nun ihm, dem Größten unter den Sterblichen. Hatte er sich dieses Recht nicht verdient?

Doch der weise Uzaveh, allmächtig und allwissend, der Ewige und Unendliche, wusste, dass der Krieger die Kraft und den Verstand besaß, jedwede Herausforderung zu überstehen, außer einer einzigen.

Also hob Uzaveh die Hand, und Thirishar blieb stehen.

»Bist du Eins?«, flüsterte Uzaveh mit einer Stimme, die das Universum erbeben ließ.

Den Krieger verwirrte die Frage. »Ich bin Thirishar. Ich erhebe Anspruch auf den Leeren Thron.«

»Nein«, entgegnete Uzaveh. »Unwürdig bist du, denn du bist noch nicht Eins.«

Da erzitterte Thirishar und kniete vor dem Uzaveh nieder. Zum ersten Mal begriff der Sterbliche seine Arroganz und seine Eitelkeit, die ihn hierher geführt hatten.

Uzaveh aber zeigte sich gnädig.

Nicht der Tod sollte Thirishars Schicksal sein.

»Stattdessen«, verkündete Uzaveh, »seien aus einem vier gemacht.

Dem Ersten sei das Wissen gegeben, ein Beschützer zu sein - ein gewitzter Krieger, der für die Zukunft kämpfe.

Dem Zweiten sei Stärke geschenkt, sodass er zum Fundament werde, auf dem die anderen bauen.

Einem sei das Blut gewährt, der Lebensstrom, der zwischen allen fließe, sie nähre und versorge, wann immer das Fleisch schwach werde.

Und dem Letzten sei Leidenschaft geschenkt, denn die Flamme des Verlangens wird allen den Wandel bringen und sie wärmen, wenn die Kälte am bittersten ist.«

So wurden aus Thririshar vier: Charaleas wurde die Weisheit, Zheusal wurde die Stärke, Shanchen wurde das Blut, Thirizaz wurde die Leidenschaft. Gemeinsam bildeten die vier die Erste Sippe.

Uzaveh verbannte die vier in die entlegensten Winkel des Königreiches. Als er sie dort sah, dem Throne fern und jämmerlich allein, wies er jedem von ihnen einen Wächter zu.

Fortan nährte der Feuerdämon Thirizaz' seelenverschlingende Leidenschaft. Die sanfte Shanchen wurde zum Gefäß des Wassergeistes und für immerdar gebunden an die Ewigliche Liebe, welche da fließt aus Uzavehs Thron. Die starke Zheusal fand einen Beschützer im Erdreich. Und die Sterne, deren Licht selbst in schwärzester Nacht besteht, wiesen Charaleas' Weisheit den Weg.

»Wenn ihr Eins seid, wie ich Eins bin«, sagte Uzaveh, »dann mögt ihr euch mir erneut nähern und euren Platz an meiner Seite einnehmen.«

– Der *Liturgie des Tempels des Uzaveh* entnommen, einem Kodex aus dem dritten Jahrhundert

Kapitel 1

Prynn Tenmei stand am Scheideweg des Universums, blickte auf und fühlte sich mit einem Mal ganz und gar unbedeutend.

Von seinem breiten Fuß am Andockring bis zu der winzigen Schleuse in knapp einem halben Kilometer Höhe präsentierte sich der gebogene Turm namens Oberer Pylon eins als gewaltige Wand aus Metall, die schmaler wurde, je weiter sie Prynn überragte. Ihre graue Plattenoberfläche war ein krasser Gegensatz zum strahlenden Licht, das von Bajors ferner Sonne herüberschien.

Das *wäre mal ein Schwerelosigkeitsmarsch, den man nie vergisst*, dachte Prynn. Nur widerwillig lenkte sie ihre Aufmerksamkeit weg von der Station und zurück zu ihrer eigentlichen Aufgabe.

Mit jedem Schritt, den sie über die Außenhülle der *Defiant* machte, wuchs ihre Gewissheit, endlich den Ort gefunden zu haben, an dem sie niemand finden würde. Vor allem nicht Shar. Wenn er nicht pünktlich zu ihrer Verabredung erschien - ihrer Holodeckreservierung, wie sie sich schnell korrigierte -, dann durfte er auch nicht erwarten, dass sie brav im Quarks auf ihn wartete. Einen Vorteil hatte es, schräge Eltern zu haben: Mit den Jahren hatte Prynn ein Talent fürs Verschwinden entwickelt, und ein Weltraumspaziergang war definitiv eine Form des Verschwindens. Schließlich war die Wahrscheinlichkeit, im luftleeren Raum - nicht gerade der Szenetreff der Station - überhaupt jemandem (*Shar!*) zu begegnen, gleich null. Und außerdem konnte die *Defiant* Prynns Hilfe gut gebrauchen. Beim letzten Flug mit dem Schiff war ihr eine Diskrepanz in den

Messwerten aufgefallen, und bevor die Ingenieure für sie Zeit hatten - laut denen ohnehin kein Anlass zum Handeln bestand -, war sicher B'hava'el erkaltet.

Nein, Prynn wartete nicht gern.

Auf halbem Weg über die Oberseite des Schiffes hielt sie an und korrigierte die Einstellungen ihrer Schwerkraftstiefel, sodass sie nicht befürchten musste, ins All abzudriften, aber dennoch ein paar Akrobatikübungen machen konnte. Mit Schwung im Schritt fielen einem die gelegentlichen Purzelbäume und Überschläge in der Schwerelosigkeit gleich viel leichter. Die Phobien, die manche Leute gegenüber Weltraumgängen entwickelten, konnte Prynn nicht nachvollziehen. Natürlich gab es Risiken wie Störungen der Luftzufuhr oder das Abdriften, doch solche Unfälle passierten in höchstens einem von fünfzig Fällen. Als Prynn zuletzt ein solches Problem hatte, hatte der Transporterchief sie zurück an Bord gebeamt, bevor die Hypoxie einsetzte. Aus ihrer Sicht wogen die Freuden der Schwerelosigkeit die paar Risiken mehr als auf. Prynn genoss es, sich völlig frei von terrestrischen Zwängen zu fühlen. Vor die Wahl zwischen Arbeitsbiene und Raumanzug gestellt, würde sie sich stets für letzteren entscheiden, so viel stand fest. Außerdem war die *Defiant* so etwas wie ihr Baby. Als leitende Pilotin kannte sie die Bedürfnisse des Raumschiffs besser als nahezu alle anderen - auch als die Ingenieure, die nur *glaubten*, es besser zu wissen. Als sie ihnen von den Temperaturschwankungen im Hüllenbereich Z-47 berichtete und eine außerschiffliche Analyse vorschlug, hatten die Ingenieure - konkreter gesagt: hatte *Senkowski* - nur abgewunken. Prynn vermutete, dass auch er zu denen zählte, die schlicht nicht begriffen, wie viel Spaß eine Reparatur im Raumanzug bereithielt.

Beim ersten Auftauchen der Schwankungen hatte sie Senkowski gesagt, sie glaube, das Problem identifizieren zu können, wenn sie es aus der Nähe sähe. Doch er war blass geworden - was für einen so bleichen Typ eine echte Leistung war - und hatte gemurmelt, er müsse die Sensoren rekalibrieren. Bei der letzten Kontrolle vor zwei

Tagen waren dieselben Werte wieder aufgetreten, und als Prynn ihn damit konfrontierte, sagte er, die Fluktuation sei statistisch nicht signifikant und sie entschieden zu neurotisch. Okay, er sagte nicht wirklich »neurotisch«, aber sie sah ihm an, dass er es dachte. Sein Gesichtsausdruck machte kein Geheimnis daraus, dass er Angst vor einem Einsatz im Raumanzug hatte. *Von wegen statistisch nicht signifikante Werte. Feigling!*

Prynn bückte sich und strich über die Außenhaut des Raumschiffs. Ein visueller Scan der Hüllenpanzerung hatte keine Beweise für die Existenz eines Problems geliefert. Doch Prynn glaubte recht gut zu erahnen, was dem alten Mädchen fehlte. Sie tat einen weiteren Schritt, machte einen Überschlag, kam mit der Stiefelspitze auf der Außenhülle auf und machte einen weiteren Überschlag. Das war schneller - und lustiger -, als den Rest des Weges zu gehen. Und doch hielt sich der Spaßfaktor dieses Mal in Grenzen. Beim Orbitalsprung in der Holosuite wäre er größer gewesen.

Besser gesagt, beim Orbitalsprung mit Shar. Ach, verflucht!

Es passte nicht zu ihm, sie zu versetzen. Nog war eher der Typ, der sich nach besseren Angeboten umsah. Shar aber erschien stets sogar vor der vereinbarten Zeit. Genau deswegen war Prynn so irritiert gewesen, als er an diesem Abend nicht auftauchte - noch dazu ohne Vorwarnung! Sie hatte im ersten Stock des *Quark's* gesessen und an einem Kernbruch genuckelt, aus dem schnell ein zweiter geworden war, und gar nicht groß darauf geachtet, wie viel Zeit verstrichen war, doch als ihr endlich eingefallen war, den Computer nach der Uhrzeit zu fragen, war Shar bereits fünfundvierzig Minuten zu spät gewesen. Der Versuch, ihn mittels Interkom zu erreichen, hatte sich schnell als Zeitverschwendung herausgestellt, er nahm ihre Anrufe nicht entgegen. Dann war Treir erschienen, um Prynns dritte Bestellung aufzunehmen, und hatte sie dabei derart mitleidig angesehen, dass Prynn den Wink verstand. Sie beglich die Zeche und verließ schnellstens das Lokal. Ihr Schiff brauchte sie, auch wenn Shar es nicht tat. Abermals erinnerte sich Prynn, warum sie Beziehungen aus dem Weg ging: Partnerschaften machten aus stabilen, rationalen Individuen Wesen, die sich, um ihr Verhalten zu rechtfertigen, einer Logik bedienten, die an Zeitreiseparadoxien erinnerte und einem die Hirnwindungen verknotete. Damit wollte sie nichts mehr zu tun haben. *Ein für alle Mal.*

Oder waren die Männer an allem schuld? Vor einigen Jahren hatte Prynn etwas mit einem gutaussehenden rebellischen Kadetten angefangen, der ihr aber schnell deutlich gemacht hatte, kein Interesse an einer Beziehung, sondern nur an Sex gehabt zu haben. Hochgradig erniedrigt, hatte Prynn danach eine Kommiliton*in* angesprochen, eine Pilotin. Sie war zu der Erkenntnis gelangt, dass ihre bisherigen Katastrophen im Bereich Romantik weniger dem Pech zuzuschreiben waren als einem irreparablen Defekt des männlichen Geschlechts. Schließlich waren Männer emotionale Krüppel, wenn es um Romanzen ging, oder etwa nicht? Prynns Argumentation war einleuchtend gewesen: Vermeide das Geschlecht und du vermeidest den Fehler. Doch als sich endlich die Gelegenheit bot, die Kommilitonin um ein Date zu bitten, kamen zu Prynns eigenem Erstaunen ganz andere Worte aus ihrem Mund: »Unglaublich, was für ein Vollidiot dieser Jack DiAngelo ist, oder?« Den ganzen Abend lang hatten sie danach an der Bar gesessen und sich gegenseitig ihre Beziehungsgruselgeschichten erzählt. Seit jenem Tag war Prynn überzeugt, dass sie der alte Spruch »Männer - man kann nicht mit ihnen leben, darf sie aber auch nicht töten« bis ins Grab verfolgen würde.

So ungern sie es sich auch eingestand, hatte sie insgeheim gehofft, der einer anderen Spezies angehörige (Quasi-)Mann Shar möge sich nicht so dumm anstellen wie seine Geschlechtsgenossen jedweder anderen Hautfarbe, planetaren Abstammung und körperlicher Form.

Und, so seltsam es auch war, bis zum heutigen Abend war er auch perfekt gewesen. Nicht ein Mal hatte Prynn das Gefühl gehabt, ihre knospende Beziehung bereite ihm Unbehagen. Natürlich war es kurzzeitig seltsam gewesen, als Prynn das Thema vor einigen Monaten erstmals aufbrachte, doch sie hatten diesen Punkt schnell hinter sich gelassen und ihren eigenen Rhythmus gefunden, der aus gemeinsamen Mahlzeiten, Sport- und Unterhaltungsaktivitäten sowie Besuchen der Holosuite bestand.

Nach einigen Wochen, in denen Prynn die Annäherungsversuche hatte machen müssen, hatte er die Initiative ergriffen. Auch der heutige Ausflug in die Holosuite war seine Idee gewesen. Shar schien ihre Gesellschaft zu genießen und öffnete sich zusehends. Erst kürzlich hatte er seine Gefühle über den Tod von Thriss mit Prynn geteilt und erklärt, warum er seine Bündnispartner allein nach Andor hatte aufbrechen lassen. Während sie ihm zuhörte, hatte Prynn mit ihm gelitten und begriffen, welch großes Vertrauen er ihr auf diese Weise schenkte. Sie konnte sich nicht erinnern, wann sie zuletzt jemandem so nahe gewesen war wie Shar in diesen Momenten. Ihre emotionalen Narben und chaotischen Familienverhältnisse boten ihnen massig Gesprächsstoff, doch was sie wirklich aneinander band, war das Gefühl, vom anderen tatsächlich verstanden zu werden - so, wie es nur jemand konnte, der dasselbe durchlebt und überstanden hatte. Shar bedeutete ihr etwas. *Viel sogar*, gestand sie sich ein, auch wenn es sie wütend machte. *Warum hab ich mich nur so tief in diese Sache hineinziehen lassen?* Sie löste den Trikorder von ihrer Hüfte und begann ihren Scan der *Defiant*-Hülle. *So weit sind wir schon, und doch kapiere ich erst jetzt, was eigentlich läuft. Wie sich Shar dann wohl fühlt?*

Unter Druck gesetzt. Vielleicht sogar eingesperrt. Trotz ihrer Versicherungen, nichts weiter als seine Freundschaft zu wollen. *Mach dir nichts vor, Tenmei: Für dich war dieser Holosuite-Abend ein Date. Das hat er gespürt und ihn »vergessen«, um dich nicht zu verletzen.* Sie fluchte leise, biss die Zähne zusammen und seufzte voller Selbstverachtung. Sie verdiente es nicht anders, als versetzt zu werden. Ein selbstgewähltes Weltraumexil war eine angemessene Bestrafung. *Du bist dämlich, Tenmei. Dämlich, dämlich, dämlich.*

Sie fand den Bereich, den ihr Trikorder als Z-47 auswies, hockte sich hin und begann einen neuen Scan. In einem zwei Zentimeter durchmessenden quadratischen Teil der ablativen Panzerung hatten sich submikroskopische Hohlräume geöffnet, wodurch das Metall anfälliger für Mikrofrakturen wurde. Technisch gesehen hatte Senkowski demnach recht: Ein so kleiner Schaden würde die Schiffsleistung in absehbarer Zeit nicht beeinträchtigen. Prynn wusste jedoch, dass der Bereich langfristig gesehen porös werden würde und ausgetauscht werden müsste. Sie grinste. Sie liebte es, recht zu behalten.

Sie führte einen Tiefenscan der befallenen Hüllenplatte durch und kartografierte jeden einzelnen Mikrometer, um Senkowski, Leishman und den anderen die Reparaturen zu erleichtern.

»Prynn.«

Sie zuckte zusammen. Was da aus dem Interkom ihres Helmes erklang, war Shars Stimme. Prynn überlegte noch, ob sie ihn ignorieren sollte, als sich ein Schatten über die Hülle vor ihr bewegte. Überrascht wirbelte sie herum und sah eine Gestalt in einem Raumanzug hinter sich stehen. Der Hauch von Blau, der durch das Sichtfenster schimmerte, sagte ihr alles, was sie über ihren Besucher wissen musste. Sie versteifte sich. »Was machst *du* denn hier?«

»Es schien mir die perfekte Tageszeit für einen Spaziergang zu sein.«

»Sehr witzig.«

»Nog bringt mir gerade Sarkasmus bei. Allem Anschein nach ist das ein bedeutender Faktor in der interpersonellen Kommunikation der Ferengi.«

»Wie wissenschaftlich von dir.«

Für einen langen Augenblick standen sie sich stumm gegenüber. Prynn weigerte sich, ihrem Impuls nachzugeben und ihn zu fragen, was zum Donnerwetter er vorhatte.

»So schön der Denorios-Gürtel von hier aus auch aussieht, könnten wir unser Gespräch bitte drinnen fortsetzen?«

»Welches Gespräch? Ich habe gearbeitet, bis du mich gestört hast.«

»Mein Fehler von vorhin tut mir leid. Es war keine Absicht ...«

»Halb so wild. Wie gesagt, ich hatte zu tun. Hohlräume in der ablativen Panzerung.«

»Die können ernste Folgen haben. Ist die Defiant *noch flugtauglich?«*

»Jetzt und noch für etwa ...« Sie hielt inne, schluckte und kam sich bescheuert vor. »... etwa sechs Monate.«

»Gut, dass du dich heute darum kümmern konntest. Es war ja ganz offensichtlich dringend.«

Prynn biss die Zähne zusammen und atmete tief durch. »Spar dir den Sarkasmus bitte. Ich werd Nog sagen, dass du ihn beherrschst und dich jetzt anderen Studien widmen kannst. Zum Beispiel vermeintlicher Ehrlichkeit.«

Er zögerte.

Prynn wusste, dass er sie musterte und - ein Hoch dem Raumanzug! - vergeblich zu deuten versuchte. Ihr Blick wanderte zum Trikorder. Sie prüfte die Messungen, übertrug die Daten an den Maschinenraum der *Defiant* und bedauerte, keine blinkenden Lampen um Senkowskis Konsole errichtet zu haben und nicht in riesigen Lettern ein *Siehste!* auf seine Displays zaubern zu können.

*»*Zhavey *kontaktierte mich heute Abend via Subraum. Sie bat mich, heim nach Andor zu kommen.«*

Prynn sah auf. Shar war nähergetreten. Ihre Blicke trafen sich. Sie studierte sein Gesicht. »Im Ernst?« Ein Monat war seit Bajors Föderationsbeitritt und Charivretha zh'Thanes Aufbruch aus dem System vergangen, und seitdem hatten *Zhavey* und Kind keinerlei Kontakt gehabt. Ganz zu schweigen davon, dass Shar keinen Zweifel daran gelassen hatte, alle Brücken nach Andor hinter sich verbrannt zu haben. »Du wirst nicht gehen, richtig?«

»Ich würde das gern besprechen.« Er machte eine lange Pause. *»Mit jemandem, dem ich traue.«*

Sie errötete vor Scham, Erleichterung und Freude gleichzeitig. »Oh.

Okay.«

»Der Shuttlehangar ist gerade leer. Kommst du mit?«

Ihr war, als höre sie ein Lächeln in seiner Stimme.

Als Prynn die Arme aus dem Raumanzug schälte, glitt ihr ein Träger ihres Tank-Tops von der nun nackten Schulter, und sie wusste, dass Shar, der bislang nur den Helm ausgezogen hatte, sie ansah. Einen Moment lang hielt sie inne, genoss seine Aufmerksamkeit und seinen Blick auf ihrem Körper. Er wird dir das Herz brechen, wenn du ihn lässt. Sie zog den Träger wieder hoch, kämpfte sich aus dem Rest des Anzugs und hängte ihn in den in die Wand des Hangars eingelassenen Ausrüstungsschrank.

»Also«, sagte sie dann und drehte sich um. »Was läuft da mit deiner Mutter?«

Shar atmete tief durch. Seine Antennen bogen sich und zitterten leicht vor Anspannung, ansonsten verriet seine Haltung nichts. »Die Andorianische Visionistenpartei, die vehementeste Opposition zu *Zhaveys* Modernen Progressiven, steht kurz davor, genug Stimmen in den planetaren Bezirken zu erhalten, um die Progressiven aus dem Kabinett zu vertreiben - und *Zhavey* von ihrem Sitz im Föderationsrat.«

»Das ist übel. Ich weiß, wie viel der Rätin ihre politische Karriere bedeutet.« *Ähnlich viel wie Vaughn die in der Sternenflotte*, fügte sie in Gedanken an. »Aber was hat das mit dir zu tun?«

Als Shar den Raumanzug ablegte, fiel ihr eine graublaue Kette um seinen Hals auf. »Die Oppositionellen behaupten, meine *Zhavey* habe keinen Draht zu den Andorianern mehr«, sagte er. »Sie sei ein Werkzeug der Föderation geworden und nicht länger eine Repräsentantin, der es um die Interessen unseres Volkes geht. Und sie führen meine Weigerung, für das *Shelthreth* nach Andor zurückzukehren, als Beweis dafür an, dass sie nicht nur als Ratsmitglied, sondern auch als Elternteil versagt habe.«

Prynn pfiff leise. »Heftig.«

Shar nickte.

»Was kümmert es die, ob du dein Bündnis auslebst oder nicht? Ist das nicht *deine* Sache? Deine Entscheidung? Ich wüsste nicht, was das mit Vretha zu tun haben soll.«

»In den Augen einiger hat ein Zeugungsverzicht Auswirkungen auf alle, Prynn, nicht nur auf den Einzelnen. Jede vertane Chance erhöht die Last, die auf den Schultern meines Volkes ruht. Und ob es mir gefällt oder nicht - ich bin auf Andor kein Niemand.«

Sie sah ihn fragend an.

»Ja, ich bin Charivrethas *Chei*«, sagte er. »Aber seit Anichent meinen heimischen Kollegen in meinem Namen die Yrythny-Eier übergab, ist mein Bekanntheitsgrad noch gestiegen. Dann wäre da noch Thriss' *Zhavey*. Vor tausend Jahren wäre Sessethantis zh'Cheen Erste Prinzessin einer der herrschenden Familien von Andor gewesen. Zwar entstammt unsere Regierung schon seit fünf Jahrhunderten nicht mehr dem Erbadel, doch es gibt noch viele - unter ihnen die Visionisten -, die jene Familien besonders achten. Thriss' Selbstmord war ein herber Schlag - nicht nur für ihre Sippe.«

»Lass mich raten: Thriss' *Zhavey* ist eine hochrangige Visionistin.«

»Sie steht der Partei in der Archipel-Region vor, einer unserer am dichtesten besiedelten Gegenden.«

»Vretha will also, dass du nach Andor kommst, um ihr zu helfen, vor Thriss' einflussreicher Familie zu bestehen«, fasste Prynn zusammen. »Und um ihren Wählern zu zeigen, dass die Visionisten ihr Unrecht tun.«

Shar nickte, hängte seinen Anzug weg und schloss den Schrank.

»Was springt für dich dabei raus?«

Der erste Anflug eines Lächelns umspielte seine Augen. »Sie würde sich öffentlich für das Ganzheitsgesetz aussprechen, das Bündnispartnern die Trennung gestatten soll. Danach zöge sie sich aus allen Ämtern zurück, in denen sie meine Karriere beeinflussen kann. Ich soll einwilligen, sie zu treffen, wenn sie geschäftlich in der Nähe ist. Abgesehen davon ließe sie mich in Ruhe.«

»Ohne Haken?«
»Sie hat's versprochen.«
»Und du glaubst ihr?«
»Ich möchte es.«
»Aber ...?«
Shar sagte nichts.

Er musste es nicht. Selbstverständlich wollte er seiner *Zhavey* glauben und darauf vertrauen, dass sie sein Bestes wollte. Doch die Vergangenheit hatte ihn anderes gelehrt. Prynn begriff, welchen inneren Kampf Shar ausfechten musste. Solange sie sich zurückerinnern konnte, kämpfte auch sie - darum, sich ein von Vaughn unabhängiges Leben zu ermöglichen. Trotzdem war dieses fast schon magische Sehnen nach seiner Anerkennung nie vergangen. Typisch Eltern! Einerseits schenkten sie dir das Leben und hatten somit das Recht, Erwartungen zu stellen, andererseits zögerten sie in Prynns Erfahrung auch nicht, ihre Kinder mit Füßen zu treten, wenn ihre eigenen Bedürfnisse nach Aufmerksamkeit verlangten.

Ihr vorheriger Zorn war verebbt, Prynn trat näher zu Shar und bedeutete ihm, Platz zu nehmen. Gemeinsam hockten sie sich im Schneidersitz aufs Deck, Schulter an Schulter. Prynn drehte den Kopf, suchte nach seinen Augen. Er spürte es und erwiderte ihren Blick. Vergeblich suchte Prynn in seiner Miene nach Hinweisen für Täuschungs- und Manipulationsversuche. *Er ist genau das, was ich von ihm dachte.* Sie seufzte tief und lehnte sich gegen die Wand. Dabei streifte ihr Arm versehentlich seinen, und sofort spürte Prynn, wie Shar sich versteifte. Sie wagte nicht zu atmen, und wartete auf seine Reaktion.

Er ließ den Arm, wo er war.

Einen Moment lang saßen sie schweigend da. In Prynns Gedanken überschlugen sich Möglichkeiten, Impulse und Erinnerungen. Sie spürte, welche Last Vretha ihrem Freund aufgebürdet haben musste, indem sie ihn zur Heimkehr bat, und sie wollte Shar von dieser Last befreien. Ihm sagen, er solle sein eigenes Leben leben, ohne einen

Gedanken an die Wünsche seiner *Zhavey* zu verschwenden. Doch unter der Oberfläche ihres Beschützerinstinkts erkannte Prynn, dass es ihre eigene Furcht war, aus der heraus sie sich wünschte, er würde sich gegen Vretha auflehnen. Denn falls Shar Deep Space 9 verließ, mochte er sich auf eine Weise an Andor binden, die ihn dort hielt - ein für alle Mal. Und Prynn war noch nicht bereit, ihn zu verlieren, aufzugeben, was sie haben könnten. Der Schmerz, den Vaughns Entscheidungen und der erneute Verlust ihrer Mutter ihr bereitet hatten, war leichter geworden, wann immer sie Zeit mit Shar verbrachte, und sie glaubte, ihm umgekehrt genauso geholfen zu haben. Sie *konnten* sich noch nicht trennen. *Aber er erhofft sich meinen Rat, vertraut mir. Was immer ich mir wünsche, was ich auch fürchte ... Er ist wichtiger.*

»Sag mir die Wahrheit«, bat sie. »Wird sie zu ihrem Wort stehen?«

»Die Wahrheit? Ich bin mir nicht ganz sicher, ob ich das, was sie verspricht, überhaupt brauche. Mir gefällt mein Leben hier. Ich erreiche meine beruflichen Ziele. Ich weiß, dass Captain Kira mich schätzt - um meinetwegen, nicht weil ich ein Anhängsel meiner *Zhavey* bin.« Er sah zu Prynn. »Und ich habe hier Freunde, die mir viel bedeuten.«

Prynn verschlug es die Sprache. Sie schluckte. Mit einem Mal kam ihr die Luft auf der *Defiant* trocken und warm vor. *Vielleicht teilt er meine Gefühle mehr, als ich dachte.* Sie sah ihm ins Gesicht, beugte sich vor, verzaubert vom gehetzten Blick seiner grauen Augen.

»Prynn?«, flüsterte er.

Sie hielt seinem Blick stand. Er sollte sehen, was sie empfand.

Ein Räuspern erklang. »Verzeihen Sie, Ensigns.«

Erschrocken wandten Prynn und Shar die Köpfe um, stemmten sich in die Höhe und nahmen Haltung an.

Lieutenant Commander Phillipa Matthias, Deep Space 9s Counselor, stand im Türrahmen auf der anderen Seite des Flugdecks. Prynn hatte gar nicht gehört, wie die Tür aufgeglitten war. *Und einmal mehr macht sich Prynn Tenmei öffentlich zum Affen ...*

Matthias' Mundwinkel zuckten. Amüsierte sie der Anblick, den Prynn und Shar ihr boten? Immerhin trugen beide noch keine Uniform. Prynn wünschte, sie könne auch in Situationen wie dieser so gut bluffen wie beim Kartenspiel.

»Rühren«, sagte der Commander, bevor Prynn oder Shar das Wort ergreifen konnten. »Mir ist bewusst, dass Sie beide nicht im Dienst sind, und ich bedaure meine Störung, doch es geht um eine private Angelegenheit Ensign ch'Thane betreffend.«

Prynn nickte. »Ich werde gehen ...«

»Nein«, bat Shar und ergriff ihre Hand, bevor sie aufbrechen konnte. »Ich möchte, dass du bleibst.«

»Sind Sie sicher, Ensign?«, fragte Matthias.

»Absolut sicher, Commander«, antwortete Shar und drückte Prynns Hand. Sie drückte zurück.

Matthias straffte die Schultern, faltete die Hände hinter dem Rücken und betrachtete Shar konzentriert. »Ich komme gerade von einer Unterredung mit Captain Kira. Es mag Ihnen bislang unbekannt sein, doch es liegt eine offizielle Anfrage des Föderationsrats Sie betreffend vor. Man bittet uns, Ihnen eine Reise nach Andor zu gewähren. Der Captain hat der Anfrage soeben stattgegeben.«

Shars Antennen versteiften sich. Prynn spürte, wie seine Hand vor Scham wärmer wurde. Vrethas Sturheit raubte ihr die Worte.

Matthias fuhr fort: »Auch ich werde nach Andor reisen.«

»Sir?«, flüsterte Shar.

»Shar, ich ...« Sie hielt inne, schloss die Augen und atmete tief ein. Obwohl sie den Mund öffnete, kam kein Ton heraus. Aus einer Denkpause wurde offene Resignation. »Verzeihen Sie. Die richtigen Worte entziehen sich mir. Man ... Man bat mich, auf Andor einen mir recht unangenehmen Botengang zu erledigen und jemanden zu besuchen. Ich hoffe, dies, sollten auch Sie dorthin aufbrechen, dies ... nun ja ... nicht selbst übernehmen zu müssen.«

»Welchen Botengang, Commander?«

»Sessethantis zh'Cheen lud mich zu Thriss' Entsendung ein.«

Die Farbe wich aus Shars Gesicht. »Ich ging davon aus, die Rituale seien inzwischen vollzogen.«

Matthias schüttelte den Kopf. »Einer von *Zha* Sessethantis' Bündnispartnern befindet sich seit sechs Monaten auf einer Weltraummission. Er kehrt kommende Woche nach Andor zurück.«

Die bloße Erwähnung von Thriss' Namen entfachte Prynns Beschützerinstinkt von Neuem, und doch war sie unsicher, ob sie diesem Gespräch tatsächlich folgen konnte. »Entsendung? Ist das so etwas wie Thriss' Beerdigung? Hätte ihre Familie das nicht sofort nach Anichents und Dizheis Rückkehr nach Andor erledigt?«

Shar schüttelte den Kopf. »Nicht unbedingt. Laut den alten Traditionen kann eine Entsendung aufgeschoben werden, bis alle Angehörigen der verstorbenen Person - insbesondere die Familienmitglieder - versammelt sind, solange die Unversehrtheit des Leichnams gewährt bleibt.« Er sah zu Commander Matthias. »Und als Thriss' Betreuerin ihrer letzten Lebensmonate ...«

»Ihre *Zhavey* ist der Ansicht, auch ich sei eine ‚Angehörige'«, erklärte der Counselor an seiner Statt. »Meine Teilnahme am Ritus der Erinnerung sei von immenser Bedeutung, heißt es, denn ansonsten sei Thriss im nächsten Leben unvollständig. Unter den Umständen konnte ich nicht ablehnen, doch mir ist klar, dass dies eine Familienveranstaltung ist und ... und ich habe noch weitere Bedenken.«

»Zum Beispiel mich«, sagte Shar leise. Seine Stimme troff vor Verbitterung.

Matthias lächelte traurig und nickte.

»Wirst du überhaupt Zeit haben, deiner *Zhavey* zu helfen, wenn du Thriss' Beerdigung besuchst?«, fragte Prynn. Ihr Daumen streichelte seinen Handrücken, doch Shar reagierte nicht. »Shar? Ist alles in Ordnung?«

Er schüttelte den Kopf.

Matthias seufzte. »Sie wussten es nicht, oder? Verdammt ...«

»Ich vermute, Ihr unangenehmer Botengang besteht darin, mir das hier abzunehmen.« Shar griff unter den Kragen seines Oberteils, öffnete den Verschluss der Halskette und zog ein diamantenförmiges Schmuckstück hervor. Dann reichte er es Matthias.

»*Zha* Sessethantis bat mich ... Ich meine ... Ich konnte Sie nicht darum bitten, Ensign. Ich dachte, wenn Sie schon nach Andor reisen, würden Sie vielleicht selbst ...« Ihre porzellanweiße Haut errötete.

»Ich verstehe, Commander«, sagte Shar sanft und legte nun auch die Kette in ihre ausgestreckte Hand. »Thantis ist durch und durch Verfechterin der Traditionen. Sie müssen Ihrer Verpflichtung dem Cheen-Thitar-Klan gegenüber nachkommen.«

»Einen Moment mal ...« Prynn sah von Matthias zu Shar und zurück und machte große Augen. Passierte wirklich gerade, was sie zu sehen glaubte? Falls ja, war es eine Ungeheuerlichkeit sondergleichen. Sie blickte Shar an, hoffte auf ein Missverständnis, doch sein leerer Gesichtsausdruck ließ keinen Zweifel zu. »Du bist nicht eingeladen, Shar. Richtig?«

Er erwiderte nichts.

Durfte er tatsächlich nicht mit Thriss' Familie - *seiner* Familie - trauern? Das konnte nicht wahr sein! Ausgerechnet er, der ihr näher als alle anderen gestanden hatte. Sie war die Liebe seines Lebens gewesen, sein Licht ... Prynn senkte den Blick. Ihr war, als verstehe sie erst jetzt, welchen Schmerz Shars selbst auferlegtes Exil ihm bereiten musste.

»Du brauchst auch nicht hinzugehen«, sagte sie. »Du schuldest denen nichts, hörst du? Gar nichts.«

»Prynn ...«, begann er.

»Nein.« Sie weigerte sich, ihn anzusehen. »Sie alle - Vretha, Thriss' Mutter, deine Bündnispartner - bestrafen dich, weil du es wagtest, dich ihnen zu widersetzen und du selbst zu sein. Sie verdienen dich nicht. Bleib hier. Bleib bei den Leuten, denen du etwas bedeutest.«

Sanft ergriff er ihre Hände, blickte ihr ins Gesicht und flüsterte ihr ein Danke zu. Dann wandte er sich an Matthias: »Wann brechen Sie auf, Commander?«

»In zwei Tagen.«

»Haben Sie noch Platz an Bord, sollte ich mich zur Mitreise entscheiden?«

»Das musst du nicht, Shar«, beharrte Prynn.

»Ich muss zumindest darüber nachdenken.«

»Weshalb?«

»Weil gerecht und richtig manchmal nicht dasselbe ist.«

Sie biss sich auf die Lippe, seufzte. *Lass es klingen, als wärst du überzeugt.* »In Ordnung. Ich stehe hinter dir, wie du dich auch entscheidest. Dafür sind Freunde da.«

Seine Augen strahlten wieder.

»Falls Sie tatsächlich mitwollen, nehmen Sie das doch wieder ...« Matthias hielt ihm die Kette hin. »Wir finden schon eine Lösung.«

»Nein, behalten Sie's. Thantis würde es niemals von mir entgegennehmen.« Shar wischte ihre Hand beiseite, woraufhin der Schmuck zu Boden fiel.

Prynn bückte sich, hob die Kette auf und betrachtete sie stutzend. Ihr Daumen strich über die Oberfläche. Das diamantenförmige silberne Stück war klein genug, um in ihre Handfläche zu passen. Auf seiner Oberfläche war ein Kreuz eingraviert, das diese in dreieckige Bereiche gliederte, in die je ein geometrisches Symbol und einige runenhafte Schriftzeichen kunstvoll eingearbeitet waren. Worte, vermutete Prynn. Das Schmuckstück war überraschend leicht und wirkte kostbar. Eine Schnalle am oberen Ende wies es als Medaillon aus, nicht als reinen Anhänger.

»Ich verstehe nicht«, sagte Prynn, »warum dieses Ding Thriss' Mutter so wichtig ist. Es gehört doch dir.«

»Es ist ein Symbol, ein *Shapla.* In der Zeit der Erkenntnis erhält jeder Bündnispartner eines. Es zeigt die traditionellen Embleme jedes Geschlechts und unsere Namen, geschrieben in altandorianischen Lettern.« Dabei deutete er auf die geometrischen Symbole. Dann nahm er das Objekt, öffnete die Schnalle und entnahm ihm vier ineinander verflochtene Locken weißen Haares. »Eine ist von mir, die anderen von meinen Bündnispartnern. Thriss ist nicht mehr und muss daher Eins werden. Dieses Geflecht wird ihr daher auf ihre Reise ins nächste Leben mitgegeben.«

Prynn, die noch immer mit der Erkenntnis haderte, dass er nicht zur Beerdigung durfte, fühlte ihren Zorn erneut wachsen. »Verstehe ich das richtig? Du gibst der Person, die dich nicht einmal zu Thriss' Entsendung lässt, dein Verlobungsgeschenk zurück?«

»So ist es Brauch, Prynn. Es würde Thriss' Andenken beschmutzen, die Rechte der Toten zu missachten, weil ich mich mit den Lebenden streite. Es war naiv von mir, zu glauben, ich könne das *Shapla* behalten. Thantis vergisst nichts.« Er reichte es an Matthias weiter. »Ich glaube, mein Entschluss steht.«

Prynn spannte sich an, machte sich auf seine Worte gefasst, und wusste doch längst, wie sie lauten würden.

»Unabhängig von meiner Teilnahme an der Entsendung dürfte es zu Spekulationen innerhalb meines Volkes führen, wenn ich auf der Station bliebe. Manche könnten den Eindruck gewinnen, ich bliebe aus Trotz oder, noch schlimmer, aus Rache. Manche könnten glauben, ich schäme mich für meine Entscheidungen, und dem ist *nicht* so. Deshalb werde ich nach Andor zurückkehren und Charivretha helfen. Sie ist meine *Zhavey*, und es ist das Richtige. Danach kehre ich nach Deep Space 9 zurück.« Shar stieß langsam Luft aus der Nase aus, dann sah er zum Counselor. »Ich werde meine Abwesenheit vor meiner nächsten Schicht mit Captain Kira besprechen.«

Matthias' Hand schloss sich um das *Shapla.* »Ich schicke meine Reiseverbindung an Ihre persönliche Datenbank. Alles Weitere besprechen wir später. Gute Nacht, Shar. Gute Nacht, Ensign Tenmei.« Sie nickte kurz und verließ den Shuttlehangar.

Als sie fort war, wandte sich Shar wieder zu Prynn. Seine Miene war undeutbar. »Ich weiß, dass du glaubst, ich mache das Falsche.«

Prynn schüttelte den Kopf und ging halbherzig vor dem Shuttle *Sagan* auf und ab. Wie konnte sie ihm nur deutlich machen, dass sie es nicht ertrug, ihn noch mehr Enttäuschungen und Trauer erleiden zu sehen? Wie sagte man *Dein Wohl ist mir wichtig*, ohne dass es kitschig klang? Wie überzeugte man jemanden, dass man für ihn da war, komme was wolle.

Plötzlich wusste sie es. »Wenn du das wirklich tun musst, tust du es nicht allein. Ich komme mit.«

»Prynn ...«

»Nein! Denk nicht mal dran, es mir auszureden. Ich habe ein wenig Urlaub angespart und verbringe ihn mit dir auf Andor.«

Endlich einmal waren seine Gefühle offen zu sehen: Überraschung, Erleichterung ... und etwas, das sie nicht zu benennen wagte. Es schnürte ihr die Kehle zu.

»Danke«, flüsterte er. »Ich kann dir gar nicht sagen ... Danke.«

Dieses Gesicht ... Sie sehnte sich danach, seine Wange zu berühren und ihn in die Arme zu nehmen. *Dieses wunderschöne, traurige Gesicht.* »Schon okay«, sagte sie schlicht. »Wofür hat man Freunde?«

Kapitel 2

In seinen Zivilklamotten kam sich Shar noch immer seltsam vor. Er überquerte das kreisförmige Observationsdeck des interstellaren Transporters *Viola*, vorbei an den Getränke schlürfenden und Fruchtkekse kostenden Passagiergrüppchen, und bahnte sich langsam einen Weg zur Aussichtswand. Bevor er sich in *Zhaveys* Mahlstrom aus PR-Aktivitäten stürzte, brauchte er einen Moment für sich. Die *Viola* stand kurz davor, an Andors orbitaler Kontrollstation anzudocken, entsprechend wenig Zeit blieb ihm. Shar schlüpfte in eine Lücke, die zwei soeben aufbrechende Ktarianer hinterließen, und sah auf seine Heimatwelt hinunter - zum ersten Mal seit sechs Jahren.

Durch ein Loch in der silbrigen Wolkendecke konnte er das Zhevra-Landmassiv ausmachen, ein langweiliger braunschwarzer Brocken, der Shar von oben betrachtet an die großformatigen Reliefkarten erinnerte, über die er als junger *chan* gern gekrabbelt war. Wie oft hatte er damals auf der Vezhdar-Ebene gehockt, die Finger über die Erhebungen und Vertiefungen der Großen Spalten gleiten lassen und sich die geologischen Begebenheiten jedes einzelnen Winkels seines Planeten mittels Berührung eingeprägt? *Hier wohne ich*, hatte er gesagt, wann immer seine Finger in die grüne Bergregion gekommen waren. *Hier gehöre ich hin!* Und sein Lehrer hatte stets genickt, als wolle er sagen: Guter *chan*!

Nun, da er Andor aus weiter Höhe erblickte, glitten seine Finger stattdessen über die glatte Fensterscheibe, und sofort kehrte die Erinnerung an die schroffen Schluchten zurück, war ihm, als spüre er wieder den warmen Wind im Gesicht. *Wie unverändert es von hier oben doch wirkt*, dachte er. *Aber* ich *bin nicht unverändert, nicht wahr?* So nah er seiner Heimatwelt auch war, so fremd fühlte er sich ihr plötzlich, fremder denn je zuvor.

Er hatte sich diesen Moment ganz anders vorgestellt - wie *genau*, vermochte er nicht zu sagen, aber anders. Er hätte vielleicht ein Gefühl von Nostalgie erwartet, von Pflichtgefühl gegenüber denen, deren schweres Los sein Leben von jeher bestimmt hatte. Das wäre nur verständlich.

Doch Shar fühlte absolut nichts, nur Taubheit.

Warte. Er hielt in Gedanken inne. »Distanz« war ein treffenderes Wort; er fühlte sich Andor fern und fand in diesem Gefühl die Bestätigung, seine Bande zu dieser Welt zu Recht gekappt zu haben. Anichent und Dizhei waren ohne ihn besser dran. Das Band, das ihn einst mit Andors Schicksal verband, war inzwischen so dünn, dass er es kaum noch wahrnahm. Oder hatte es weniger zu der Welt als zu einer auf ihr lebenden Person geführt? Zu der, die ihm dort unten ein Heim bereitet hatte? Ohne sie ...

Was ist mit mir los?

Es klickte im Komm-System. »Viola *im Anflug. Bereithalten zum Andocken. Reisende zur Insel Cheshras und auf die östlichen Inselgruppen wenden sich bezüglich potenzieller Sturmwarnungen bitte an die zentrale Fahrkartenvergabe. Reisende zum Planeten Vulkan verbleiben bitte an Bord. Vielen Dank.*«

Sturm? Das würde Phillipa nicht gerade gefallen. Shar wandte sich wieder dem Fenster zu und fand schnell die graugrünen Wirbel über der kobaltblauen Khyzhon-See. Dank der Wolkendecke war von dem gewaltigen Frühlingswirbelsturm kaum etwas zu erkennen. Die Bevölkerungszentren auf der Insel Cheshras hatten vermutlich längst die Sturmschutzschilde oben. Phillipa musste die Thelasavei-Provinz vor dem Tiefsten erreichen oder mit weiteren Verzögerungen rechnen. Wären sie alle Phillipas eigentlichem Plan gemäß einen Tag früher aufgebrochen - was Shars Dienstplan verhindert hatte -, wären sie dem Sturm zuvorgekommen. Nun würde er sich fraglos auf ihre Ankunft auswirken. Es dürfte Thantis nicht überraschen, zh'Thanes *Chei*, Quell des Leidens ihrer *Zhei*, in diese Enttäuschung involviert zu sehen. Jeder kannte das alte Sprichwort: »Wie die *Zhavey*, so das Kind.« Und *Zhadi* würde nicht zweimal überlegen, wer an dieser Misere die Schuld trug. Schon als Shar und Thriss klein waren, behandelten Sessethantis und Charivretha einander mit äußerster Vorsicht. Shar zweifelte nicht daran, dass ihr *Zhaveys* aktuelle berufliche Lage ein perverses Vergnügen bereitete.

Einem leichten Kribbeln seiner linken Antenne entnahm er, dass Prynn sich näherte, dann hörte er ihre Stimme in seinem Rücken und drehte sich um. Mit ihrer kurzen grünen Jacke und den passenden Stiefeln stach sie aus der Menge heraus - genau wie Phillipa, die eine Robe-und-Hose-Kombination im bajoranischen Stil und in lebendigen Herbstfarben anhatte. Shar selbst hatte sich für ein weites graues Shirt und schwarze Leggins entschieden, über denen er eine schwarze, bis zum Boden reichende Soutane trug. Abermals dachte er daran, wie seltsam es war, die Uniform abzulegen und mit Kollegen zu verreisen, die Gleiches getan hatten.

Prynn und Phillipa hatten ihre Taschen bereits abgeholt und wirkten bereit, die nächste Etappe ihrer Reise anzutreten. Shar löste sich vom Fenster und ging ihnen entgegen.

»Hast du die Durchsage gehört?«, fragte er Phillipa und nahm ihr seine Tasche ab.

»In der Tat«, antwortete sie. »Ich schätze, auf mich warten Verspätungen.«

Shar nickte. »Damit hätte ich rechnen müssen. In deiner Zielregion ist gerade Sturmsaison. Da steigt die Ionisierung der Atmosphäre dramatisch an, mehr als auf den meisten anderen Klasse-M-Welten, und bringt den Verkehr zum Erliegen. Auf dem Zhevra-Kontinent ist das Klima meist gemäßigter, da kommen derartige Einschränkungen aus Wettergründen kaum vor.«

»Soll das heißen, Phillipa sitzt hier im Orbit fest?«, fragte Prynn.

»Für wie lange?«

»Hängt davon ab, wie gut die Klimakontrolle mit den gewaltigeren Auswüchsen dieses Sturms fertig wird.« Shar wandte sich an Phillipa. »Prynn und ich beamen aber erst runter nach Zhevra, wenn wir wissen, dass auch du unterwegs bist.«

Das Deck erzitterte leicht, als die Schiffsmotoren runterfuhren. Ein dumpfer Ton mischte sich ins Hintergrundgemurmel der Passagiere: Die Andockklammern hatten die Schiffshülle gepackt.

»Bereithalten zum Aufbruch.«

Die drei Gefährten ließen sich von der Menge, die aus jedem Winkel der Föderation zu stammen schien, weitertragen. Shar staunte. Seit wann war Andor denn ein solch beliebtes Touristenziel? Zwar hatte er während seiner Jugend kaum Ausflüge zu anderen Welten unternommen, konnte sich aber an keine Heimreise erinnern, bei der das Schiff derart voll gewesen war. Er und die zwei Frauen hatten sich eine Zwei-Personen-Kabine geteilt. Shar brauchte weniger Schlaf als seine menschlichen Begleiterinnen und hatte sich mit kurzen Nickerchen auf dem Fußboden begnügt. Unter den Umständen hatten Dienstrang und Protokoll schnell ausgedient gehabt und dem formlosen Du Platz gemacht.

Seite an Seite schritten sie durch die Luftschleuse und folgten einem langen grauen Korridor in die Aufenthaltslounge der Orbitalkontrollstation. Shar war jahrelang nicht dort gewesen, erinnerte sich aber gut an die öffentliche, im Föderationsstil gehaltene Einrichtung, und tatsächlich erwarteten ihn noch immer die gleichen beigen Sofas, Sessel und die hohen Zimmerdecken. Replikatorstationen und Informationsstände waren über den gesamten Empfangsbereich verteilt und gaben Hoffnung, Phillipa könne sich mühelos umorientieren.

»Prynn, schaust du mal auf den Abflugmonitoren, für welche Transporterstation wir eingeteilt sind?«, fragte Shar. Als sie nickte, fuhr er fort: »Ich bringe Phillipa inzwischen zum Hauptschalter und kläre, ob ... *Holla!*«

Ohne Vorwarnung fiel plötzlich gleißend helles Licht in sein Gesicht und blendete ihn. Shar hob schützend den Arm vor die Augen und kniff die Lider enger zusammen, konnte aber nicht mehr als dunkle Silhouetten erkennen.

Dann begann der große Lärmangriff. Er kam gleichzeitig aus allen Richtungen.

»Nachrichtennetz von Sat 2. Wir melden uns live von der Orbitalstation und stehen hier neben Sternenflottenensign Thirishar ch'Thane. Ensign ch'Thane, wie fühlt es sich an, wieder daheim auf Andor zu sein?«

»Was? Es ... Es ist schön, aber ich verstehe ...«

»Wie hat Ratsmitglied zh'Thane Sie zum Aufbruch von Deep Space 9 bewegen können? Sat 6 berichtete kürzlich ...«

»Stimmt es, dass Ratsmitglied zh'Thane sich in Ihrem Namen auf das Ganzheitsgesetz berufen wird?«

»Ich kommentiere keine ...«

»Haben Sie in letzter Zeit mit Ihren Mentoren am andorianischen Wissenschaftsinstitut gesprochen? Falls ja, was sagen Sie zu den dort angeblich gerade unternommenen Experimenten?«

»Ich weiß nicht, wovon Sie ...«

»Möchten Sie Ihren Freunden oder Verwandten einen Gruß übermitteln?«

Die unerwartete Kakophonie überwältigte Shar. Immer mehr Reporter drangen auf ihn ein, immer mehr Headsetkameras badeten ihn in Scheinwerferlicht. Aber niemand ließ Shar die Chance, ein Statement abzugeben.

Als er sich umdrehte, sah er Prynn. Sie wirkte verwirrt und kämpfte sich durch den Pulk von Reportern vor. Shar streckte den Arm nach ihr aus, wollte nicht von ihr getrennt werden, doch die Entfernung war bereits zu groß. Frustriert spürte er, wie sich seine Muskeln anspannten und sich ein Wutausbruch ankündigte ...

»Das genügt!«, rief jemand mit lauter Stimme. Ein uniformierter Wächter - ein *thaan* - drängelte sich durch die Menge in Richtung

Shar. Mehrere ebenfalls uniformierte Kollegen folgten ihm und verwiesen die ob dieser Behandlung protestierenden Berichterstatter in ihre Schranken. »Gerade Sie müssten eigentlich wissen, dass dieser Bereich nur Reisenden offensteht. Falls Sie mit Ensign ch'Thane sprechen wollen, werden Sie neue Pläne machen müssen. Wer in dreißig Sekunden noch hier ist, darf mit einer Klage rechnen.«

Ohne um Shars Erlaubnis zu fragen, packte ihn der *thaan* am Arm und entriss ihn dem Zugriff der Meute. Ein zweiter Wächter war an Shars Seite getreten, und gemeinsam führten die Männer ihn in eine andere Ecke des großen Empfangsbereichs. In Shars Geist, wo Verwirrung und Nervosität der Wut längst Platz gemacht hatten, überschlugen sich die Gedanken. Woher kannte ein Pulk von Journalisten seine Reisepläne? Hatte etwa ...

Zhavey.

Charivretha schaltete ihren Monitor ab und seufzte ob der Herdenmentalität dieser Reporter. *Die versauen eine Reportage auch noch, wenn man sie ihnen schenkt*, dachte sie. *Hätten doch nur warten brauchen, bis er den Empfangsbereich verlässt.* Ein solcher Überfall war nie ihre Absicht gewesen. Sie hatte bloß eine rührende Heimkehrszene für Andor inszenieren wollen, und was war daraus geworden? Chaos. Thirishar würde wütend sein - mit Recht. Charivretha berührte das Komm-Feld ihres Schreibtischs und rief ihren Assistenten. »Zhende, kontaktieren Sie Satellitenstation 3. Danken Sie ihnen für ihre Zurückhaltung, und lassen Sie sie wissen, dass ich mich nach meiner Pressekonferenz gern mit ihnen zusammensetze.«

Die Hand am Kinn, lehnte sie sich dann in ihrem Sessel zurück und sah hinaus auf den achteckigen Freiheitsplatz und seine herrlichen Brunnen. Serpentinenartig flossen Bäche klaren Wassers über die Blätter nahezu durchsichtiger grüner Mica, die von den Inseln importiert worden waren. In der Ferne stach der himmelblaue Obelisk des Shran-Denkmals aus dem Hintergrund hoher Bürotürme und Wohnhäuser heraus, die die Skyline der andorianischen Hauptstadt prägten. Charivretha hatte jahrelang hart gearbeitet, um sich eine derartige Aussicht zu verdienen.

Verdutzt hielt sie inne. Hatte sie wirklich gerade »jahrelang« statt »zyklenlang« gedacht? Auch das bewies, wie weit sie es seit dem Hügelgebiet gebracht hatte.

Als sie dieses Büro zum ersten Mal betrat, war sie in ihrem vierzehnten Zyklus gewesen und hatte die Zeit der Erkenntnis noch vor sich gehabt. Damals hatten einige Andorianer gegen den Grenzkonflikt mit Cardassia protestiert, und als Charivrethas *Zhavey* dem Föderationsrepräsentanten Andors, Ratsmitglied th'Vrash, die entsprechende Petition überbrachte, hatte sie sie kurzerhand mitgenommen. Nun saß Charivretha selbst an th'Vrashs Tisch. Sie entsann sich noch, wie das Licht der Morgensonne die polierte und mit diversen Runen und Emblemen aus Andors Historie verzierte Tischplatte aus *Ɛketha*-Holz hatte strahlen lassen. Als Charivretha das neue Büro bezog, hatte sie viele persönlichen Gegenstände aus ihrem vorherigen im Parlamentsgebäude mitgebracht: zahlreiche Holos und Preise, eine ihr von Kindern der Shayelinsel übergebene Skulptur, einen großen Teppich, den ihr Sessethantis zh'Cheen in einem ihrer seltenen Anflüge von Großzügigkeit gewebt hatte ...

Thantis. Warum ließ sie zu, dass sich der Name der *zhen* in ihre Gedanken schlich? Umgehend senkte sich ihre Stimmung - insbesondere, da Thantis sie absichtlich nicht zu Shathrissías Entsendung eingeladen hatte. Zugegeben, Shar hatte der armen Thriss - diesem fragilen jungen Ding - deutlich näher gestanden als sie, aber mit seinem Entschluss, den Dienst in der Sternenflotte wichtiger zu erachten als den an seinem eigenen Volk, direkt zu ihrem Selbstmord beigetragen. Thantis tat recht daran, Shar auszuschließen, aber Vretha verdiente es nicht, derart übergangen zu werden. Ob sie und Thantis sich mochten, spielte dabei keine Rolle! Das Protokoll besagte, dass *alle* Familienmitglieder einer Entsendung beiwohnten - nicht nur die, die einander freundschaftlich verbunden waren.

Es klingelte kurz, die Tür glitt auf, und Zhende erschien. »Es hat gegongt, Rätin. Der Vorsitzende hat eine Parteiklausur einberufen.«

Vretha glitt die Hand vom Kinn. »Er versprach, es nicht zu tun!« Sie erhob sich aus ihrem Sessel, nahm ihr dunkelrotes Gewand vom Haken und zog es schnell über ihre andere Kleidung. Der Assistent des Vorsitzenden hatte versichert, sie würde der Parteileitung ihre Strategie erst nach dem Tiefsten präsentieren müssen. Warum hielt der Vorsitzende der Progressiven sein Wort nicht? Vretha wartete noch immer auf Rückmeldung einiger Aktivisten in den einzelnen Bezirken ...

Sie eilte an Zhendes Arbeitsplatz vorbei und durch das - dankbarerweise bittsteller- und journalistenfreie - Wartezimmer ihres Büros und auf die Rampen hinaus, die an den Seiten des andorianischen Parlamentsgebäudes hinabführten. Vretha wählte den schnellsten Weg zu den unteren Etagen und ließ beim Gehen ihren Blick über den Platz unter sich schweifen. Dort schien sich eine Menge zu versammeln. Irgendein Oppositioneller musste wieder einmal eine Demo organisiert haben. Die Visionisten verstärkten offensichtlich ihre Bemühungen. Auf der anderen Seite des Platzes traten weitere Offizielle in hellen Roben ins Freie. Auch sie strömten der unterirdischen Klausurkammer entgegen.

»Charivretha.«

Die vertraute Stimme ließ sie zusammenzucken. Vretha blieb stehen, wandte sich um und wartete geduldig, bis Repräsentant th'Tethis, heute in auffälliges Purpur gewandet, zu ihr aufgeschlossen hatte. Dabei drängte die Zeit! Der Vorsitzende mochte es als Zeichen mangelnden Respekts auffassen, sollte sie erst kurz vor knapp in der Kammer auftauchen. Andererseits galt es als Respektlosigkeit, den Wünschen eines alten *thaans* wie th'Tethis nicht zu entsprechen. *Wie man's macht, man macht's verkehrt*, dachte Vretha. Ob der Alte absichtlich so trödelte, damit sie vor den Parteiältesten schlecht aussah? Gerüchten zufolge förderte er eine junge *shen* aus Wethesa, die seiner Hoffnung nach Vrethas Sitz übernehmen würde. *Aber noch bin ich nicht erledigt!*

Th'Tethis streckte ihr eine zitternde Hand entgegen. Vretha ergriff sie und verneigte sich. »Wie kann ich dienlich sein, Ältester *Tha?*«

»Leiste einem alten *thaan* Gesellschaft, Charivretha. Lass uns gemeinsam zur Klausur gehen.«

»Ganz wie Ihr wünscht«, erwiderte Vretha und ergriff den Arm, den er ihr bot.

Gemeinsam folgten sie der Rampe zur nächsten Etage. Dort musste Vretha erneut warten, da th'Tethis sein Zeremoniengewand richten wollte, während rings um sie andere Parlamentsvertreter nebst Attachés zu anderen Sitzungen eilten. Aus dem Augenwinkel sah Vretha, dass die meisten der in helle Klausurroben gewandeten Personen bereits verschwunden waren, wahrscheinlich in den unteren Etagen.

Dann ging es weiter. Einige Minuten gingen sie schweigend nebeneinander her. Dann fragte th'Tethis: »Sag, wie geht es deinem Klan, Charivretha?«

»Er hat Bestand, Ältester *Tha*«, antwortete sie reflexartig. »Und der Eure?«

»Diejenigen von uns, die verblieben sind, bestehen ebenfalls«, sagte er und sah dabei aus, als mache er einen Scherz. Doch er ließ ihr keine Chance für Rückfragen. »Ich höre, dein *Chei* ist heimgekehrt.«

Ah, er hat also den Bericht im Nachrichtennetz gesehen. »Er kommt, seiner *Zhavey* in einer turbulenten Zeit zur Seite zu stehen.«

»In der Tat«, sagte th'Tethis. »Turbulente Zeiten durchleben sich besser mit der als ohne die Familie, findest du nicht?«

Worauf spielt er da an? »Ihr sagt es, Ältester *Tha.*« Vretha blickte voraus. Der Weg war inzwischen leer. Wie befürchtet, würden sie und th'Tethis als Letzte eintreffen.

»Dich erwartet nicht, was du vermutest«, sagte er plötzlich.

»Wie bitte, Ältester *Tha?*«

»Ich will offen sprechen, Charivretha: Eile deinem Schicksal nicht entgegen, wird es dich doch bald von selbst finden.«

Vretha kniff die Lider enger zusammen. »Darf auch ich offen sprechen, Ältester *Tha?*«

Der *thaan* lächelte und zeigte kupferrote Zähne. »Wie du weißt, beurteile ich meine Kollegen nicht nach ihrer Treue zu verstaubten Traditionen. Andernfalls müsste ich mich den Visionisten anschließen.«

»Dann hört mich an.« Vretha ließ seinen Arm los und trat th'Tethis in den Weg. Wenn er nichts auf Manieren gab, brauchte auch sie sich nicht an ihnen zu orientieren, also sah sie ihm direkt in die Augen - was eine klare Verletzung seiner Intimdistanz war und seine Antennen zucken ließ. »Ich lasse mich nicht durch eine überambitionierte *shen* ersetzen, die Ihr Euch heranzüchtet.«

»Mein Zögling ist noch mehrere Zyklen davon entfernt, den Sitz im Föderationsrat zu übernehmen«, sagte th'Tethis. Falten erschienen in seinen Augenwinkeln. »Nicht ich will dich ersetzt sehen.«

Vretha erstarrte, geschockt ob des eigenen Fehlverhaltens. Ihr fiel keinerlei Erwiderung mehr ein. Eine derartige Naivität trugen sonst nur Provinzielle im ersten Zyklus zur Schau.

Th'Tethis schlang seinen Arm um den ihren. »Sei froh, dass du dich mir offenbartest, Charivretha«, flüsterte er. »Jetzt weißt du, dass du einen Gegner weniger zu fürchten hast. Aber bleibe auf der Hut!«

Vretha zögerte. Dann fragte sie: »Kann ich auf Eure Unterstützung hoffen, Ältester *Tha*?«

»Du kannst von niemandem erhoffen, er möge deinetwegen seine politische Karriere riskieren, Charivretha. Merke dir das. Du musst die anderen Progressiven überzeugen, ihnen noch immer von Nutzen zu sein. Zeige ihnen, dass sie mit dir mehr gewinnen als ohne dich.«

Vretha erlaubte sich einen leisen Seufzer. Sie hatte einen Kampf erwartet - aber nicht, dass dieser in ihrer eigenen Partei ausgetragen werden würde. Wäre sie in der Erwartung völliger Rückendeckung in die Klausur gegangen, hätte das das schnelle Ende ihrer politischen Karriere bedeutet. Th'Tethis hatte ihr das Wissen gegeben, das sie brauchte, um eine Überlebenschance zu haben, und dafür war sie ihm dankbar.

Der alte *thaan* tätschelte ihr den Arm. »Kämpfe wohl«, riet er ihr mit sanfter, heiserer Stimme. »Dann werden dir andere zur Seite stehen. Ah, da wären wir.«

Wann immer sie den Vorraum der Heldenkammer betrat, des ältesten Raums auf dem gesamten andorianischen Parlamentsgelände, überkam Vretha die Ehrfurcht. Sie dachte an die vielen Großen, die vor ihr gekommen waren, den graufleckigen Steinboden mit ihren Sandalen glattgeschliffen und sich mit Wasser und Öl symbolisch reingewaschen hatten, bevor sie der heiligen Aufgabe gefolgt waren, Andor zu regieren. Von vieren der acht Seitenwände musterten die steinernen Gesichter der mythologischen Hüter jene, die sich der Großen Kammer näherten und urteilten, ob sie würdig genug waren. Vor dem gewölbeartigen Bogengang, der zur Kammer führte, entledigten sich Vretha und th'Tethis ihrer Schuhe und wuschen sich die Stirnen und Handflächen im ebenfalls steinernen rituellen Becken, in das Wasser einer unterirdischen Quelle strömte. Danach tauchten sie die Fingerspitzen in kunstvoll verzierte Gefäße mit süßlich riechendem Öl und berührten ihre Lider, Nasen, Zungen, Ohren und Antennen. Auf diese Weise versiegelten sie ihre Sinnesorgane, auf dass ihnen keinerlei Täuschung etwas anhaben mochte. Zuletzt zogen sie sich ihre Kapuzen über und traten auf den Eingang zu.

Vier *chan*-Krieger, gewandet in die dunklen Rüstungen der alten Imperialen Garde, standen im Bogengang, die zeremoniellen Klingen zum Schutz der Klausur erhoben. Vretha erklärte ihre Absicht, der Versammlung beizuwohnen, und prompt traten die Wächter beiseite und senkten ihre Waffen. Jenseits der Schwelle erwartete Vretha die Große Kammer, ein komplett aus dunklem, beinahe schwarzem Granit gehauener Raum. Wie von ihr befürchtet, hatte sich bereits die gesamte Gruppe um den diamantförmigen Brunnen in der Kammermitte versammelt. Progressivführer aus vierundsechzig Wahlprovinzen Andors knieten am Rand der Bodensenke, die Gesichter ihr zugewandt. Zwei Lücken zwischen ihnen galten Vretha selbst und th'Tethis.

Kurz bevor sie sich ihnen anschloss, hielt Vretha inne und verneigte sich vor dem Leeren Thron, der zwischen dem Gewölbegang und der Gruppe stand. Juristisch betrachtet, war Andor noch immer eine konstitutionelle Monarchie, wenngleich Jahrhunderte seit der letzten Regentschaft vergangen waren. Thalisar die Letzte, die Vrethas Volk vor Generationen geeint hatte, war mit Absicht kinderlos gestorben - aber nicht, ohne vorher das von ihr selbst erschaffene Parlament zu etablieren, das Andor seitdem lenkte. Zu Ehren von Thalisars Leistungen stand der Leere Thron noch immer, anders als sein Namensvetter aus den Legenden von Uzaveh, hatte Thalisar doch binnen einer einzigen Lebensspanne die Klankriege beendet, die Andor lange Zeit entzweit hatten. Charivretha fragte sich, ob sich die Regentin die Probleme hatte vorstellen können, die inzwischen an die Stelle jener Kriege getreten waren.

Den Blick höflich gesenkt, kniete sie drei Plätze neben dem Vorsitzenden ch'Shelos nieder. Th'Tethis begab sich zu seinem Platz auf der anderen Brunnenseite. Auf ein Zeichen des Vorsitzenden hin setzten sich die derart Versammelten und ließen ihre Beine über den Rand baumeln. Vretha warf ihren Nachbarn heimliche Blicke zu. Wie viele Freunde sie wohl noch unter ihnen hatte?

»Ich entschuldige mich für diese abrupte Zusammenkunft, Charivretha«, begann ch'Shelos, »doch die Parteiführung hielt es für unerlässlich, dass wir vor Ihrer Pressekonferenz miteinander sprechen.«

»Ihr habt mich herzitiert, damit ich meinen Rücktritt ankündige«, sagte Vretha. Sie wollte die Oberhand gewinnen und gönnte ch'Shelos das Privileg nicht, ihr zuvorzukommen. »Lasst es mich deutlich sagen: Das werde ich nicht. In diesen Tagen braucht Andor eine erfahrene Stimme innerhalb der Föderation, und niemand kennt unsere Bedürfnisse besser als ich.« Sie verzichtete darauf, sich an der offensichtlichen Überraschung des Vorsitzenden zu weiden.

Er erholte sich schnell von ihrer Eröffnung. »Sie erwiesen uns mit Ihren Diensten große Ehre, Rätin, aber Sie sind zweifellos weise genug, zu erkennen, dass unsere Lage drastische Maßnahmen verlangt. Unsere Regierung wird von politischen Gegnern umzingelt, den Visionisten. Die Progressiven kämpfen überall darum, unsere Agenda für Andors Zukunft durchzusetzen. Doch Sie, Vretha, sind zu einem Fehler in der Gleichung geworden, Sie sind Ballast, denn die Visionisten haben Sie zum Ziel ihrer Attacken erkoren.«

»Und Ihr Lösungsansatz besteht darin, mich aus dieser Gleichung zu entfernen, ja?«, fragte Vretha mit hoch erhobenem Kopf. »Dann enttäuscht Ihr mich, Vorsitzender. Ich hätte nicht gedacht, dass meine eigene Partei, die bereits für weit geringere Ziele leidenschaftlich gekämpft hat, dem Druck der Visionisten derart schnell nachgibt.«

Ch'Shelos' Augen zogen sich zu schmalen Schlitzen zusammen. »Es gilt, das große Ganze zu bedenken, Rätin. Sie werden mir zustimmen, dass ein strategisches Opfer die Angriffe der Visionisten lange genug unterbrechen wird, um uns die nötige Zeit zu verschaffen ...«

»Ihr wollt also Zeit?«, unterbrach Vretha ihn. Das gehörte sich keineswegs, doch die Situation schien nach riskanten Manövern zu verlangen. »Wie passend. Schließlich geht es in unserer gesamten Agenda um nichts anderes als den Gewinn von Zeit - sei es Zeit zur Lösung politischer Krisen oder Zeit für die Suche nach einem Weg aus unserem Fortpflanzungsproblem. Wen kümmern schon kleine Opfer - Karrieren, Beziehungen, Leben -, solange sie uns Zeit bringen?« Wo kam *das* denn her? Vretha spürte Hitze in sich aufsteigen, und ungefragt drängte sich Thriss' Bild in ihren Geist.

Ein Repräsentant in Azurblau - aufgrund der Kapuze erkannte sie ihn nicht - ergriff das Wort. »Eine dramatische Ansprache, Rätin, wenngleich eine mit rein hypothetischem Inhalt, schließlich haben Sie selbst die Strategie stets unterstützt, die Sie nun kritisieren.«

»Nicht nur das«, entgegnete Vretha nachdrücklich. »Ich half sogar, sie zu entwickeln. Und genau darum geht es mir, *Cha*-Vorsitzender und verehrte Kollegen: Wie uns die Historie und die Erfahrung zeigen, war Andor stets eine komplexe Welt. Sie handelte nie vorschnell, suchte stets nach den bestmöglichen Lösungen ihrer Probleme und nahm nie die, die sich als erste anboten. Mein Rücktritt wäre die erstbeste Lösung. Doch Zeit gewinnt Ihr, wenn Ihr mir gestattet, meine Arbeit im Namen unseres Volkes fortzuführen. Daher bitte ich um die Gelegenheit, die gegen unsere Partei gerichteten Attacken zu erwidern.«

»Gegen Sie, meinen Sie wohl«, sagte der Mann in Blau. »Sie argumentieren zu Ihrem politischen Wohl, Ratsmitglied zh'Thane, nicht dem unseren. Und in Ihrer Verzweiflung bedienen Sie sich sogar der Fürsprache von Radikalen wie Ihrem *Chei.*«

Vretha zischte durch zusammengebissene Zähne. Sie starrte den Blauen an und mühte sich, ihren Zorn zu zügeln, während rings um sie die Kapuzenträger tuschelten. Sie war nicht nur auf ihn wütend. Er hatte ja recht. Auch Shar sagte seit Langem, die Andorianer opferten zu viel, um Zeit zu gewinnen. Wie oft schon hatte er mit dieser Anklage seinen Verstoß gegen die Tradition zu rechtfertigen versucht? Vretha erkannte, dass sie einen Fehler beging, wenn sie sich durch ihren Zwist mit Shar um die Konzentration bringen ließ. Einen Fehler, der sie teuer zu stehen kommen würde.

Plötzlich hob der Vorsitzende die Hand, die Innenfläche nach unten gerichtet. »Genug!«

Sofort kehrte Ruhe ein. Charivrethas Blick hing weiterhin an dem Mann in Blau.

»Dieser Streit verschwendet nur Energie«, sagte ch'Shelos. »Rätin zh'Thane, so bewundernswert leidenschaftlich Ihre Argumente auch sind, so wenig verändern sie die politische Realität. Ihrer Bitte um Aufschub wird nicht stattgegeben.«

»Ich bitte den Vorsitzenden um Vergebung«, erklang eine sanfte Stimme, »und um das Wort.«

Aller Köpfe wandten sich in Richtung des Sprechenden. »Der Vorsitz erkennt Repräsentant th'Tethis«, sagte ch'Shelos.

Der alte *thaan* neigte das Haupt. »Ihr ehrt mich, Vorsitzender.

Danke sehr. Ich möchte nur sagen, dass ich glaube, Rätin zh'Thane hat - vielleicht ohne es selbst zu erkennen - einen Aspekt angesprochen, den wir bedenken sollten, bevor unsere erhabene Versammlung dem Willen unserer Gegner entspricht und die Rätin ihres Postens enthebt.«

Charivrethas Wut wandelte sich in Staunen. Abermals hallte Gemurmel durch die Kammer, äußerten die Klausurteilnehmer ihre Verwunderung. Trotz seiner freundlichen, demütigen Art war th'Tethis unverkennbar auf dem Kriegspfad. Und er nahm es Vretha wegen mit der gesamten Gruppe auf. Er machte sich zum Zielobjekt der anderen, sollte deren Mehrheit weiterhin gegen Vretha sein.

»Wie ich sehe, habe ich Ihrer aller Aufmerksamkeit«, fuhr th'Tethis amüsiert fort, als das Gemurmel verklungen war. »Gut. Dann erlauben Sie mir, offen zu sprechen. Ich bin alt. Ich weiß, dass ich in vieler Augen bereits viel zu lange hier bin - nicht nur hier im Parlament, sondern auch im Leben. Wie dem auch sei. Entschuldigen werde ich mich dafür nicht. Ich bin der Letzte meines Klans, der, wie so viele andere, in den vergangenen Jahrhunderten stetig schrumpfte. Und ich klammere mich aus einem einzigen Grund noch ans Leben: um das Aussterben meiner Linie zu verzögern.« Er sah sich um, ließ seinen Blick auf jedem einzelnen Anwesenden ruhen. »Ich vermute, das Gefühl ist Ihnen vertraut.«

Niemand erwiderte etwas. Vretha war völlig schockiert. Sie hatte gewusst, dass der Tethis-Klan klein war, aber *so* klein ...

»Ich erzähle dies«, setzte der Alte seine Ansprache fort, »weil Charivretha es wagt, uns die Wahrheit aufzuzeigen: Unser Bestreben nach mehr Zeit verzehrt uns. Es verzehrt uns so sehr, dass wir uns dessen gar nicht mehr bewusst sind. Es kommt uns natürlich vor, unvermeidlich. Es durchdringt jeden Aspekt des andorianischen Lebens, denn wir - als Spezies und als Individuen - sehen unserem Tod entgegen.«

»Vorsitzender«, fuhr der Mann mit der blauen Robe auf. »Das genügt. Diese Argumente sind themenfremd und dienen in keiner Weise ...«

»Sie betreffen unser Thema durchaus«, unterbrach th'Tethis ihn, den Blick auf den Redner gerichtet. »Darf ich Sie daran erinnern, dass das Wort *mir* erteilt wurde?«

»Fahrt fort, Ältester *Tha*«, bat ch'Shelos.

Th'Tethis legte dem *shen* links neben sich eine knotige, zitternde Hand auf die Schulter und stemmte sich langsam hoch. Es war ein ernster Verstoß gegen das Protokoll, während einer Klausur aufzustehen, doch Vretha konnte nicht anders, als den alten *thaan* für diese Verwegenheit zu bewundern. Die Symbolik seiner Strategie war offenkundig: *Schubst ihr mich*, sagte th'Tethis, *schubse ich zurück - und zwar fester.* Vielleicht hatte auch er nichts mehr zu verlieren, wenn er die Versammlung beleidigte, um sich Gehör zu verschaffen. Doch wo Vretha strauchelte, schritt th'Tethis zuversichtlich aus.

»Repräsentant th'Sivas«, fuhr er an die blaue Kapuze gewandt fort und ging im Kreis um die Anwesenden herum. »Ihrer Ansicht nach tragen meine Worte nichts zur Lösung der Probleme bei, wegen derer wir heute beisammen sitzen. Ich aber sage Ihnen: Charivretha zh'Thanes politische Zukunft und die Not unseres Volkes sind untrennbar miteinander verknüpft. Wie Sie konnte auch ich es nicht gleich erkennen. Ich sah es erst, als die Rätin die Verbindung selbst thematisierte. Sie alle kennen die Gerüchte über die radikalen neuen Forschungen am Wissenschaftsinstitut, wo man angeblich an der Umgestaltung unserer Biologie arbeitet. Es heißt, die Andorianer würden sich zukünftig in zwei statt vier Geschlechtergruppen unterteilen, wodurch für die Nachwuchszeugung nur mehr ein Paar und kein Quartett vonnöten wäre. Auf diese Weise wäre unser Bevölkerungsproblem binnen einer einzigen Generation gelöst.«

Vrethas Magen rebellierte. Zwar schlichen sich immer mal wieder wilde Verschwörungstheorien in den politischen Diskurs, doch diese ekelte sie derart an, dass sie sich fragte, wie überhaupt jemand eine derart monströse Idee glauben konnte. Einerseits faszinierte sie der

Gedanke einer so grundlegenden genetischen Umgestaltung, andererseits erschrak sie bei der Vorstellung, manche Andorianer seien in ihrer Verzweiflung bereit, die Spezies fundamental zu verändern, um ihr Überleben zu sichern.

»Ein böses Gerücht, das die Extremisten der Visionistischen Partei streuten, um die Integrität der Progressiven in Zweifel zu ziehen«, wiegelte th'Sivas ab. »Wir sollten derlei Geschwätz besser keine Aufmerksamkeit schenken.«

»Ganz im Gegenteil«, sagte th'Tethis. »Wir müssen es sogar, denn ich glaube, Sie haben recht, Repräsentant th'Sivas. Diese Gerüchte sind meiner Ansicht nach Teil einer größeren Strategie der Visionisten, die progressive Ideologie zu diskreditieren und die Regierungsmacht zu erlangen. Oder hält es irgendwer in diesem Raum für einen Zufall, dass sie zeitgleich mit den Angriffen auf Rätin zh'Thane und indirekt die Progressivenpartei begannen?«

Nun ging auch der letzte Rest des Protokolls über Bord. Überall stürzten sich die Repräsentanten in hitzige Debatten über die Implikationen von th'Tethis' Aussagen. Selbst ch'Shelos hatte sich in ein Gespräch mit seinem Sitznachbarn verwickeln lassen. Vretha hingegen sah nur zu und mühte sich vergebens, die Anwesenden einzuschätzen.

Nach einigen chaotischen Minuten stand eine junge *shen* in jadefarbenem Gewand auf. »Ich habe eine Frage«, begann sie. »Was, wenn es keine von den Visionisten verbreiteten Gerüchte sind? Was, wenn diese Forschung wirklich stattfindet.«

Stille kehrte ein. »Haben Sie denn Grund zu der Annahme«, gab ch'Shelos schließlich zurück, »dass dem so ist, Repräsentantin sh'Yethe?«

»Ich bin der Meinung, dass wir dies nicht außer Acht lassen dürfen, Vorsitzender«, antwortete sh'Yethe. »Insbesondere angesichts dessen, was hier heute bereits gesagt wurde ... Ich frage mich, ob dieses wilde Gerücht nicht genau die Lösung darstellt, nach der wir seit Generationen suchen.«

Vretha sah, wie th'Tethis die junge *shen* kritisch betrachtete. Nein, nicht kritisch - eher nachdenklich.

Th'Sivas wirkte hingegen ungläubig. »Sie reden von einem Verbrechen wider die Natur!«

»Manche würden wohl erwidern, unser Schicksal sei das wahre Verbrechen«, entgegnete sh'Yethe. »Vielleicht sogar eins, das nicht an, sondern *von* der Natur begangen wurde. Wir alle wissen, was auf dem Spiel steht. Seit Jahrhunderten sucht die Wissenschaft vergebens nach einem Ausweg aus unserer Krise. Vor lauter Verzweiflung riefen wir die Bündnisprogramme ins Leben, die durch gezielte Partnerzuteilung die Chancen erfolgreicher Befruchtungen steigern sollen. Wir veränderten unsere Kultur, unser Wertesystem, unsere Denkweise bezüglich Familienleben und Erziehung, und das Einzige, was wir erreicht haben, ist eine Verlangsamung unseres Untergangs. Wie lange können wir noch so weiter machen? Unsere klügsten Köpfe geben uns noch zehn, vielleicht fünfzehn Generationen. Dann, sagen sie, verlöscht Andors Licht. Bin ich die Einzige hier, die sich fragt, ob wir lieber als wir selbst sterben, oder als jemand anderes leben wollen?«

»Dieser monströse Extremismus«, klagte th'Sivas, »ist der Grund, aus dem die Angriffe der Visionisten so fruchten. Unsere Partei steckt voller Radikaler, die sich selbst den extremsten Ideen nicht verweigern, aber nie die Konsequenzen bedenken. Sie wollen schnelle Resultate, erkennen jedoch nicht, dass manche Grenzen nicht überschritten werden dürfen. Ich bitte Euch, Vorsitzender, diese Versuche, unser eigentliches Thema zu unterwandern, abzuwehren. Die Klausur muss sich einer ganz anderen Frage widmen: der nach Charivretha zh'Thanes politischer Zukunft.«

»Sie sind miteinander verbunden«, beharrte th'Tethis. »Entheben wir zh'Thane nun ihres Amtes, machen wir uns just der Suche nach schnellen Lösungen schuldig, die Sie Ihren Radikalen unterstellen.«

Ch'Shelos schaute eine Weile schweigend in den Brunnen. Dann wandte er sich an Vretha. »Möchten Sie noch etwas sagen,

Charivretha, bevor ich zur Abstimmung aufrufe?«

Vretha hielt dem Blick des Vorsitzenden stand, erhob sich dann und baute sich vor ihm auf. »Unsere menschlichen Verbündeten erzählen sich von einem Knoten, der so komplex war, dass ihn, wie es hieß, nur der wahre Herrscher ihrer Welt lösen konnte. Viele hatten sich an ihm versucht und scheiterten. Doch dann erschien ein Mann, und zerschlug den Knoten mit dem Schwert.

Auf Andor gibt es keine Entsprechung dieser Geschichte. Wir handeln nur selten in Eile, denn wir fürchten, in der Hektik den Blick für die möglichen Konsequenzen einer Tat zu verlieren. Doch wir wissen, welche Gefahr in der Untätigkeit liegt, welche Folgen aus ihr erwachsen mögen. Und von jeher bemühen wir uns, beide gegeneinander abzuwägen.«

Sie hielt inne, atmete tief durch. »Ich werde Antworten finden. Gestattet mir, meinen Kampf um meinen Sitz im Rat fortzuführen, und ich werde dieses Gerede von einer biologischen Umwandlung als Gerücht enttarnen. Ich werde die volksmanipulativen Machenschaften der Visionisten aufdecken. Deshalb bitte ich Euch, handeln zu dürfen. Mit Sorgfalt und klarem Geist. Nicht um meinetwillen, sondern zum Wohle von ganz Andor.«

Vretha sah kurz zu th'Tethis, in dessen Augenwinkel die Falten zurückgekehrt waren. Dann betrachtete sie sich ihre Kollegen. Viele von ihnen hatten sie schon um Rat oder politische Rückendeckung gebeten. Wagten sie es wirklich, sie heute zu verstoßen?

Ein leises Klingeln ertönte. Der Vorsitzende hob das Padd von seinem Platz, entschuldigte sich und las die eingegangene Nachricht. Mehrere Minuten lang betrachtete er den Monitor, und Vretha spürte, dass eine Veränderung in ihm vorging. Seine Antennen versteiften sich, und ihn umgab plötzlich eine Aura der Sorge.

Er schickte dem Absender eine Empfangsbestätigung und ließ das Padd dann in einer Innentasche seiner Gewänder verschwinden. »Wie es mein Vorrecht ist«, wandte er sich daraufhin der Versammlung zu, »vertage ich diese Sitzung hiermit aufgrund einer aktuellen

Entwicklung. Zwar liegen mir bislang kaum Informationen vor, doch will ich die wenigen gern weitergeben. Es wird einigen von Ihnen beim Herkommen nicht entgangen sein, dass sich auf dem Freiheitsplatz, direkt vor dem Parlamentskomplex, eine Demonstrantengruppe bildete, vermutlich bestehend aus unseren visionistischen Gegnern. Während wir hier tagten, wuchs diese Gruppe auf knapp sechzehntausend Personen an. Sie verlangen den Rücktritt der aktuellen Regierung und die Entsendung eines neuen Repräsentanten in den Rat der Föderation.«

Vretha wappnete sich. Die Anzahl der Protestierenden war bedeutend höher als sonst, aber nicht zu groß für den Platz. Und die Forderungen ähnelten denen aus vergangenen Demonstrationen. Demnach hatte ch'Shelos noch schlimmere Kunde zu vermelden ...

»Berichten zufolge finden ähnliche Kundgebungen auch an anderen Plätzen in der Hauptstadt und in jedem größeren Bevölkerungszentrum des Planeten statt - und zwar jetzt! Erste Schätzungen sprechen von acht Millionen Teilnehmern. Die planetare Sicherheit müht sich, die öffentliche Ordnung wiederherzustellen, doch wir hören bereits, dass es in verschiedenen Städten, darunter unserer, zu Gewaltausbrüchen und Sachbeschädigungen gekommen ist.«

Die Klausurteilnehmer schwiegen entsetzt. »Und was ist mit Personenschäden?«, fragte Vretha schließlich. Die Worte schienen ihr im Hals stecken zu bleiben.

Der Vorsitzende sah ihr direkt ins Gesicht. »Diesbezüglich haben wir noch keine Zahlen. Erste Todesfälle sind allerdings bestätigt.«

Shar war übel gelaunt, doch daran trug nicht allein der Schwarm aus Netzreportern Schuld. Die ganze Zeit über, die er nun schon allein mit dem schweigsamen *thaan*, der ihn vor den Journalisten gerettet hatte, in diesem engen Sicherheitsbüro wartete, fragte er sich, ob er, ohne es zu wissen, unter Arrest stand. Auch wusste er nichts über Prynns und Phillipas Verbleib. Der *thaan* hatte schlicht erklärt, man warte auf Wächterin zh'Nastha, die Sicherheitschefin der Orbitalstation, und diese schien es nicht gerade eilig zu haben. Shar hielt sich beschäftigt, indem er heimlich die Anzeigen der Padds auf dem Schreibtisch vor sich in Augenschein nahm. Schon seit seiner Jugend verstand er sich darauf, auf dem Kopf stehende Texte zu lesen, und als Erwachsener hatte er festgestellt, dass diese zum Zeitvertreib erlernte Fähigkeit ganz nützlich sein konnte. Einige Minuten lang betrachtete er die Sensorendaten und erfuhr so verblüffende Fakten wie die, dass die Stationsbevölkerung bei der Datenerhebung vor einer Stunde zu fünfundsiebzig Prozent aus Andorianern bestanden hatte. Aber er erfuhr nicht, warum er hier und von seinen Freundinnen getrennt worden war. Aus irgendwelchen Gründen ließ der Sicherheitsdienst ihn nicht gehen.

Als zh'Nastha eintraf, gab sie sich ganz sachlich. Sie nahm am Tisch Platz, legte ihr Padd ab und kam sofort zur Sache: »Ich sag's ganz frei heraus, Ensign ch'Thane: Sie sind auf Andor derzeit nicht sicher.«

»Wie meinen Sie das?«, entgegnete Shar.

»Sie wissen vielleicht, wie unbeständig die hiesige politische Lage momentan ist«, sagte zh'Nastha in einem Ton, der deutlich machte, dass sie über seinen Wissensstand genau informiert war. »Sie wissen aber vielleicht nicht, dass Ihre Ankunft mit einer Reihe von Demonstrationen zusammenfällt, die überall auf dem Planeten stattfinden und in manchen Fällen zu gewaltsamen Aufständen führten. Auch in der Hauptstadt Zhevra. Wir vermuten, Ihre *Zhavey* und andere prominente Progressive sind das Ziel dieser Proteste. In der vergangenen Stunde konnte die planetare Sicherheit eine Gruppe aufgreifen, die versuchte, unsere Transporterstation in der Hauptstadt mittels einer selbstgebauten Bombe zu zerstören. Uns liegen zudem Informationen vor, nach denen auch die Orbitalstation Ziel terroristischer Anschläge sein könnte.«

Shar brauchte einen Moment, dieses Wissen zu verarbeiten. »Und Sie glauben, mein Kommen hat all das verursacht?«

Zh'Nasthas Antennen drehten sich zueinander, was einem Schulterzucken gleich kam. »Es könnte Teil eines weit größeren Geschehens sein. Andererseits legt der Angriff auf unsere Zhevra-Station zur Stunde Ihrer Ankunft vielleicht nahe, dass *Sie* das eigentliche Ziel waren. Jedenfalls halten wir die zeitliche Übereinstimmung nicht für Zufall.«

Shars Augen verengten sich. »Soll das heißen, ich darf nicht auf die Planetenoberfläche?«

»Nein. Sie sind ein freier Bürger und dürfen tun, was immer Sie möchten ... bis zu einem gewissen Punkt.«

»Soll heißen?«

»Dass Sie nirgendwohin beamen können. Aufgrund der Bedrohungssituation und dem Zwischenfall in der Bodenstation wurde das Transportersystem bis auf Weiteres deaktiviert. Zwar richten wir gerade Passagiershuttles für den Fährbetrieb zur Oberfläche ein, doch empfehle ich Ihnen, zu Ihrer eigenen Sicherheit einen Bogen um die Hauptstadt zu machen.«

Shar dachte nach. Wenn ihn die Zeit in der Sternenflotte eines gelehrt hatte, dann war es, Sicherheitsrisiken ernst zu nehmen. »Was schlagen Sie vor?«

Zh'Nastha sah auf ihr Padd. »Eine Ihrer Begleiterinnen, Lieutenant Commander Matthias, ist unterwegs nach Thelasa-vei, korrekt?«

»Das kann nicht Ihr Ernst sein«, platzte es aus Shar heraus.

Zh'Nasthas Antennen zuckten vor Überraschung zurück. »Die Region ist um diese Jahreszeit stark von Touristen frequentiert, aber es ist einer der Orte, an denen keine Demonstrationen stattfinden. Wir haben bereits einen Platz im nächsten Shuttle für Commander Matthias vorgemerkt. Gleiches könnten wir für Sie und Ensign Tenmei tun. Von dort aus finden Sie sicher einen Weg, Zhevra zu erreichen.«

Shar stieß Luft durch die Nase aus. So sehr er sich auch sträubte, sich Thantis zu nähern, so sinnvoll erschien es ihm, einen indirekten Weg nach Zhevra einzuschlagen und Phillipa sicher zur Oberfläche zu geleiten. »Wo sind meine Freundinnen jetzt?«

»Commander Matthias sitzt wohlbehalten in ihrem Shuttle. Sie hat zwar protestiert, doch Ensign Tenmei überzeugte sie, weiterzureisen. Der Ensign blieb auf der Station, um auf Sie zu warten. Sie sitzt draußen vor meinem Büro. Noch haben Sie beide Zeit, das Shuttle des Commanders zu erreichen. Wie lautet Ihr Entschluss?«

Riskiere ich mein Leben, um Zhavey zu sehen, oder riskiere ich es, um Zhadi zu sehen. Interessante Wahl ...

»Ich gehe nach Thelasa-vei«, sagte Shar.

»Dann folgen Sie mir.« Zh'Nastha begleitete ihn in den Empfangsbereich, und der *thaan*-Offizier ging direkt hinter ihnen.

Wie versprochen, wurden sie dort von Prynn erwartet, die Shar mit ihrem »Du hast hoffentlich eine gute Erklärung für das alles«-Gesichtsausdruck ansah. Zh'Nastha führte sie zurück in den Reisesektor, der die Station umgab und wo es vor ankommenden und abfliegenden Passagieren nur so wimmelte. Shar kassierte einige neugierige Blicke - zumeist von Fremdweltlern, die nicht wussten, dass das Glotzen unter Andorianern als unhöflich galt -, im großen Ganzen erregten sie aber keine allzu große Aufmerksamkeit.

Prynn beugte sich zu ihm. »Was ist hier los?«, flüsterte sie so leise, dass nur er es hörte.

»Kleine Planänderung«, antwortete er. »Ich erklär's dir unterwegs.«

Sie fanden Phillipa in der Hauptpassagierkabine des Shuttles. Dort waren die Sitze dem andorianischen Stil entsprechend in Vierergruppen angeordnet. Es erwies sich als leicht, Phillipas Nachbarn zum Platzwechsel zu überreden. Die abgehetzt wirkende *Zhavey* neben dem Counselor - den pinken Hautflecken im Nacken nach zu urteilen, war sie erst kürzlich aus der Isolation gekommen - hatte offenbar große Mühe, ihr quengelndes Baby zu beruhigen. Als Shar und Prynn eintrafen, schien das Kind zu schlafen, dennoch suchten die beiden ihnen gegenüber sitzenden Vulkanier sichtlich dankbar das Weite.

Während Shar und Prynn ihre Taschen verstauten, ging Phillipa der *Zhavey* zur Hand, faltete ihre Decke, schloss den Behälter gemahlener *Xixu*-Wedel für sie und hielt ihr die Tasche, während sie eine bequemere Sitzposition einnahm.

Shar wagte es nicht, die *Zhavey* anzusehen, war aber froh, dass ihr eine Nichtandorianerin half. Auf Andor galt es als undenkbar, sich ungefragt um eine *zhen* mit Kind zu kümmern. Dieses unausgesprochene Verbot war dem Respekt für die Privatsphäre von *Zhavey* und Kind geschuldet, die zu den wenigen Aspekten andorianischer Lebensweise zählte, die nahezu fanatisch geschützt wurden.

»Thirishar ch'Thane, Prynn Tenmei«, sagte Phillipa, als alle Platz genommen hatten, »dies ist Arenthialeh zh'Vazdi. Ihr Klan lebt in der Nähe von Cheen-Thitar. Sie ist Botanikerin und auf der Heimreise von einem Studienmonat auf Dramia.«

Die *Zhavey* schob einige der geflochtenen Zöpfe beiseite, die ihr ins Gesicht hingen, um Shar besser sehen zu können, hielt den Augenkontakt jedoch nur eine flüchtige Sekunde lang. Dann streckte sie die rechte Hand aus, die Finger weit gespreizt. »Es ist mir eine Ehre, *Cha* Thirishar vom Klan der Thane.«

Sie war der nördliche Typ: kräftiges Haar, exquisite Züge. Das und ihr gleichzeitig jugendlicher und besonnener Gesichtsausdruck gingen nicht spurlos an Shar vorbei. Traumbilder von Thriss als *Zhavey* drängten sich mit schmerzhafter Intensität in seinen Geist und raubten ihm den Atem. Er hatte Mühe, Haltung zu bewahren und ihrer Vorstellung auf korrekte Art - mit einer kleinen Verneigung - zu begegnen. »Die Ehre ist ganz meinerseits, *Zha* Arenthialeh. Man nennt mich meist Shar.« Dann tat er es ihr gleich, hob die Hand und hielt sie gegen die ihre.

»Für einen angeblichen Rebell wirken Sie gut erzogen«, sagte sie trocken. »Nennen Sie mich Thia.«

Gelte ich jetzt als Rebell? Charivretha würde es nicht gefallen, ihn mit diesem Titel zu sehen. Nicht zuletzt deswegen fand Shar ihn eher amüsant denn verletzend.

Das Interkom verkündete lautstark den Abflug des Shuttles von der Orbitalstation und weckte Thias Baby.

Durch den dünnen Stoff, der anstandshalber den *Kheth* der *Zhavey* bedeckte, sah Shar das kleine Wesen in seinem Nährbeutel zetern. Die Haut seiner *Zhavey* spannte sich unter dem Druck, den es mit seinen Knien und Ellbogen auf die Beutelwand ausübte. Dann lugte der Kopf des Kindes unter dem Stoff hervor, ein unzufriedenes Gesicht voller Schweiß und Beutelschmiere. Die *Zhavey* strich ihm über das dünne Haar, sang leise für ihn - und die Schluchzer verebbten. Zumindest, bis es von einer weiteren Interkomdurchsage - diesmal einer Warnung vor möglichen Turbulenzen - erneut erschreckt wurde.

Das Baby schrie mit Inbrunst und stemmte den Fuß so fest gegen den Beutel, dass sich der Stoff löste und den *Kheth* entblößte. Durch die nahezu transparente weißblaue Haut der *Zhavey* waren die Zehen des Kleinen deutlich zu erkennen. Thia zog den Stoff schnell wieder in Position und befestigte ihn an ihrer Kleidung. Dann hob sie das Baby aus dem Beutel, legte es sich in die Armbeuge und wiegte es beruhigend.

Prynn sah sie interessiert an. »Ist mit Ihrem Kind alles in Ordnung?«, fragte sie höflich.

»Wir sind seit mehreren Tagen unterwegs, und er hat die meiste Zeit in meinem Beutel verbringen müssen. Er ist bereit für die Entwöhnung, aber aufgrund der Reise habe ich es bislang aufgeschoben.«

»Ein Kind, das entwöhnt werden *will*?«, staunte Phillipa. »Haben Sie ein Glück! Meine Tochter ist jetzt zwei und greift mir trotzdem noch unter die Kleidung, um meine Brüste für einen kleinen Snack zu nutzen.«

Thia lächelte mit mütterlichem Verständnis und schob das noch immer schluchzende Kind zurück unter den Stoff und in ihren Beutel. Danach griff sie durch die Schlitze an den Seiten ihrer Bluse und massierte ihren Bauch mit von oben nach unten führenden Bewegungen, um den *Zhiassa*-Fluss zu stimulieren. Langsam wurde aus dem unzufriedenen Wimmern ein leises Schlucken, als die Nährflüssigkeit in den Mund des Kleinen tropfte.

Nun, da ihr Kind mit ihrer Zitze beschäftigt war, bat sie Shar, sie Prynn vorzustellen und zögerte auch nur kurz, als diese ihr - auf typisch menschliche Art - die Hand schütteln wollte.

»Sie sind also Wissenschaftlerin«, begann Prynn den Smalltalk.

Shar beobachtete Thias Reaktion genau. Andorianer neigten nicht zu belangloser Konversation. Er selbst hatte sich in der Sternenflotte ändern müssen, doch der Großteil seiner Spezies - und frischgebackene *Zhaveys* insbesondere - hatten kaum Kontakt zu anderen Spezies.

Thia spannte kurz die Antennen, reagierte aber weit weniger feindselig als erwartet. »Ich bin Botanikerin«, erwiderte sie kühl. »Mein Spezialgebiet sind künstliche, nach pflanzlichem Vorbild erzeugte Chemikalien und deren Anwendung.«

»*Zha* Arenthialeh und ich unterhielten uns vorhin ausgiebig über mein eigenes pharmakologisches Projekt«, sagte Phillipa und warf Shar einen Blick zu.

Shar erkannte Prynns Verwirrung und wechselte schnell das Thema. Er hatte sie noch nicht in Phillipas *sämtliche* Pläne eingeweiht, und dies war nicht der rechte Moment dafür. »Leben Sie schon immer in der Inselregion, *Zha?*«

»Mein ganzes Leben«, antwortete Thia. Sie betrachtete ihn lange und so prüfend, wie es die Höflichkeit gerade noch gestattete. »Mein Volk ist nicht gerade für seine direkte Art bekannt, dennoch frage ich mich, ob nicht Shathrissías Entsendung der wahre Grund Ihres Kommens ist.« Sie schien Shar sein Unbehagen anzusehen, denn sie ruderte prompt zurück: »Verzeihen Sie, falls ich Ihnen Leid verursache.«

»Woher wissen Sie von Shathrissías Entsendung?«

Thia neigte den Kopf leicht zur Seite, und ihre Antennen zuckten überrascht zurück. Statt seine Frage zu beantworten, konterte sie mit einer Feststellung. »Sie sind durch und durch Charivrethas *Chei*, Shar.«

Shar spürte, wie sich seine eigenen Antennen anspannten. »Werde ich nun schon anhand von politischen Gerüchten über meine *Zhavey* beurteilt?«, fragte er. »Falls ja, basieren Ihre Folgerungen auf Unterstellungen, nicht auf Fakten ...«

Thia hob die Hand und unterbrach seine Schimpftirade. »Ich entschuldige mich. Sie missverstehen meine Intention. Meine Bemerkung spielte nicht auf Ihre Person oder die politischen Ansichten Ihrer *Zhavey* an, die ich ohnehin nicht teile, sondern galt Ihrer Erziehung. Da Sie im Süden aufgewachsen sind, wissen Sie nicht, wie eng die Klans der Cheshras-Insel verbunden sind. Ich weiß es, weil zwei meiner Bündnispartner aus der Zhevra-Region stammen, wo Ihr Bündnis, Shar, auf Vrethas Insistieren hin aufwuchs.«

»Es ist keine Schande, in Zhevra groß zu werden.«

»Und doch fördert die dortige kosmopolitische Kultur eine Erziehungsweise, die sich den unser Volk seit jeher stützenden Traditionen kaum nennenswert verpflichtet fühlt.«

»Eine unfaire Verallgemeinerung.«

»Ach ja? Sehen Sie sich um, Shar. Sind Sie kein bisschen neugierig, weshalb es so viele Leute zu dieser Zeit des Kalenders nach Andor zieht?«

»Ich ...« Er musste zugeben, von der hohen Touristenzahl auf der Station überrascht gewesen zu sein. Außerdem hatte er sich tatsächlich gefragt, wohin sie alle wollten.

»Ist Ihnen Ihr Volk etwa schon so fremd, dass Sie das Quellwasserfest vergessen haben? Haben Sie und die *shen* Ihres Bündnisses nie gemeinsam um den Schutz der Wasserhüterin gebeten?«

Shar hatte keine Antwort darauf.

»Das dachte ich mir.« Thias Antennen zuckten enttäuscht. »Sie wollen also wissen, woher eine Fremde über Shathrissías Tod informiert ist. Wären Sie auf den Inseln aufgewachsen, wie *Zha* Sessethantis es wollte, wüssten Sie, dass die Familien des Nordens kaum Geheimnisse voreinander haben. Diese Nähe zueinander garantiert unser Überleben seit den Tagen der Ersten Klans. Mein eigenes Haus bewirtschaftet das Land bereits seit zwanzig Generationen gemeinsam mit den Thitars, und es passiert wenig in deren Gemeinschaft, von dem die meine nichts erfährt. Ich reise gerade zurück zu meinen Bündnispartnern und unseren anderen beiden Kindern, sodass wir gemeinsam nach Cheen-Thitar gehen können.«

Shar legte die Stirn in Falten. »Wir im Süden sind der Moderne nicht so verfallen, dass uns der Respekt für alte Traditionen fehlt ...«

»Das behaupte ich auch nicht.«

»Hätten die Insulaner weniger Angst vor sozialen Entwicklungen ...«

Thias Bauchdecke zitterte. Die *Zhavey* senkte die Hände zum *Kheth*-Beutel und drückte gegen den Stoff, doch die folgende Litanei aus beruhigenden Worten und Lauten kam zu spät. Das Baby krakeelte bereits wieder hellwach. »Es ist nicht zumutbar, dass mein *Thei* Ihre Reise stört. Ich werde den Steward fragen, ob ich mich irgendwo in Ruhe um ihn kümmern kann.« Mit Phillipas Hilfe nahm sie ihre Reisetaschen, verließ die Sitzgruppe und trat auf den Gang.

Nach einigen Schritten hielt sie jedoch inne, wandte sich um und sah zurück zu Shar. »Mögen Sie Ihrem ehrenvollen Namen gerecht werden, Thirishar.« Dann verschwanden sie und Phillipa in die angrenzende Kabine.

»Und so etwas«, fragte Prynn, als Thia außer Hörweite war, »geht auf Andor als belangloses Geplauder durch, ja?«

»Dein ‚Geplauder' wirst du hier nirgends finden.«

»Und was macht ihr auf Partys?«

»Partys?«

Eine lange Pause folgte. »Du hältst nichts von Partys?«

»Nein.«

Pause Nummer zwei. »Ah, ich verstehe. Du machst wieder einen auf Nog.«

»Ja.«

Sie schüttelte den Kopf und betrachtete Shars Welt, die vor dem Fenster vorbeiglitt.

Shar wusste, dass sie bald landen würden. Deshalb gestattete er sich, den Eindrücken, dem Stress und dem Frust ein wenig nachzugeben, die der Tag gebracht hatte. Später würde ihm die Zeit zur Reflexion fehlen. *Gewalttätige politische Demonstrationen und eine terroristische Verschwörung ...* Nein, darüber *konnte* er nicht nachdenken. Stattdessen lehnte er sich in seinem Sessel zurück, spannte die Muskeln an und lockerte sie wieder, schloss die Augen. Er leerte seinen Geist, begann zu meditieren und ...

Eine warme Hand berührte die seine. Prynn.

Während der vergangenen zwei Monate hatte er sie als offene Person kennengelernt, der seine eigene, sorgsam kultivierte Zurückhaltung völlig abging. Er genoss ihre Spontaneität und bewunderte sie dafür, wie bereitwillig sie ihrer Intuition folgte, statt jede Entscheidung bis ins kleinste Detail zu überdenken, wie er selbst es tat. Shar erlaubte sich, nun auch einmal der Intuition nachzugeben. Er ließ seine Finger zwischen ihre gleiten, erforschte mit den Fingerkuppen ihre Gelenke und Sehnen. Auch eine Art von Meditation, fand er.

Sie schwiegen, doch es war angenehmes Schweigen. Shar lauschte ihren Atemzügen und verfiel in denselben Rhythmus. So viel Unbill es seit einiger Zeit auch in seinem Leben gab, so viel Frieden fand er, wenn er Zeit mit Prynn verbrachte - und er brauchte diesen Frieden. Wenn er ehrlich sein sollte, sogar sehr. Das bewiesen ihm schon die - noch subtilen - Gefühle, die ihn erfüllten, wann immer er an diese bezaubernde, mitreißend lebendige Frau im Sitz neben sich dachte. Er glaubte sich bereit für eine Beziehung, für mehr als nur enge, vertraute Freundschaft. Je länger er darüber nachdachte, desto mehr Gefallen fand er an dieser Vorstellung.

»Schöner Planet«, sagte Prynn schließlich. »Wie ist das Land-Wasser-Verhältnis?«

Shar öffnete die Augen. »Fünfzehn zu fünfundachtzig. Zwei große Kontinente und eine ganze Menge von Inseln.«

»Und die Gezeiten?«

»Die Gezeiten?«

»Na, zum Surfen«, sagte Prynn. »Ich dachte mir, ich versuche mich mal an den hiesigen Wellen, aber der Reiseführer, den ich gelesen habe, ist Schrott und erwähnt Wassersport nicht einmal.«

»Ah. Ich glaube, es gibt ein paar Strandhotels. Die werden meist von Außenweltlern besucht. Mein Volk nutzt die Meere hauptsächlich als Nahrungsquelle, zur Energiegewinnung und für die Forschung. Nicht als Erholungsort.«

Prynn schnaltzte mit der Zunge - ein Geräusch, das Shar als Ausdruck der Enttäuschung zu interpretieren gelernt hatte. »Dann werde ich die Wellen wohl auf eigene Faust testen müssen.«

»Sie können unbeständig sein«, warnte Shar.

»Ich schätze, ich meistere, was immer deine Welt mir in den Weg wirft.« Lächelnd sah sie ihn an. »Eines wollte ich dich übrigens fragen: Ich wuchs in dem Glauben auf, dein Planet hieße Andoria. Du aber nennst ihn ständig Andor. Wie kommt das?«

Shar zuckte mit den Achseln. »Ich dachte immer, deiner heiße Terra. Dann kam ich zur Akademie der Sternenflotte, und dort sprachen alle von der Erde. Wie kommt *das*?«

»Touché«, sagte Prynn und sah wieder aus dem Fenster. Ihr Lächeln verblasste langsam. »Diese Demonstrationen ... Furchtbar. Passiert so etwas hier oft? Dass es in Gewalt ausartet, meine ich.«

»Kommt auf die Umstände an. In den meisten Fällen bekommen die Behörden es schnell in den Griff. Warum?«

»Ich musste an dieses alte Vorurteil denken. Dass Andorianer eine gewalttätige Spezies seien. Das hab ich nie geglaubt ...«

»Und jetzt fragst du dich, ob nicht doch ein Funken Wahrheit darin steckt?«

»Ist dem denn so?«

Shar antwortete nicht sofort. *Darauf gibt es keine einfache Antwort, oder?*

»Shar?«

»Es gibt verschiedene Arten von Gewalt, Prynn«, sagte er schließlich. Er hoffte, das würde genügen.

Prynn schien gewillt, das Thema fallen zu lassen. Einige Minuten verstrichen in Stille. Dann fragte sie: »Wie hat Thia das gemeint, als sie sagte, du solltest deinem ehrenvollen Namen gerecht werden?«

»In unseren Mythen ist Thirishar ein Krieger, der größte von allen. Er meisterte sämtliche Aufgaben, die Uzaveh den Sterblichen auftrug, und verlangte einen Platz an der Seite des Unendlichen.«

»Beeindruckend«, sagte sie. »Ich wurde nach einer alten Freundin meiner Eltern benannt. Allerdings vermute ich, dass eine Heldin namens Prynne aus einem Buch meiner Mutter - eine Ehebrecherin, die es wagte, übermäßig frommen menschlichen Siedlern die Stirn zu bieten - auch ein Einfluss war. Wie endet Thirishars Geschichte?«

»Thirishar wurde der Thron verwehrt«, erklärte Shar. »In Uzavehs Augen war er nicht Eins, und so spaltete der Unendliche ihn in vier einzelne Personen auf.«

»Die vier Geschlechter«, vermutete Prynn. Er rechnete bereits mit entsprechenden Rückfragen, doch etwas anderes schien ihre Neugierde geweckt zu haben. »Du hast den Ausdruck ‚Eins' schon früher verwendet, aber ich dachte, damit würdest du auf dein Volk anspielen. Jetzt verwendest du ihn aber in anderem Kontext, oder irre ich?«

»Das Wort hat mehrere Bedeutungen«, antwortete Shar. »Unter anderem kann man es auf mein Volk beziehen, aber das ist nur eine von vielen. Sagst du beispielsweise, jemand sei Eins in deinen Gedanken, drückst du damit Zuneigung und Intimität aus. Diese Verwendung ist meist dem Bund zwischen Elternteil und Kind vorbehalten, manchmal auch der emotionalen Verbundenheit zwischen Bündnispartnern. Oder man bezieht sich damit auf die sexuelle Verbindung im *Shelthreth*, in dem neues Leben gezeugt wird.«

»Und in eurer Mythologie?«

»Darüber diskutieren Gelehrte, Philosophen und Dichter seit Jahrhunderten. Manchmal scheint es mehr Interpretationsansätze zur *Sage der Spaltung* zu geben, als es Andorianer gibt. Eins wird durch sie aber deutlich: dass uns ein Teil des Wissens über uns selbst fehlt und wir daher nicht würdig sind, uns über das, was wir sind, hinaus zu entwickeln.«

Prynn legte die Stirn in Falten. »Wow, das ist ... echt traurig.«

»Mag sein«, gab Shar zu. »Zumindest mag es so auf jemanden wirken, der nicht in unserer Kultur aufwuchs - und insbesondere angesichts der aktuellen Lage meines Volkes. Für viele Andorianer ist diese Erkenntnis aber eine motivierende. Unsere Mythen inspirieren uns dazu, uns selbst zu erkunden, unsere Beziehung zum Universum, unsere Natur.«

»Soll das heißen, du bist *deswegen* Wissenschaftler geworden?« Prynn wirkte entzückt. Als hätte sie nie damit gerechnet, einen solchen Einblick in sein Wesen zu erhalten.

»Wegen verschiedener Dinge«, stellte Shar klar. »Aber ich würde lügen, wenn ich behauptete, als Kind nicht von den Rätseln der alten Sagen fasziniert gewesen zu sein. Von den Fragen, die ich unter der Oberfläche jener Metaphern entdeckte.«

Sein Blick glitt zum Fenster und der Planetenoberfläche, die verschwommen an ihnen vorbeirauschte. »Einem der interessantesten Ansätze nach sind wir Andorianer gar nicht auf Andor entstanden. Das glaubt eine immer größer werdende Anzahl von Forschern. Sie sagen, wir seien Flüchtlinge einer fremden Welt und vor hunderttausenden, wenn nicht sogar Millionen Jahren hergekommen.«

»Wie kommen sie darauf?«

»Weil unsere Erforschung der andorianischen Tier- und Pflanzenwelt keinerlei Hinweis darauf liefert, dass unsere Viergeschlechtlichkeit eine natürliche Erscheinung des Planeten ist.«

»Also seid ihr einzigartig.«

»Ja.« *Und allein*, fügte er in Gedanken hinzu.

»Das kann etwas Gutes sein.«

Kann es? Wenn er das beantworten könnte, wüsste er vielleicht auch die Antworten auf andere, quälende Fragen, die ihm den

Frieden raubten. Ideen rasten durch seinen Geist, theologische wie wissenschaftliche ... und Hoffnungen. Shar verlor sich in den Strömungen seiner Gedanken.

Kapitel 3

Auf dem Teller lag ein Käfer von der Größe einer Faust. Prynn beugte sich in ihrem Sitz vor, bis ihre Augen auf Tischhöhe waren, und versuchte, eine Ess-Strategie zu entwickeln, doch wie anfangen? Hilflos sah sie sich in der höhlenartigen Wartehalle des Shuttlehafens um. Hatten vielleicht andere Reisende die gleiche Speisenwahl getroffen? Die meisten der herumschlendernden oder auf den Sitzbänken ausharrenden Personen, kauten an dampfenden Brottaschen oder Früchten herum. Die »Insektendelikatesse der Inseln« war offenkundig wenig beliebt. *Kein Wunder, dass es an dem Stand keine Warteschlange gab*, dachte Prynn mit Bedauern. *Aber ich hab solchen Hunger!*

Der Verkäufer dieses Ungetüms hatte ihr ein längliches Werkzeug mit kleinem, dreizackigem Kopf gegeben. Prynn studierte erst das Werkzeug - in Gedanken hatte sie es Babymistgabel getauft -, dann den gefleckten Panzer des Käfers. Ob sie es ihm in den Unterleib rammen sollte? Kam man auf diese Weise an essbares Fleisch oder Flüssigkeiten? Oder funktionierte es wie bei bajoranischen Seekrabben, und man riss erst die Beine ab, trennte dann den Kopf vom Körperrest und stieß die Gabel in die schmackhaften Innereien? So oder so gefiel ihr nicht, wie der Käfer mit seinen Prismenaugen und den schwarzen Zangen sie ansah. Prynn schaute weg und hoffte, irgendwo einen freundlichen Replikator zu finden.

»Prynn«, sagte Shar und tippte ihr auf die Schulter.

»Oh, hi. Wie lief die Suche nach einem Transport nach Zhevra?«

Er ließ sich in den Sitz ihr gegenüber plumpsen und schüttelte den Kopf. »Kurz nach unserer Landung wurden alle Transporte gestrichen. Keine Shuttles und kein Beamen, bis der Sturm vorüber ist und die Klimakontrolle ihr Verbot aufhebt.«

»Ich hab befürchtet, dass du das sagst.«

»Wir brauchen eine Unterkunft für die Nacht. Es sind weniger als zwei Stunden bis Sonnenuntergang und dann nochmal sieben bis zum Tiefsten. Ich bezweifle, dass sich davor noch etwas ändert.«

»Zum Tiefsten?«

»Mitternacht.«

»Und wohin gehen wir, bis wir in die Hauptstadt dürfen?«

»Wir folgen Phillipa. Nach Cheen-Thitar.«

Prynn hob eine Braue. »Im Ernst?«

»Die Gästeunterkünfte sind voll, dank des Sturms und des Festivals. Besser, wir versuchen unser Glück bei Thantis, als dass wir uns hier in eine leere Seitengasse betten.«

»Verstehe. Und du hast kein Problem damit, ohne Einladung dort aufzutauchen?«

»Doch«, gestand er. »Aber die Wettervorhersage für die kommenden ein, zwei Tage ist alles andere als gut, und irgendwo müssen wir den Sturm aussitzen.« Er zögerte. »Außerdem ... Ich habe nachgedacht, Prynn. In meiner Kultur gibt es gewisse Regeln der Gastfreundschaft, die schwerer wiegen als persönliche Bedenken. Sie gelten nicht nur für den Gastgeber, sondern auch für Leute in Not.«

»Und was genau heißt das jetzt wieder?«

»Es heißt, dass es eine große Schande für *Zha* Sessethantis wäre, wenn sie erführe, dass ich auf Cheshras war und mich, obwohl es mir möglich gewesen wäre, nicht hilfesuchend an sie gewandt habe.«

»Obwohl du nicht bei ihr willkommen bist?«

Shar nickte. »Würde ich ihr die Chance verweigern, sich großzügig zu zeigen, würde das die Situation zwischen unseren Familien nur verschlimmern.«

»Na und?«, hakte Prynn nach. »Sie hat dich doch längst ausgeschlossen. Du schuldest ihr gar ni...«

»Hier geht es nicht allein um mich, Prynn«, unterbrach er sie sanft. »Oder um sie. Eine Beleidigung der *Zha* des Klans Cheen fiele auch auf *Zhavey* zurück, hätte Auswirkungen auf die politische Lage. Sogar auf Anichent und Dizhei, und die haben mehr als genug gelitten. Ich bin es leid, andere mit meinen Entscheidungen zu verletzen.«

Prynn seufzte. Sie sah, wie schwer sich Shar mit seinem Entschluss tat, und ihre Argumente als Außenstehende erleichterten ihm die Situation nicht im Geringsten. Dieser Gedanke brachte sie jedoch zu einer weiteren Frage.

»Was wird Thantis denken, wenn du mit mir aufschlägst?«

Shar schüttelte den Kopf. »Persönliche Befindlichkeiten sind in diesem Zusammenhang irrelevant. Ich bin verpflichtet, sie um ihre Gastfreundschaft zu bitten. Sie ist verpflichtet, sie zu gewähren – mir und jeder Person, die mit mir reist.«

Prynn nickte und stellte sich vor, wie unangenehm es sein würde, in Cheen-Thitar zu verweilen, während der versammelte Klan dort Totenwache hielt. *Vielleicht muss ich aufhören, aus menschlicher Perspektive zu urteilen,* dachte sie. *Vielleicht kennt man unsere sozialen Zwänge hier wirklich nicht.*

Nein. Aber dafür kennt man andere ...

»Einverstanden«, sagte sie. »Du bist der Ortskundige von uns beiden, du hast das Kommando. Was tun wir?«

»Wir treffen uns mit Phillipa.« Shar stand auf, und sie folgte ihm, die Reisetasche über die Schulter geschlungen und den Teller mit dem Käfer in Händen. »Sie ist gerade auf einem der hiesigen Märkte unterwegs und sucht nach einem Anbieter von Luftautos. Den müssten wir für die Reise zum Klansitz nämlich mieten.« Dann fiel sein Blick auf den Käfer. »Warum hast du einen gedünsteten *Shaysha* gekauft?«, fragte er verwirrt.

»Oh, meinst du das Ding?« Sie passierten eine Recyclerstation, und

Prynn ließ den Teller lässig durch die Luke fallen. »Das hat jemand liegen lassen. Ich bin einfach freundlich und räume ein wenig auf.«

Prynn musste sich anstrengen, Shar zu folgen, so schnell schritt er über die Straßen und Wege. Sie war zum ersten Mal auf Andor und hoffte, ein Gespür für das hiesige Klima und die Kultur zu bekommen. Hin und wieder hielt sie an, betrachtete eine hell gewandete *zhen* oder studierte ein Schild. Der hochkonzentrierte Shar hingegen hatte es eilig und sichtlich keine Zeit, den Touristen zu mimen. Entsprechend schwierig erwies es sich für Prynn, einerseits die interessanten Sehenswürdigkeiten und andererseits ihn, ohne den sie sich hoffnungslos verirrt hätte, im Auge zu behalten.

Dank des Holoprogramms eines Informationsterminals am Shuttlehafen wusste sie inzwischen ein wenig über die Provinz Thelasavei und deren Umgebung. Die größte Stadt hieß schlicht Harbortown, war Andors älteste und drittgrößte Metropole und lag zwanzig Kilometer entfernt. Harbortown lag an Andors größtem natürlichem Hafen und war aus kleinen Fischerdörfern entstanden, die sich in die Hügel der schroffen Küste um den Hafen herum schmiegten. Im Laufe der Jahrhunderte waren die Dörfer zusammengewachsen, bis sie sich über die Berge hinaus erstreckten. Die heutige Stadt lag zwischen zwei die Insel durchziehenden Flussläufen und war ein Zentrum der Schifffahrt, der Meeresforschung, der Gewinnung geothermaler Energie und der Bewahrung von ozeanischem Leben, von ihrem Status als kulturelle und historische Ikone ganz zu schweigen. »Lebendige Archäologie« hatte es in dem Holo geheißen, was bedeuten sollte, in Harbortown verbanden sich zweitausend Jahre architektonischer und zivilisatorischer Evolution mit der Welt der Computer, des Warpantriebs und der Föderation.

Wie Prynn zudem gelernt hatte, war die Spitze der Provinz auch als Hand Cheshras bekannt, weil sich in Harbortowns Nähe vier große Flüsse vereinten und so fünf »Landfinger« erzeugten. Der Ort selbst stand auf der größten Halbinsel zwischen den Flüssen Frost und

Moss. Das Holo versprach eine spektakuläre Landschaft. Prynn war aber nicht entgangen, dass es die kleineren Siedlungen der Umgebung ausgespart hatte, und nun wusste sie warum. Weder die Landschaft noch die Bewohner waren sonderlich bemerkenswert.

Andorianer in Gewändern, Tuniken, Anzügen und Kleidern, wie man sie auf jedweder von Humanoiden bevölkerten Föderationswelt fand, gingen ihrem Tagwerk nach, hielten gelegentlich vor Informationsterminals oder unterhielten sich mit denen, die ihnen auf der Straße begegneten. Von ihrem Äußeren konnte Prynn nicht auf ihre Interessen oder Berufe schließen.

Die Häuser zeichneten sich da schon durch mehr Vielfalt aus. In langen Reihen säumten sie die Straßen, manche aus graubraunem Stein und Plasteel, manche aus Ton und Prynn unbekannten Legierungen errichtet. Kunstvoll verzierte metallene Portale führten ins Gebäudeinnere. Immer wieder warf Prynn flüchtige Blicke auf die Bauten, an denen sie vorbeieilte. Sie sah roten Backstein, cremefarbene Gelbtöne, Azurblau - und die Spitzen glatt polierter Kupferplattendächer. Ihr war, als nähme sie Teile eines Mosaiks wahr, ohne das Gesamtbild zu kennen. Alles wirkte so chaotisch, so zusammenhanglos.

»Weißt du was über diese Häuser?«, fragte sie Shar schließlich.

Er brauchte einen Moment, bis er begriff, was sie von ihm wollte. »Jedes dieser Tore führt in eine Art Viertel der Siedlung. Dort leben und arbeiten die Einwohner - und das völlig autark, denn jedes Viertel hat eigene Märkte, eigene Transportsysteme und eigene Schulen. An Festtagen, wenn die Frommen ihre Pilgerfahrten zu den Schreinen der Hüterin unternehmen, würdest du hier draußen mehr Betrieb sehen. Aber das verstehst du bestimmt besser, wenn wir ins Shess-Viertel gelangen und Phillipa treffen.«

Wie irgendjemand sich merken konnte, welche von diesen Enklaven aus niedrigen Häuserkomplexen das Shess-Viertel war, entzog sich Prynns Vorstellungskraft. Hinweisschilder in Andorii oder gar Standard waren nirgends zu finden, die Abstände zwischen den Toren unregelmäßig. Dem Ort schien keinerlei erkennbare Struktur zugrunde zu liegen. Prynn staunte, wie »untersetzt« die Gebäude waren - oder wirkten - und als sie Shar darauf ansprach, erklärte er ihr, dass der Großteil der Läden sich unter der Erdoberfläche befand und nur der obere Teil des ersten Stocks über den Erdboden hinausragte. Treppen führten zu jedem einzelnen Haus hinab. Wenn Prynn den Arm ausstreckte, konnte sie mit den Fingern die Dächer berühren, ganz ohne auf die Zehenspitzen zu müssen. Von oben betrachtet sahen diese langen Dachreihen sicher wie die Rücken gehörnter Reptilien aus, vor allem wenn die letzten Strahlen der untergehenden weißen Sonne sie zum Leuchten brachten.

Während sie die beinahe leeren Wege beschritten, fiel Prynn ein Portal auf, das mit einer Art Emblem verziert war: Vier einander teilweise überlappende Quadrate bildeten eine Art Stern. Das Gebilde war purpurfarben und schwarz und kam Prynn bekannt vor. *Wo habe ich das schon mal gesehen?*, fragte sie sich. Anfangs hielt sie es für eine Art Kennung, einer Hausnummer oder Koordinate ähnlich. Dann aber merkte sie, dass nahezu jedes Portal, das sie passierte, dieses Symbol aufwies. Als sie zu Shar hinüberblickte, sah sie in ein nicht minder verwirrtes Gesicht und sprach ihn kurzerhand darauf an.

Shar zögerte kurz. »Ich bin mir nicht sicher, was das bedeutet«, antwortete er dann. »Im Süden haben wir keine so alten Dörfer. Würdest du die Hauptstadt oder die sie umgebenden Siedlungen besuchen, würdest du dich eher an San Francisco oder Ashalla erinnert fühlen.« Er trat auf eines der Tore zu, ging in die Hocke und kratzte mit dem Fingernagel über die schwarze Farbe. Er hob die Probe an seine Nase, roch daran und berührte es kurz mit der Zunge, bevor er ausspuckte. »Das ist jedenfalls nur Farbe.«

Es erstaunte Prynn, wie erleichtert er dabei klang. Bevor sie nachhaken konnte, ging er schon weiter.

»Ich kenne das Emblem. Ich sah es schon an den Türen des Schreins der Wasserhüterin. Es ist ihr Symbol.«

»Könnte sie die Patronin dieser Siedlung sein?«

Shar runzelte nachdenklich die Stirn. »Nein. Jedes andorianische Geschlecht hat einen eigenen Patron. Meiner ist zum Beispiel der Sternhüter. Wäre ich gläubig, würde ich meinen Hüter bitten, um meinetwillen mit Uzaveh zu meditieren - nicht die Wasserhüterin. Vielleicht ... Es gibt eine mögliche Erklärung, aber es ist fraglich, ob das legal wäre ...« Er verstummte, als müsse er einiges sortieren. »Die Visionisten scheinen mehr Einfluss zu haben, als ich für möglich erachtet hätte.«

»Was meinst du damit?«

»Die Visionisten stellen die Tradition an höchste Stelle. Dieser Teil unserer Welt - die Inselregion - ist der am längsten besiedelte des ganzen Planeten. Man glaubt kaum, dass unsere Vorfahren hier ausharren konnten, wenn man weiß, dass die Lebensbedingungen in dieser Gegend durch Regen, Kälte und Stürme neun Monate im Jahr extrem schlecht sind. Wir überlebten nur dank der vielen unterirdischen heißen Quellen, die unsere Wohnräume stets feuchtwarm hielten - ganz wie es die meisten von uns mögen.«

»In einer Region, in der das Wetter die größte Bedrohung darstellt, ist die Wassergöttin ...«

»Hüterin.«

»... die Wasserhüterin bestimmt jemand, den man auf seiner Seite wissen will.«

»Absolut. Deshalb gab es jedes Jahr, wenn die Sturmphase ihren Höhepunkt erreichte, eine Zeit des Fastens, Betens und der Opfer an die Wasserhüterin. So wollte man sie um Erlösung bitten. Das Symbol an den Portalen dort sollte die Hüterin daran erinnern, dass dort wahre Gläubige wohnten, die es verdienten, verschont zu werden. In den alten Tagen malte man es mit dem Blut der ältesten *shen* im Haus.«

Prynn blinzelte. »Moment mal. Blut?«

»Das war vor Jahrhunderten. Lange vor meiner Geburt wurde das Quellwasserfest gründlich überarbeitet. Einige seiner Bräuche sind seitdem gesetzlich verboten.«

»Fasten und Beten gelten hier als Gefahren? Jemand sollte die Bajoraner warnen.«

»Nicht *diese* Bräuche. Jedenfalls: Als die Leute glaubten, dem Tod entgangen zu sein, feierten sie. Es gab Essgelage, Rauschmittel«, er zögerte, »*Tezha* mit Fremden ... Ich habe sogar Berichte über geopferte Familienmitglieder gelesen. Im *Saf*-Rausch wurde eine *shen* getötet oder ein Kind von den Klippen ins Meer gestoßen.«

»Du machst Witze«, sagte Prynn skeptisch.

»Das Kleingedruckte unserer Geschichtsbücher - und unserer Kultur - ist auf anderen Welten kaum bekannt«, erwiderte Shar.

»Geschichte - okay. Aber Kultur? Na komm, Shar.« Seine Beschreibung passte nicht zu dem, was Prynn über Andorianer wusste. »Ich hatte zwei Vertreter deines Volkes auf meinem Flur an der Akademie. Die gingen nie auf Partys. Nie. Rührten kaum mal Synthehol an. Die wären nicht mal auf die Idee gekommen, etwas Verbotenes zu tun. Der Ausdruck One-Night-Stand kam in deren Wortschatz gar nicht vor!«

»Wie wir uns als Föderationsvolk und inmitten von anderen geben und wie wir unter uns sind, muss nicht unbedingt identisch sein.«

»Warst du schon mal ... berauscht? Außer Kontrolle?«

»Ja.«

Prynn hob verblüfft die Brauen. »Ja zum Rausch oder zum Kontrollverlust? Oder zu beidem?«

Shar zuckte bloß vielsagend mit den Antennen.

Prynn betrachtete ihn mit neu entfachter Faszination und fragte sich, wie viel seiner wahren Natur er wohl unter Verschluss hielt - und was es brauchte, sie zum Vorschein zu bringen und Shar ungehemmt, ganz und gar den Moment auslebend zu sehen.

»Hier geht's nach links«, sagte Shar, bog von der Straße ab und durchschritt ein offenes Portal. Der Weg führte durch einen kiesbedeckten Hof, vorbei an mehreren dunkelgrünen Gebäuden, dann einige Treppen hinab und durch einen feuchten, rußigen Gang, der nach Moder roch und an dessen Ende ein großer unterirdischer Markt wartete. Reihenweise säumten Verkaufsstände die marmornen Wände, und eine weitere Reihe teilte den Raum in seiner Mitte. Rostige Metalllampen, die an Haken von der Decke hingen, warfen trübes Licht auf den felsigen Boden. Prynn sah glitzernde Metallreifen, Reetkörbe, glänzende Stoffe, gewaltige Teppiche, dekorativen Wandschmuck und überquellende Behältnisse, in denen sich alles vom Datenchip über Padds bis hin zu Obst befand. Käfige mit handgroßen Käferpanzern hingen von den Stützstreben. Bei den orangefarbenen, vermutete Prynn, handelte es sich um *Shaysha*.

Prynn trat gegen Nussschalen und schmierige Verpackungen, während sie Shar ins Gedränge folgte. »Andorianer halten nicht allzu viel von dieser ganzen Recycler-Replikator-Nummer, oder?«

»Oh, doch. Nahezu jeder Haushalt hat einen. Dieser Markt dient dem Handel mit beziehungsweise der Suche nach frischen Lebensmitteln, Kunst und einzigartigen Objekten. Die Leute aus dieser Region schätzen vor allem handgemachte Textilien.«

»Genau«, sagte Prynn. Sie erinnerte sich, dass Sessethantis zh'Cheen Stoffkünstlerin war.

»Dabei dient die handwerkliche Arbeit nicht allein dem kreativen Ausdruck oder dem Vergnügen. Wir betrachten den Arbeitsprozess als notwendigen Bestandteil unserer individuellen Einswerdung.«

»Ich verstehe, was euch an Kunst fasziniert. Aber warum fragt ihr nicht einfach den Replikator, wenn ihr etwas wollt oder braucht?«

»Sessethantis hat sich immer beklagt, dass wir - also meine Bündnispartner und ich - für unseren Besitz nicht arbeiten müssten. Sie erwartete von Thriss, ihre eigene Kleidung herstellen und aus Rohzutaten Mahlzeiten zubereiten zu können. Thriss sollte Talente entwickeln, die vielen Leuten dank der Replikatoren inzwischen fehlen.«

Prynn stellte sich vor, sie selbst stünde mit hochgekrempelten Ärmeln, das Haar unter einem Schal verborgen, an einer der schweren hölzernen Olivenpressen der alten Toskana und fange die wertvollen Öltropfen in grünen Glasflaschen auf, um sie auf dem Markt zu verkaufen. *Könnte ich das ...?* Sie schüttelte den Kopf, vertrieb das malerische Bild einer den fruchtbaren Boden der italienischen Provinz beackernden Bäuerinnenversion ihrer selbst. Nein, sie war und blieb überzeugtes Kind des vierundzwanzigsten Jahrhunderts.

Shar berührte sie am Ärmel, lenkte ihre Aufmerksamkeit zu einem Marktstand in einiger Entfernung. Phillipa stand dort, ins Gespräch mit einem Händler vertieft. Gemeinsam näherten sie sich ihr, passierten einen irdenen Grill mit brutzelnden, dampfenden Fischfilets und einen breiten Tisch, an dem eine Gruppe Andorianer dem Anschein nach kunstvoll gewebte Schlafmatten zusammennähte.

Als Shar und Prynn bei Phillipa eintrafen, beendete diese gerade ihren Handel und schob dem Händler einige Creditchips über die Theke, wie sie es durch ihre regelmäßigen Besuche in Quarks Bar - die in diesen Tagen auch als Ferengi-Botschaft auf Bajor diente - gewohnt war. Die Sternenflotte versorgte ihr Personal mit entsprechenden Mitteln, wenn es in nicht zur Föderation gehörenden Örtlichkeiten lebte oder arbeitete, wo pekuniäre Wirtschaft noch immer die Norm war. Üblicherweise genügte ein Daumenabdruck unter der Rechnung, damit der Händler diese zum Zwecke finanzieller Kompensation an die Sternenflotte weiterleiten konnte. Creditchips erfüllten allerdings denselben Zweck und boten zudem Anonymität. Prynn war überrascht, eine derartige Transaktion auf einer Föderationswelt und zwischen Föderationsbürgern zu sehen.

Phillipa verstaute eine kleine, grüne seidene Tasche in ihrer Jacke. »Hast du uns eine Fahrt zum Klansitz organisiert, Shar?«

»Nicht weit von hier gibt es ein Unternehmen, das Fahrzeuge vermietet. Ich informierte es bereits und habe uns ein Luftauto reserviert.«

»Was hast du gekauft?«, wollte Prynn von Phillipa wissen. Sollten sich hier tatsächlich besondere Schmuckstücke finden? »Etwas Schönes für die Kinder? Ein Souvenir?«

Phillipa räusperte sich. »Nicht direkt.«

Prynn sah zu Shar, wartete auf eine Erklärung, doch seiner Miene nach zu urteilen, plante auch er nicht, ihr Auskunft zu geben.

Verdammt, dachte Prynn, als sie aus dem Markt hinaus in die Abendkühle traten, *ich hätte mir Handschuhe replizieren sollen.* Sie wusste nicht, ob sie welche eingepackt hatte. Von einer Reise in Andors gemäßigte Breiten hatte sie sich angenehmere, sommerliche Temperaturen versprochen. Nun aber steckten ihre Hände in den Jackenärmeln, und selbst da entgingen sie dem beißend kalten Wind nicht.

Als sie auf die Straße getreten und in einer fast verlassenen Seitengasse relativ unter sich waren, erläuterte Phillipa in leisem Ton, dass sie einige *Saf*-Abstriche erworben hatte.

Prynn dachte, sie habe sich verhört - schließlich waren die Worte des Counselors von ihrem Zähneklappern unterbrochen worden - und bat Phillipa, das Gesagte zu wiederholen. Diese bestätigte mit knappem Nicken, dass Prynns Ohren sie keineswegs trügten - und Prynn verschluckte sich fast an der eigenen Zunge! *Saf*-Abstriche kannte sie nur aus Geschichten über den orionischen Schwarzmarkt und andere Unterweltgeschäfte. Nicht einmal Quark dealte mit dem Zeug. Prynn hatte Gerüchte gehört, nach denen es - auf föderationsfernen Welten wohlgemerkt! - Leute gab, die diese Droge zur Erholung nahmen. Wurde jedoch eine Bürgerin der Föderation mit *Saf* erwischt ...

»Ist ...«, stammelte Prynn los, »das nicht ... äh ...«

»Illegal?«, gab Phillipa zurück. »Ja. Das macht es ja so schwer, eine Probe zu Forschungszwecken zu bekommen. Bevor ich die Station verließ, diskutierten Dr. Bashir und ich eine gemeinsame Analyse dieser Droge. Wir wollen prüfen, ob sie von psychoaktivem Nutzen ist. Daher beantragten wir beim medizinischen Dienst der Flotte eine Sondergenehmigung, dank derer ich das *Saf* nun kaufen und nach DS9 bringen darf.«

Vor Prynns geistigem Auge erschienen Bilder von Strafkolonien und Entzugseinrichtungen. »Aber der andorianische Sicherheitsdienst ...«

»*Saf* stammt von hier, Prynn. Nur auf Andor darf man es legal erwerben, weil es schon ewig Teil der hiesigen Kultur ist. Die Andorianer benutzten es schon früher zum Gebet und …« Phillipa hielt inne.

Prynn folgte ihrem Blick zu Shar, der tiefblau angelaufen war.

»Ich kann auch später fortfahren«, schlug Phillipa ihm vor. »Oder es ganz unterlassen.«

»Ich weiß deine Rücksicht zu schätzen«, erwiderte er peinlich berührt, »aber sie ist unnötig. Das *Saf* ist nun einmal Teil unseres Lebens.« Trotzdem sah er den beiden Frauen nicht in die Augen.

Mit gesenkter Stimme fuhr Phillipa fort. »Andorianer benutzen das *Saf* auch beim *Shelthreth*, also während der Paarung. Zum angemessenen Zeitpunkt reichen die Priester und Priesterinnen des Schreins es der Bündnisgruppe. Nach dem *Shelthreth* bekommt man es aber nur noch mit ärztlichem Attest. Der Händler, mit dem ich vorhin sprach, ist Pharmazeut.«

»Und warum ist es illegal …?«

»Es kann Nichtandorianer süchtig machen - nicht nur körperlich, sondern auch geistig. Ich habe *Saf*-Benutzer betreut, die, versagt man es ihnen, chronisch depressiv werden, selbst wenn dafür keinerlei physiologischer Anlass besteht.« Ihr Blick ging ins Leere. »Während des Krieges stieg der *Saf*-Konsum drastisch an.«

Verwirrt blickte Shar auf. »Davon wusste ich nichts.«

»Wie die meisten«, sagte Phillipa. »Es ist eines unserer schmutzigen kleinen Geheimnisse. *Saf* kann für Nichtandorianer tödlich sein. Es braucht nicht viel für eine Überdosis. Zum Glück zählt es aber zu den kleinen organischen Molekülen, die sich nicht gut replizieren lassen, und die Pflanze, von der es stammt, gedeiht allein hier auf Andor. Dadurch war es noch nie weit verbreitet und wird es vielleicht auch nie sein. Es lässt sich einzig auf Andor gewinnen, und die andorianische Regierung stand den Sorgen der Föderation bezüglich eines *Saf*-Schmuggels stets verständnisvoll gegenüber. Es gibt effektive Sicherheitsvorkehrungen, die regelmäßig aktualisiert werden. Doch leider finden mitunter entsprechend motivierte Leute einen Weg, sie zu umgehen.«

»Aber was *macht* das *Saf*? Warum ist es diese Risiken scheinbar wert?«

Phillipa seufzte. »Unter anderem ist es ein starkes Aphrodisiakum ...«

Shar beschleunigte seinen Schritt und ging nun ein wenig voraus.

»... das diverse Aspekte sexueller Aktivität zu steigern vermag.«

»Oh«, machte Prynn. »Ich verstehe.« Shar mochte das Gegenteil behaupten, doch das Gespräch bereitete ihm sichtliches Unbehagen, und Prynn hatte nicht die Absicht, ihre Neugierde auf seine Kosten zu befriedigen. Allerdings holte das Thema andorianische Sexualität, wenn auch wissenschaftlich betrachtet, einige sorgsam verdrängte Gedanken wieder hervor.

Ja, sie *hegte* sexuelle Gedanken bezüglich Shar. Na und? Gedanken, wegen derer sie dieses *Saf*-Gerede interessanter fand als wohl die meisten Menschen. Sie fühlte sich mehr als nur emotional und intellektuell zu Shar hingezogen, und sofern sie nicht völlig begriffsstutzig war, beruhte dies auf Gegenseitigkeit. Allerdings waren sie in Prynns Vorstellungen noch nie über so unschuldige körperliche Zuneigungsbekundungen wie Küssen hinausgegangen - wenn Andorianer überhaupt küssten. Sie wusste nichts über sie, nicht in diesen Dingen. Bislang hatte sie sich im Bereich Intimität nie über die eigene Spezies hinaus orientiert, doch sie war gewillt, dies zu ändern, neue Möglichkeiten zu erforschen. Die Vorstellung, Shars glatte Lippen auf den eigenen zu spüren, mochte eine rein menschliche sein, weckte in Prynn aber einen Instinkt, den sie auskosten und erkunden wollte. Ein höchst interessantes Verlangen, das sie zunächst aber verdrängen, willentlich ignorieren musste ...

»Alles in Ordnung, Prynn?«, fragte Phillipa freundlich.

Prynn runzelte die Stirn und sah den Counselor an.

Diese berührte ihre Wangen und bedeutete ihr, Gleiches zu tun.

Als Prynn ihr Gesicht berührte, trafen ihre kalten Fingerkuppen auf heiße Haut. »Alles gut«, log sie schnell. »Der Wind setzt meiner Haut nur zu. Du hast nicht zufällig eine Feuchtigkeitscreme bei dir?«

Phillipa schüttelte den Kopf. In ihren Augen funkelte der Schalk.

Sie glaubte Prynns Erklärung offensichtlich nicht, verzichtete aber darauf, weiter nachzuhaken.

Prynn selbst wurde sich der in ihr aufkeimenden Emotionen zunehmend unsicherer. Vielleicht existierte diese sich anbahnende Beziehung nur in ihrem Kopf und sie wurde eine dieser dummen, lächerlichen Personen, die an unerwiderter Liebe litten. Andererseits war der Gedanke einer Romanze mit Shar faszinierend. Prynn hasste sich dafür, wie sehr sie auf diese Fantasie hoffte und sich ihr die Brust zuschnürte, wann immer sie nicht wusste, ob etwas Gesagtes oder Geschehenes für ihn okay war. Wie bescheuert glücklich sie ein Kompliment oder eine Berührung von ihm machte. Sie brauchte keine Blumen und exotischen Weine, niemanden, der ihr aufwändig den Hof machte. Aber sie merkte, dass ihre Shar-Fixierung sie zu schnellen Entscheidungen trieb - und das mochte sich für eine Frau wie sie, deren Neigung zu abenteuerlichen Aktivitäten mitunter ins Waghalsige tendierte - als höchst problematisch erweisen. War sie nicht ohnehin schon zu impulsiv? Nicht zum ersten Mal fragte sie sich, welcher Teufel sie eigentlich ritt, Shar quer durch die Föderation zu folgen.

Du machst das, weil du dich um ihn sorgst. Weil er dich braucht, als Stütze und Freundin. Und weil du keinen Schimmer hast, wie du ihm sonst helfen sollst.

Sie erreichten die Fahrzeugvermietung früher, als Prynn erwartet hatte. Die Nacht senkte sich herab und verdrängte den orangepinken Himmel hinter den Horizont. Sich nähernde Sturmwolken erzeugten zudem ein eigenartig dumpfes Licht, das sich wie ein Bluterguss über dem Land ausbreitete.

Shar hatte für den Ausflug das einzige verfügbare Gefährt gemietet, ein kleines Untertassenauto. Zu dritt und mit allen Taschen dürfte es darin ziemlich eng werden. Prynn, die sich ziemlich ausgelaugt vorkam, konnte sich für das Ende dieses langen, stressigen Tages Schöneres vorstellen. Oder nagte da bloß die Ungewissheit an ihr, besonders über die Kurzschlussentscheidung, Thantis zh'Cheen aufzusuchen? Sie wünschte, sie könnte bei Vretha schön Wetter machen und mit Shar irgendwohin abhauen. Irgendwohin, wo es Entspannung gab.

Während Phillipa und Shar im Büro die Rückgabe des Luftautos klärten, belud Prynn den Lastenhalter mit ihren Taschen, kletterte auf den Pilotensitz des runden Gefährts und begann, sich mit den Instrumenten vertraut zu machen. Enttäuscht erkannte sie, dass die Konsole das außenweltlerfreundliche »Universaldesign« hatte, das sich in den meisten humanoiden Zivilisationen innerhalb der Föderation fand. Dabei hatte sie sich schon so gefreut, etwas echt Andorianisches zu steuern. Wie ein kurzer Maschinencheck zeigte, steckte mehr Wumms in dem antiquierten Gefährt als erwartet. Das Steuerungsheadset auf dem Beifahrersitz verfügte über ein optisches Interface, wie Prynn es zuletzt gesehen hatte, als sie im Alter von zwölf das schrottige alte Luftmobil ihrer Großmutter kurzgeschlossen hatte. Sie zog sich das Headset über die Augen, gab die von Shar genannten Koordinaten in die Instrumentenkonsole ein, und blickte plötzlich auf die blassroten Linien einer Landkarte. Diese zeigte den Weg zum Klansitz - eine etwa einstündige Reise über raues, unebenes Land, durch schmale Täler und trügerische Schluchten, die aufgrund der späten Stunde und des schnellen Windes besondere Risiken bargen. *Keine, die ein Computer nicht meistern würde*, wusste Prynn, *aber eine schöne Herausforderung für eine mit der Gegend nicht vertraute Pilotin. Das tröstet fast über die langweilige Konsole hinweg.* Sie startete den Antrieb, und die vier Triebwerke erwachten summend zum Leben.

Wie aufs Stichwort öffnete sich die Passagierluke und Phillipa kletterte auf den Rücksitz. Shar nahm neben Prynn Platz. »Wir können starten«, sagte er, während ihre Finger über die Konsole glitten. »Wie ich sehe, hast du dich schon mit ...«

»Festhalten!«, unterbrach sie ihn und setzte das Untertassenauto in Bewegung. Mit Höchstgeschwindigkeit ließen sie ihren Vermieter hinter sich, jagten über die Dächer von Thelasa-vei und aufs offene Land hinaus.

Phillipa hatte Mühe, sich wieder aufzurichten, so hart hatte die abrupte Beschleunigung sie in ihren Sitz gepresst. »Ich wüsste es zu schätzen, wenn du mich beim nächsten Mal vorwarnst.«

»Tschuldigung«, erwiderte Prynn und sah kurz zu Shar, der sie mit eigenartiger Miene musterte. Seine Antennen standen nahezu kerzengerade. Sie lächelte ihm zu, zwinkerte und widmete sich dann wieder der Strecke.

Das Gefährt verließ die Zivilisation nach weniger als einem Kilometer. Weites, wildes, abschüssiges Gelände erstreckte sich nun vor Prynn. Wären nicht die vereinzelten Büsche und Grasflecken gewesen, die das Bild auflockerten, die Hügel und Täler des Hinterlandes hätten an eine unbewohnte Mondlandschaft erinnert. Dunkle Gräser wogten mit dem Wind und beugten sich, wann immer dieser intensiver wurde. Prynn schoss eine kleine Erhebung hinauf, flog wieder hangabwärts und umkurvte sumpfige Flecken ebenso wie Felsbrocken von der Größe eines Shuttles. Fahles Mondlicht gab ihr Geleit und wies ihr den Weg durch die Schatten, sodass sie die Empfehlungen ihres Visiers getrost ignorierte. Dunkle Wolken verbargen hier und da die Sterne. Als Prynn vor sich zwei Hügel sah, die einander gefährlich nahe kamen, beschleunigte sie erneut.

Shar sah sie fragend an.

»Ich finde, wir sollten uns amüsieren«, erklärte sie und setzte die unschuldigste Miene auf, zu der sie noch fähig war.

Und zum ersten Mal in all den Monaten, die sie ihn nun kannte, lachte Shar.

Die Reise verlief größtenteils ereignislos. Größtenteils. Einmal scheuchte das fliegende Gefährt eine Herde zottiger Sumpfbisons auf, und die darauffolgende Stampede zwang Prynn, hart in die Vertikale zu lenken. Phillipa klagte daraufhin zwar, ihr sei fast der Magen aus dem Hals gekommen, ansonsten blieb aber alles ruhig.

Erst auf den letzten Kilometern gerieten sie in einige Turbulenzen und trudelten ein wenig über die zum Klansitz führende Ebene, jener dunklen Zitadelle am Horizont. Diese erhob sich auf einer kleinen Anhöhe, und die alten Türme, Silhouetten vor den helleren Sturmwolken, wirkten mit jedem Meter unheilvoller. Prynn hatte mit einem ländlich-landwirtschaftlichen Anwesen gerechnet. Stattdessen stand dort eine regelrechte Festung, gebaut, um der Zeit selbst die Stirn zu bieten, dem Wetter und jedwedem anderen Feind. Schon konnte sie Details ausmachen, etwa die spitzen Zinnen und an Wasserspeier erinnernden Statuen auf den schroffen schwarzen Mauern.

Ein roter Teppich sieht jedenfalls anders aus, dachte sie, während sie ihr Reisemittel eine lange gepflasterte Steinstraße hinab und über eine Brücke zu einer Art Hof steuerte, an den das Tor angrenzte. »Und jetzt?«, fragte sie Shar.

»Wenn du und Phillipa euch um das Gepäck kümmert, sichere ich unser Fahrzeug. Jemand vom Klan wird später nach ihm sehen und sicherstellen, dass es in den hiesigen Hangar kommt.«

Prynn prüfte die Wetteranzeigen der Konsole, bevor sie die Maschinen abstellte. »Der Wind wird immer eisiger. Ich schlage vor, wir beeilen uns.« Sie öffnete die Pilotenluke und sprang hinaus. Was in der Ortschaft noch eine frische, belebende Brise gewesen war, präsentierte sich mittlerweile von seiner brutalsten Seite. Der Wind heulte wie ein verwundetes Tier. Jeder Teil ihres Körpers, der nicht bekleidet war, wurde sofort taub, und ihre Fingergelenke versteiften sich. Einmal mehr verfluchte sie sich für die vergessenen Handschuhe.

Shar kletterte vom Beifahrersitz ins Freie und erstarrte ebenfalls. Prynn sah ihn zitternd die Gepäckluke öffnen und die dicken Kabel entnehmen, mit denen er das Untertassenmobil an die metallenen Ringe zu binden beabsichtigte, die nahe der Festungsmauer angebracht waren - eine simple, doch effiziente Methode, Fahrzeuge über kurze Zeiträume vor den jahreszeittypischen Stürmen zu sichern.

Phillipa nahm die Taschen und gab sie an Prynn weiter, deren Finger wahre Schmerzwellen durch ihren Körper jagten, als sie sie entgegennahm. Prynn ging in die Hocke, presste sich das Gepäck an den Leib und schlang die Arme durch die Halteschlaufen aus Angst, der Wind könne es ihr entreißen. Dieser kannte kein Erbarmen, war wie eine Riesenwelle aus wirbelnder, zerstörerischer Luft.

Phillipa stieg aus dem Fahrzeug und erleichterte Prynn um eine der Taschen. Gemeinsam eilten sie dann einem kleinen Unterstand nahe des Tors entgegen. Als Prynn nach oben schaute, sah sie kunstvolle Reliefs an den steinernen Wänden: Tierköpfe auf humanoiden Körpern, Schlangen mit zahlreichen Häuptern, mit moosbewachsenen Zähnen bewehrte Monster, Schwert schwingende Soldaten, die granitenen Visagen wettergegerbt und von Flechtgewächsen überzogen. Lauter Donnerhall betäubte die Ohren, ließ den Boden erbeben und verhieß bevorstehenden Regen. Prynn warf Shar einen sorgenvollen Blick zu. Sie mussten sich sputen.

Er schien ihr Anweisungen zuzubrüllen, doch das Tosen des Windes machte es ihr unmöglich, ihn zu verstehen. Auf ein Nicken seines Kopfes hin, sah sie zum zwei Stockwerke hohen Portal, an dessen einer Begrenzungssäule eine rechteckige, längliche Art Schachtel hervorstand: das Klingelfeld.

Phillipa eilte vor, um ihre Ankunft zu melden, war sie doch die einzige aus ihrer Gruppe, die tatsächlich erwartet wurde. Prynn beobachtete Shar, bis noch das letzte Kabel an seinem Platz und gesichert war. *Komm schon, komm schon*, dachte sie. Ihre Zähne klapperten.

Sie hatte erwartet, dass er sofort zu ihr hinüberlief. Entsprechend erschrocken reagierte sie, als er plötzlich innehielt und auf irgendetwas hinter ihr starrte. Prynn wirbelte herum, folgte seinem Blick und fand das Zeichen der Wasserhüterin an der Mauer, gleich neben dem Portal. Es war doppelt so groß wie ein Mensch. Dunkelrote Flüssigkeit troff von ihm und besudelte die Steine. Shar stemmte sich gegen den Wind, näherte sich dem Zeichen, dann streckte er die Hand aus, berührte es mit dem Finger und kratzte darüber. Als Nächstes führte er den Finger zur Zunge und spuckte prompt aus.

Sein Gesichtsausdruck sagte Prynn alles: Blut.

Eine kleine Tür in der Mitte des großen Portals glitt auf. Warme Luft drang ins Freie.

Wo sind wir hier nur reingeraten?, dachte Prynn.

Zitternd vor Kälte, schlangen sie die Arme um die Leiber und liefen los, durch die Tür und in eine warme, niedrige Kammer, die nach trockenen Blättern und nassem Holz roch. Es schmerzte, als das Blut zurück in Prynns eisige Finger schoss, doch sie genoss den Schmerz, dehnte und streckte ihre Glieder. Trübes Licht drang aus raumhohen Quarzsäulen und attackierte ihre ans Dunkel gewöhnten Augen. Als sie sich blinzelnd umsah, stockte ihr der Atem. Sie ballte die Fäuste und machte sich zum Angriff bereit.

Vier bewaffnete Andorianer, unter den schweren Helmen kaum voneinander zu unterscheiden, schauten ihr entgegen, und ihre gezückten Dolche glänzten. Die Wachen trugen einheitliche Kleidung: schwarze Beinlinge, schwarze lederne Brustplatten mit einem silbergrünen, wahrscheinlich den Klan identifizierenden Wappen und abgewetzte rote Waffenröcke, die bis zu den Knien reichten. Ihre aufgestellten Antennen verrieten ihre Absichten.

Sicherheitsleute, fragte sich Prynn, *oder ein Tötungskommando?* Instinktiv hob sie die Hände, begriff dann aber, dass die Klingen nicht auf sie, sondern auf Shar gerichtet waren.

»Ich komme in Not«, sagte dieser ruhig, »und erbitte die Gastfreundschaft der *Zha* des Klans Cheen.«

Nahezu synchron steckten die Andorianer ihre Waffen in die Scheiden, die an ihren Hüften baumelten und mit einem quadratischen Pin, der das gleiche silbergrüne Wappen aufwies, an ihrem Brustpanzer befestigt waren. Dann nahmen sie ihre Helme ab und klemmten sie sich unter den Arm. Prynn kannte Personen wie sie nur aus alten Holos über die Anfangstage der Föderation: Andorianer mit glattem, kurzgeschorenem weißem Haar. Im Vergleich zu diesen vier schien Shar einer ganz anderen Spezies zu entstammen.

Und jetzt kommt die Stelle, an der sie uns aus der Stadt jagen, dachte sie. Die Aussicht, in den Sturm zurückzumüssen, setzte ihr ziemlich zu.

Einer der vier trat vor und streckte Shar die Handfläche entgegen. »Wir haben dich seit vielen Zyklen nicht gesehen, Thirishar ch'Thane. Willkommen.«

Shar erwiderte die Geste. »Ich empfange Ihren Willkommensgruß in Dankbarkeit, Vanazhad ch'Shal.« Dann beendete er die Berührung und legte ch'Shal die Hand stattdessen auf die Schulter.

Ch'Shals nunmehr entspannte Antennen sanken noch weiter hinab, und auch er fasste sein Gegenüber an der Schulter. »Die *Zha* erwartet dich in der Klausurkammer. Wir werden dich geleiten.«

»Sie weiß, dass ich hier bin?«, staunte Shar.

»Bereits seit einer Weile«, antwortete ch'Shal. »Eine Besucherin informierte sie über deine Rückkehr nach Andor. *Zha* Arenthialeh zh'Vazdi.«

Thia. Das ergab Sinn, fand Prynn. Die junge *zhen* hatte gesagt, sie wolle nach dem Treffen mit ihren Bündnispartnern ebenfalls herkommen.

Prynn, Shar und Phillipa folgten den vier Sicherheitsleuten - oder Assassinen, Soldaten oder was immer sie sonst waren - etwa zehn Meter weit einen Gang hinab, der, so vermutete Prynn, durch die Außenmauer der Festung verlief. Dann gelangten sie auf einen gepflasterten Pfad, der rings um einen Innenhof führte. Prynn hörte den Regen auf das gläserne Dach über ihren Köpfen prasseln und wappnete sich schon innerlich für den Ernstfall, doch unsichtbare Kraftfelder verwiesen den Sturm in seine Schranken und sorgten dafür, dass Wind und Nässe ihr nichts mehr anhaben konnten. Einigermaßen entspannt widmete sich Prynn ihrer neuen Umgebung.

Als sie über die Schulter blickte, sah sie einen in die Außenmauer integrierten Kommandoposten. Über ein Dutzend gleichgewandeter Sicherheitsoffiziere patrouillierten auf der Mauer, die Kraftfeldtechnologie schützte auch sie vor den Elementen. Als Nächstes nahm Prynn die erleuchteten Fenster in Augenschein, denen zufolge die

Festung über mindestens drei Etagen verfügte. Da die vorderste Mauer mindestens so breit wie die Kernmitte DS9s war, mochten sich Prynns Schätzung nach Hunderte, wenn nicht sogar Tausende von Personen hier aufhalten. Vor langer Zeit, als Andor noch nicht unter einer Regierung vereint und von Klankriegen gezeichnet war, hatte Cheen-Thitar gewiss ein interessantes Angriffsziel dargestellt. Hatte man es je bezwungen?

Rechts des Innenhofes führte der Pfad an einem Gebäudekomplex vorbei, der durch seine miteinander verbundenen milchig weißen Kuppeln und Solarkollektoren an eine landwirtschaftliche Nutzung denken ließ. Prynn wusste, dass sich viele Siedlungen im Föderationsgebiet künstlich erzeugter Atmosphären bedienten, um Nahrungsmittel zu züchten und die Sauerstoffproduktion zu beschleunigen. Der Klansitz stand denen, die sie in anderen lebensfeindlichen Gegenden gesehen hatte - etwa in den entlegeneren Gebieten des Mars oder des Titans - in nichts nach. Auf der entgegengesetzten Hofseite standen nur ein paar Bänke. In den wärmeren Monaten konnte man dort gewiss schön sitzen. Wo sie auch hinsah, fielen Prynn offenstehende ovale Türöffnungen ins Auge, die in weitere Gänge führten. Allem Anschein nach kratzten sie gerade erst an der Oberfläche dieses Bauwerks.

Bevor sie Fragen stellen konnte, hatten ihre Führer sie bereits durch eine der Öffnungen und eine steile Treppe hinab in eine Art längliche unterirdische Wandelhalle geleitet. Die Wände des fensterlosen Raumes, in dessen Ecken L-förmige Sitzbänke warteten, zierten Teppiche in warmen, freundlichen Farben. Auf der dem Eingang gegenüberliegenden Seite befand sich ebenfalls eine offene Tür.

»Lassen Sie Ihre Taschen hier und bereiten Sie sich auf die Klausur vor«, sagte ch'Shal. »Sobald Sie sich umgezogen haben, bringen wir Sie hinein.«

Umgezogen? Verwirrt sah Prynn zu Shar.

Der schälte sich aus seiner Jacke, faltete sie sorgsam und legte sie auf eine der Bänke. »Für die Klausur muss man sich seiner Kleidung entledigen«, erklärte er. »So ist es Brauch.«

Ach, wirklich? »Also ... Wenn du von entledigen sprichst, was genau ...«

»Jenen, die mit dem Klan in Klausur sitzen, wird ein Schutztuch gegeben«, wusste Shar. Er hatte sich gesetzt und zog gerade die Stiefel aus. »Es ist Tradition, dass neue Besucher sich all ihrer Besitztümer entledigen. So kann der Klan sie aufgrund ihres Wesens beurteilen und nicht nach den Geschenken, die sie bringen, oder dem, was sie tragen. Heutzutage folgt man diesem Brauch aber eher aus traditionellen denn aus Sicherheitsgründen.«

Erst jetzt bemerkte Prynn die Haken in den Wänden hinter den Sitzgelegenheiten. An diesen hingen große dünne Tücher in diversen schillernden Farben. Schuhe sah sie nirgends.

»Wer eine Waffe oder Schmuggelware bei sich führt«, erläuterte ch'Shal weiter, »kann sie so nicht vor den Klanrat bringen.«

»Ich verstehe«, sagte Phillipa und griff unsicher nach einem Stück Stoff im Orangeton des Sonnenuntergangs.

Was Shar als »Schutztuch« bezeichnet hatte, erwies sich nun als langes Gewand ovalen Schnitts mit einem Schlitz in der Mitte, durch den vermutlich der Kopf gesteckt werden musste. Vier fingerdicke Stoffstreifen baumelten an den Seiten - die Verschlüsse. *Ziemlich spartanisch*, fand Prynn.

»Nach der Klausur werden Sie Zeit haben, sich für das Tiefsten-Mahl umzuziehen«, sagte ein anderer Wachmann. »Wir lassen Ihre Taschen in die Schlafhalle bringen.«

Prynn wählte ein Tuch in schmeichelhaftem Violett und hielt es sich vor die Brust. Warum war dieses Begrüßungskomitee eigentlich noch da? Einerseits pochte es auf Anstand und Benehmen, andererseits stand es seelenruhig dabei, während sich Fremde entkleideten.

Die vier Wachen rührten sich nicht vom Fleck. Mit entspannten Antennen plauderten sie mit dem inzwischen fast nackten Shar, und machten keinerlei Anzeichen, bald aufzubrechen.

Nacktheit ist hier wohl keine Privatsache. Großartig ...

Prynn warf Phillipa einen Blick zu. Dem Ausdruck in ihren Augen und den fest aufeinandergepressten Lippen nach zu urteilen, erfüllte die Situation auch den Counselor nicht gerade mit Begeisterung. Und was war überhaupt mit Shar los? Der konnte mit seinen Antennen doch Stimmungen spüren, oder etwa nicht? Phillipa atmete tief durch und begann, sich auszuziehen. *Na dann*, dachte Prynn und ließ ihre Reisetasche auf eine Bank fallen. *Als ich mir wünschte, Shar möge mich besser kennenlernen, hatte ich mir das zwar anders vorgestellt, aber was soll man machen?*

»Moment«, hörte sie ihn sagen, hob den Blick ... und sah ihn nackt. Ihr erster Impuls bestand darin, wegzusehen, doch ihre Neugierde war stärker. Prynn erlaubte sich, den Blick wandern zu lassen, nahm seinen schlanken Körper kurz in Augenschein, studierte die Unterschiede zwischen Mensch und Andorianer. Und die gab es! Sexuell betrachtet, überstiegen sie ihren Erfahrungshorizont, doch je mehr sie hinsah, desto mehr faszinierten sie die Möglichkeiten.

Shar hingegen sah weder zu ihr, noch zu Phillipa. Er wandte sich an die Wärter: »Meine Begleiterinnen teilen unsere Bräuche nicht. Könnten Sie sich Ihnen zuliebe entfernen, damit sie sich allein entkleiden dürfen? Wenn wir bereit sind, werden wir den Weg zur Klausur schon finden.«

»Ich bitte um Verzeihung«, sagte ch'Shal. »Selbstverständlich, Shar. Wir informieren die *Zha* über eure Ankunft.« Der *chan* drehte sich zu seinen Begleitern um und zischte einige Wörter, die einem Andorii-Dialekt entstammen mussten, auf den Prynns Übersetzungsimplantat nicht programmiert war. Dann gingen die vier Männer und ließen die drei Besucher allein zurück. Shar wandte den Frauen anstandsvoll den Rücken zu, während sie sich umzogen.

»Shar, bevor wir Sessethantis treffen ...« Phillipa zog einen kleinen Stoffbeutel aus einer Tasche ihrer Reisekleidung, entnahm ihm Shars *Shapla* und reichte es ihm. »Du wirst wissen, was damit zu tun ist.«

Ein leiser Seufzer schlich sich über seine Lippen, als er sich das

Shapla anlegte. Der Halsschmuck verschwand unter seinem Schutzgewand. »Danke.«

Selbst im Dämmerlicht dieser Kammer konnte Prynn die Umrisse des Anhängers unter dem dünnen Stoff erkennen. Wie lange es wohl dauerte, bis auch zh'Cheen sie bemerkte? Und was geschah dann?

Kapitel 4

Phillipa ergriff die Ränder ihres Schutztuches, schlang sie eng um ihren Körper und hielt sie mit den Ellbogen fest. Vor der Reise hatte sie sich zwar in die andorianische Kultur eingelesen, diesen speziellen Brauch aber übersehen. Er leuchtete ein: Ganz ohne Kleidungs- und sichtliche Rangunterschiede waren alle, die sich zur Klausur fanden, gleich und der Klansitz gleich viel sicherer. Dennoch fragte sie sich, ob es nicht auch Zweck dieser Tradition war, Gäste derart zu verunsichern, dass sie so sanft wurden wie ein *Sehlat* nach einer schweren Mahlzeit. Und Phillipas Verunsicherung hatte Gründe! Shibias behauptete zwar, jede einzelne ihrer Alters- und Schwangerschaftsfalten zu lieben, und vielleicht war dem auch so - aber sie selbst liebte sie nicht. Und sie kam viel zu selten dazu, nach Feierabend noch eine Runde durch den Andockring zu joggen.

Als sie Shar die abfallenden Gewölbegänge zur Klausurkammer folgte, bemerkte sie, dass es im Inneren des Klansitzes keine Türen zu geben schien. Überall hatte sie ungehinderten Blick in großzügig bemessene Räume mit hohen Decken und den bereits vertrauten, Licht spendenden weißen Quarzsteinen. Unpersönliche Gemeinschaftszimmer überall - aber keine privaten. Auch fiel ihr auf, wie wenig Interesse ihre Anwesenheit bei den wenigen Festungsbewohnern hervorrief, denen sie begegneten. Niemand nahm sie genauer in Augenschein, niemand sah ihnen skeptisch nach. Diejenigen, die ihre Präsenz überhaupt erkennbar registrierten, trugen nur ernste Mienen zur Schau und sahen die Besucher nie direkt an, sondern schienen stets auf eine Stelle hinter ihren Ohren oder über ihren Köpfen zu starren: Augenkontakt ohne Augenkontakt. Nach allem, was Phillipa an Shar und seinen Bündnispartnern beobachtet hatte und hier zu sehen bekam, vermutete sie, dass Privatsphäre unter Andorianern ein interner, gedanklicher Raum sein musste. Wo Menschen und viele andere Föderationszivilisationen, etwa auf Bajor oder Trill, physischen Raum zur Privatsphäre deklarierten und Abstand hielten, zogen Andorianer wohl rein geistige Grenzen. Die gesamte äußere Welt - inklusive des Körpers - war öffentlich. *Hier definiert mich niemand als die fünfundvierzigjährige Ein-Achtel-Vulkanierin, die ich bin. In den Augen der Andorianer bin ich das, was sie* nicht *von mir sehen: meine Gedanken, Gefühle und Erfahrungen, die nur ich ihnen sagen kann.*

Tiefer und tiefer ging es in die Festung hinab, und je weiter sie gingen, desto wärmer wurde es. Phillipa brauchte einen Moment, den Grund für die Hitze zu erkennen.

Vier diamantenförmige Wasserbecken, eingelassen in einen mit rauen Schiefer- und Granitplatten bedeckten Boden, dominierten die Klausurkammer des Klans. Vom strahlend hellen Beckenboden sprudelte das Wasser empor, kam zischend und dampfend an die Oberfläche. Dichte Schwaden stiegen von den Becken auf, füllten die achteckige Kammer mit Nebel und erschwerten es, ihr wahres Ausmaß zu erkennen. Dennoch sah Phillipa, dass man sie bereits erwartete. An jedem Beckenrand ragten blaue, höfliche Mienen aus dem Wasser, das ihre Schutztücher nahezu farblos und durchsichtig wirken ließ.

Dem salzig-frischen Geruch nach zu urteilen, wurden die Becken von den unterirdischen heißen Quellen der Halbinsel gespeist. Im Zentrum jedes einzelnen erhob sich eine flache, steinerne Mini-Insel. Diese schien als Tisch zu dienen, standen doch Trinkgefäße darauf. Auch außerhalb des Wassers befanden sich Klausurteilnehmer. Sie saßen dem Wasser zugewandt und konnten so alle Anwesenden sehen. Besucher, so schien es, durften sich ebenfalls an den Getränken und der Gemeinschaft erfreuen. Es war angenehm hier drin. In den anderen, eher zugigen Steinkammern der Festung brauchte man Pelze, Leder und Stiefel, um nicht zu erfrieren. Ob es entspannend war, in diesen Pools zu treiben und ein Getränk zu genießen? Phillipa hoffte, sie bekam noch Gelegenheit, eine Klausur unter besseren Umständen zu besuchen.

Als sie eintraten, verebbte das Gewirr aus flüsternden Stimmen zu nahezu völliger Stille. Kondenswasser bedeckte die moosigen Wände, tropfte von den Säulen und bildete Pfützen am Boden. Phillipa bewegte sich mit Vorsicht, sie wollte nicht ausrutschen, erkannte aber bald, dass die Platten besonders beschlagen worden waren und ihren blanken Füßen sicheren Halt boten. Sie ließ den Blick schweifen, sah Dizhei und Anichent unter den Anwesenden und konnte sich eines Anflugs von Trauer nicht erwehren. Während der Ausgangssperre, die im Zuge der Parasitenkrise gegolten hatte, hatten sie und ihre Familie auf Bajor festgesessen. Entsprechend hatte Phillipa ihnen keine Stütze sein können, als die Bündnispartner Shar wiedergesehen hatten und von der Station aufgebrochen waren. Sie wusste aber, wie emotional und tragisch es für sie gewesen sein musste. Wochen waren seitdem vergangen, und die beiden sahen gesünder und weit weniger getroffen aus. Doch sie reagierten unverkennbar angespannt auf Shars plötzliches Erscheinen.

Als Nächstes landete Phillipas Blick auf einer deutlich älteren Andorianerin. Ihre Gesichtszüge und die Haltung des gertenschlanken, schwanengleichen Nackens und der Schultern erinnerten Phillipa an eine andere Frau ... und an ein Gesicht, das sie seit Monaten in ihren Träumen heimsuchte. Als sie Sessethantis zh'Cheen in die Augen sah, fand sie keine reservierte Höflichkeit vor, sondern nur Schmerz.

Sie suchten sich eine Lücke an den Beckenrändern. Shar setzte sich als Erster, schwang die Beine über die Kante und ließ sich ins Wasser gleiten. Phillipa und Prynn folgten seinem Beispiel und fanden eine Art Vorsprung, auf den man sich unter Wasser setzen konnte. Da sie das Protokoll nicht kannte, beobachtete Phillipa Shar genau. Dessen Miene blieb zwar ausdruckslos, doch seine Antennen verrieten seinen Zustand. Die Anspannung, die in der Kammer herrschte, spürte sogar sie.

Prynn versuchte sich erst gar nicht an einer Fassade. Sie trug ihre Skepsis zur Schau wie eine gezogene Waffe und zeigte sie jedem, der ihr zu nahe kommen mochte. Was Shar ihr bedeutete, war nicht minder offensichtlich. Wann immer sie unbewusst seinen Arm oder seine Schulter berührte - nicht von seiner Seite wich, um ihn zu beschützen -, verriet sie eine emotionale Nähe, die Phillipa an ihrer Stelle vielleicht lieber für sich behalten hätte. Zwar hatte man sie alle willkommen geheißen, doch durfte Prynn nicht vergessen, dass Shar nicht eingeladen war. Er war absichtlich - und nicht grundlos - von der Zeremonie ausgeschlossen worden war. Am meisten besorgte Phillipa allerdings, wie der Klan Shars Reaktion auf Prynn aufnehmen würde. Shar wies sie nicht von sich, zeigte seine Gefühle, wenn er mit ihr sprach und bei jeder beiläufigen Berührung, und in diesen Gesten und Worten klang eine Vertrautheit mit, die größer war, als er selbst Phillipas Meinung nach ahnte. Sie würde *Zha* Sessethantis nicht entgehen, daran bestand kein Zweifel.

Nach einigen Sekunden peinlicher Stille erklang ein hohler Gongschlag und verkündete den formellen Beginn der Klausur.

Sessethantis erhob sich von der Beckenkante. »Willkommen, Klan und Freunde, zur Klausur vor dem Tiefsten. Wir sind versammelt, um gemeinsam die ewige Suche nach dem Einssein zu begehen und diese zu feiern.« Sie wandte sich Shar zu und hielt so lange inne, bis er ihr in die weit geöffneten, fliederfarbenen Augen sah.

Phillipa spürte Shars Anspannung, sah die Nervosität an seinen Antennen.

»Willkommen, Lieutenant Commander Phillipa Matthias von Alpha Centauri, die auf meinen Wunsch erschienen ist, um am Ritus des Erinnerns teilzunehmen. Sie wird begleitet von Ensign Prynn

Tenmei von der Erde. Wir hoffen, Sie leisten uns nach der Klausur im Speisesaal zum Tiefsten-Mahl Gesellschaft. Mögen Sie in unserem Sitz willkommen sein.«

Ein Flüsterchor erklang und wiederholte: *Willkommen.*

Phillipa neigte den Kopf. Nach einem Moment des Zögerns folgte Prynn ihrem Beispiel.

»Und ein weiterer kommt mit unseren Sternenflottengästen. Thirishar, lange ferner *Chei* nicht meines Körpers, doch meines Herzens, geliebt von meiner ...« Sie schluckte schwer, und ihre hellen Augen wurden feucht. Für einen langen Moment senkte sie den Blick.

Völlige Stille herrschte in der Kammer, abgesehen vom Gurgeln des Wassers und dem Tropf-Tropf-Tropf von den Deckenstützen. Niemand, insbesondere Phillipa und Prynn, wagte es zu atmen, als Thantis auf Shar zutrat.

»Shathrissía. So. Ich habe den Namen der Toten ausgesprochen.« Ihre Stimme zitterte, rau vor Trauer. »Thirishar war ihr wahrer *ch'te.* Lange Zeit war er uns fern, beschritt einen anderen Weg. Doch er ist zurückgekehrt, sich uns in unserer schweren Stunde anzuschließen. Im Namen der Klans von Cheen-Thitar heiße ich dich willkommen.« Sie hielt inne, betrachtete die Anwesenden. »Befasst euch mit euren Angelegenheiten.«

Thantis' Begrüßung löste die Spannung. Phillipa wusste nicht, mit welcher Reaktion die Versammelten gerechnet hatten, doch die Begegnung war sichtlich besser verlaufen als erwartet. Überall entspannten sich die Mienen, und das Geflüster setzte wieder ein. Niemand störte sich scheinbar daran, dass Shar und Thantis sich noch immer in die Augen sahen.

Phillipa aber zog ein Schauer über die nackten Arme und die Schultern. Zitternd tauchte sie tiefer, bis ihr Kinn auf Höhe des Wasserspiegels war. Die Wärme tat gut. Zwar zitterte Phillipa noch immer, doch das hatte wenig mit der Temperatur und sehr viel mit den emotionalen Strömungen zu tun, die sie hier überall spürte.

Dieses ungute Gefühl würde wohl erst vergehen, wenn sich Shar und Thantis den Fehdehandschuh hingeworfen, sich duelliert und einen Gewinner ermittelt hatten. Phillipa hatte wenig für Wetten übrig und das war auch besser so, hatte sie doch beruflich wie menschlich gesehen keinen Schimmer, wer in diesem Kräftemessen der Willensstärke siegreich sein mochte.

Stunden später stand Prynn auf der Schwelle des abermals achteckigen Speisesaales und suchte inmitten der mehreren Hundert Anwesenden nach Shar und Phillipa. Wenn sie sie nicht bald fand, würde sie sich irgendwo an einen freien Platz in den Essenskreisen setzen und ihr Dinner beginnen - oder Tiefsten-Mahl oder wie immer die Andorianer das nannten. Der Klan trug zu diesem Anlass legere Kleidung und legte Wert auf bequemes Sitzen. Überall sah Prynn Leute auf den Teppichen hocken, sich Nahrung von den Tabletts und aus den Schüsseln auf Teller hieven. Anstelle von Besteck verwendete man hier das biegsame *Hari*-Brot. Ums Aufräumen und Reichen von Tellern kümmerte sich dem Anschein nach, wer immer gerade am nächsten saß und eine Hand frei hatte. Statusfragen blieben außen vor. Prynn gefiel das.

Sie erinnerte sich an das gegenteilige Extrem, eine lächerlich steife Dinnerparty der Sternenflottenoberen, auf die ihre Eltern sie einmal mitgeschleift hatten. Es hatte nicht viele dieser Gelegenheiten gegeben, bei denen die Familie komplett gewesen war, und Prynn hatte sich festlich rausgeputzt und trug eine strahlend rote Samtschleife im Haar. Sie erinnerte sich an endlose Tischreihen mit mehr Gabeln, Löffeln und Messern pro Gedeck, als sie Finger besaß. Nach zwei Stunden langweiligen Herumsitzens auf dem antiken Queen-Anne-Stuhl hatte sie weder die Schüssel Weinbergschnecken mit gedünsteten Bohnen, noch das Meeresfrüchteparfait oder die warme Kürbissuppe angerührt. Einzig der Brötchenkorb hatte ihrem Geschmack entsprochen, und sie wusste noch, wie elendig hungrig sie gewesen war. Ihr Magenknurren war sogar dem Admiral nicht entgangen, mit dem ihre Mutter gerade gesprochen hatte.

Heute fühlte sie sich kaum anders. Während der Klausur hatte sie neben einem Andorianer gesessen - einem *shen* namens Uthiri -, der sie höchst amüsiert angesehen hatte, als das Rumoren begann. Prynn wusste nicht, wann sie zuletzt etwas gegessen hatte. Es musste auf der *Viola* gewesen sein, aus dem Replikator, oder der Rationsriegel auf der Orbitalstation. Beides war gleichermaßen bäh.

Es erwies sich als rechte Herausforderung, ihre Freunde zu finden. Nicht einmal Phillipas menschliches Äußeres fiel in dieser Menge auf. Im weißgelben Quarzlicht wirkte das skandinavisch blonde Haar des Counselors fast wie das der Andorianer. Irgendwann machte Prynn Thantis aus. Sie kniete in ihrem Essenskreis und balancierte ein Tablett auf den Unterarmen. Prynn bahnte sich einen Weg an den Kreisen vorbei und gelangte zu einer Gruppe, die an den bodentiefen Fenstern saß. Selbst über das Hintergrundlärmen aus Tellergeklapper und Gesprächsfetzen hörte Prynn noch den Regen an den Scheiben und das ferne Donnern.

»Verzeihen Sie meine Verspätung«, sagte sie und ging neben Shar in den Schneidersitz. »Meine Kleidung und Tasche scheinen irgendwo verlorengegangen zu sein. Ich danke Ihnen, dass Sie mir eine *Ceara* leihen, *Zha* Sessethantis.«

»*Ich* habe mich zu entschuldigen, Ensign«, erwiderte Thantis und kam zu ihr herüber. »Die Torwächter waren schlampig. Ich hoffe, unsere Tracht sagt Ihnen zu. Ich weiß, dass Sie an Uniformen, Hosen und dergleichen gewöhnt sind.« Sie kniete sich wieder hin und offerierte Prynn das Tablett voller Speisen. »Manche finden unsere traditionellen Gewänder altmodisch.«

Prynn nahm sich einen sauberen Teller vom Stapel in der Kreismitte und bediente sich dann an der angebotenen, an Reispfanne erinnernden Speise. Pikantes Zitrusaroma stieg ihr in die Nase und führte zu neuem Magenknurren. Auch das sautierte Meerestier und die gerösteten *Vithi*-Zwiebeln ließ sie sich nicht entgehen. Dann neigte sie dankbar den Kopf und legte los. In der Hoffnung, nicht zu gierig zu wirken, schaufelte sie sich das Essen in den Mund und meisterte es sogar, ihrer Gastgeberin zu antworten. »Im Gegenteil, *Zha.* Ihre Kleidung gefällt mir sehr. Sollte es sich einrichten lassen, würde ich gern eine *Ceara* mit nach Hause nehmen.«

»Es wäre mir eine Ehre, Ensign«, sagte Thantis, »Ihnen gleich mehrere zu schicken. Als Geschenk meines Klans.« Sie legte das beinahe leere Tablett in den Essenskreis und nahm ihren Platz wieder ein.

Wie Prynn dem kleinen Zucken in Shars Antennen entnahm, freute er sich über ihre Komplimente. *Wenn ich Shar helfen kann, indem ich mich seiner Schwiegermutter gegenüber dankbar erweise, umso besser.*

Dabei ging es ihr längst nicht nur um Höflichkeit. Die dreiteilige *Ceara* war tatsächlich bequem und hielt warm. Grundlage des Gewands war ein dünner, eng anliegender und vom Hals bis zu den Knöcheln reichender Body aus zartrosa Strickware. Er erinnerte vom Gefühl her an Kaschmir, lag aber seidengleich auf der Haut und war ebenso hübsch wie weich. Das Oberteil - die eigentliche *Ceara* - hingegen war rechteckig, blaugolden und wurde so um den Körper gewickelt, dass es diesen von der Hüfte bis zum Schlüsselbein bedeckte. Die Enden warf man sich über die Schultern und befestigte sie mit Broschen, die das Klan-Signum trugen, am Body. Untenrum trug sie eine weite, burgunderrote Pluderhose. Diese reichte bis zur Hälfte der Unterschenkel und war im Bund angenehm elastisch. Das Anziehen würde Prynn noch üben müssen, doch das Outfit war extrem bequem. Es war weder sternenflottentypisch androgyn, noch unterwarf es sich sklavisch der provokativen Mode, die die Designer von Risa, stilprägend in der Föderation, diktierten. Prynn saß im Schneidersitz auf einem Teppich, der in einer zweigeschossigen, unterirdischen, zugigen Halle lag, beugte sich über ihren Teller und fühlte sich so wohl, als bade sie nackt im heimischen Mittelmeer. Dies war definitiv Mode, mit der es sich leben ließ.

Als ihr gröbster Hunger gestillt war, wandte Prynn ihre Aufmerksamkeit den anderen in ihrem Kreis zu. Ein wenig irritiert registrierte sie Anichents und Dizheis Anwesenheit. Musste Shar wirklich mit seinen beiden Verflossenen speisen? Auf den meisten Welten wäre diese Sitzordnung ein Fauxpas, aber vermutlich hatte Thantis die drei verbliebenen Bündnispartner mit voller Absicht zusammengesetzt. Falls dem so war, sank ihr Stand bei Prynn dramatisch.

Prynn kannte die anderen Bündnispartner kaum. Als sie die Station erreichten, brach sie gerade mit der *Defiant* gen Gamma-Quadrant auf, und als sie nach Andor zurückreisten, waren sie derart von Trauer gezeichnet gewesen, dass sich schlicht nie die Chance einer formellen Vorstellung ergeben hatte. Prynn wollte Anichent und Dizhei nicht ignorieren, wusste jedoch nicht, wie sie eine Unterhaltung mit ihnen beginnen sollte. *Tut mir leid, einfach so in eure Beerdigung zu platzen. Super Essen, übrigens. Toller Wellnessbereich. Und erst die Klamotten! Habt ihr eigentlich schon einen Ersatz für Shar gefunden?* Beim letzten Gedanken verschluckte sie sich an etwas Fisch und hob hustend die Hand vor den Mund. Shar sah besorgt von seinem eigenen Teller auf, rieb ihr den Rücken und schlug ihr sanft zwischen die Schulterblätter. Kein Verhalten, dass in den Offiziersmessen der Sternenflotte für Aufmerksamkeit gesorgt hätte, hier aber schien es unüblich zu sein, wie Prynn den Gesichtern der anderen Kreisteilnehmer entnahm. Insbesondere in Thantis' Augen las sie ... nein, nicht Skepsis - irgendetwas anderes.

Prynn erholte sich schnell, räusperte sich und gab einer Gräte die Schuld, die sie wohl vergessen hatte, aus ihrem Filet zu entfernen. Der Zwischenfall war vorbei, und die Essenden widmeten sich wieder ihren Tellern und Gesprächen, doch Prynn konnte den Eindruck nicht abschütteln, dass die *zhen* sie genauer beobachtete als je zuvor.

Shar bat um das Tablett mit gerösteten Zwiebeln, das neben Thantis lag. Die *Zha* aß aber unbeirrt weiter, tunkte den Rest ihres *Hari* in die auf ihrem Teller verbliebene Sauce. Jemand anderes musste Shar das Tablett reichen.

Ohne von ihrem Teller aufzusehen, ergriff Thantis danach das

Wort. »Ab dem morgigen Tiefsten ist das Reisen wieder sicher, heißt es von Seiten der Wetterkontrolle.«

»Meine *Zhavey* erwartet mich«, sagte Shar.

»Ich werde den Shuttlehafen Thelasa-vei über dein Kommen informieren. Halt - du reist nicht allein, oder? Du und deine *Freundin*«, sie nickte in Prynns Richtung, »werdet gemeinsam in die Hauptstadt reisen.«

»Du sagst es, *Zha*.«

Er nennt sie Zha, *nicht* Zhadi. Prynn riss die Augen auf. Soweit sie wusste, war *Zha* eine höfliche Alternative zu *zhen* - einem »gnädige Frau« nicht unähnlich. *Zhadi* hingegen entsprach in etwa dem Begriff »Schwiegermutter«. *Er lässt sie wissen, dass sie nicht die Einzige ist, die mit ihrer Beziehung zueinander Probleme hat.*

»Commander Matthias wird euch folgen, sobald sie hier fertig ist. Mir ist allerdings bewusst, dass sie sich vor ihrer Rückkehr nach Deep Space 9 noch mit einigen hiesigen Kollegen treffen möchte. Warum trefft ihr euch nicht einfach auf der Orbitalstation wieder? Oder in Zhevra?« Thantis' ruhiger, fester Ton strafte ihre scharfen Worte lügen.

Shar lief dunkelblau an.

Autsch, dachte Prynn. *Als wüsste er nicht selbst, dass er hier nicht willkommen ist. Besten Dank auch.*

Bevor Shar etwas erwidern konnte, ging Phillipa dazwischen: »Ich fürchte, ich werde meinen Aufenthalt auf den Inseln abkürzen müssen, um genug Zeit zu haben, die Universität Zhevras zu besuchen. Dennoch würde ich die Region gern besser kennenlernen. Hätten Sie Zeit, mich durch Ihr Heim zu führen und mich in die Klanhistorie einzuweihen?«

»Durchaus«, sagte Thantis. Sie stellte ihren leeren Teller auf den entsprechenden Stapel, der stetig wuchs. »Jetzt wäre ein guter Zeitpunkt, Commander. Wir sind hier fertig, und später erwarten mich politische Verpflichtungen - die hiesige Gruppe der Visionistenpartei trifft sich in unserer Festung. Also, was sagen Sie?«

»Es wäre mir eine Ehre, *Zha* Sessethantis«, erwiderte Phillipa und stellte ihren Teller ebenfalls beiseite.

»Ach, und Shar?«, sagte Thantis eine Spur zu lässig für Prynns Geschmack. »Ich glaube, du hast etwas, das mir gehört.«

Shar, der noch an seiner Röstzwiebel kaute, sah nicht auf.

»Es gab ganz offensichtlich ein Missverständnis.« Thantis beugte sich vor und griff ihm wie selbstverständlich in den Kragen, um das *Shapla* herauszuziehen. »Denn Commander Matthias sollte dies eigentlich *mir* geben.«

Niemand rührte sich. Die eklatante Verletzung von Shars Grenzen ließ alle erstarren. Prynn sah zu Dizhei und Anichent, die sichtlich angespannt waren.

Einzig Shar selbst wirkte ungerührt. »Dem Brauch entsprechend, geben die Bündnispartner ihre Bande persönlich an die Toten zurück.« Er nahm ihr den Anhänger wieder aus der Hand und ließ ihn zurück unter seine Kleidung fallen. »Bevor ich aufbreche, werde ich Thriss vervollständigen. Das schulde ich *ihr*«, sprach er und setzte seine Mahlzeit fort.

Phillipa ging neben Thantis in die Knie, berührte ihre Schulter. »Ich bitte um Verzeihung, *Zha*. Selbstverständlich baten Sie mich, das *Shapla* an Shars Stelle zu überbringen. Als der Sturm ihn aber zwang, hierherzukommen, dachte ich, er sollte es selbst tun.«

»Nicht der Rede wert«, sagte Thantis und winkte ab. »Niemand kann von Ihnen erwarten, unsere Sitten zu kennen. Lassen Sie uns aufbrechen.«

Die Gastgeberin mochte gehen, doch die Erinnerung an die peinlichen Momente zuvor blieb. Ohne Thantis verstummten selbst die oberflächlichsten Gespräche. Prynn wusste, dass die Stille, die nun herrschte, auf die Anwesenheit Shars und seiner Bündnispartner zurückzuführen war.

Während des gesamten Mahls hatten Dizhei und Anichent kein Wort gesprochen, zumindest nicht in ihrer Gegenwart. Man hätte alle drei genauso gut für Fremde halten können, denn nichts an ihrem Verhalten wies auf ehemalige Geliebte hin, die gemeinsam um eine Tote trauerten. Aus ihren eigenen unangenehmen Begegnungen mit Vaughn - seit ihrer Rückkehr waren diese mal traurig, mal schwierig - wusste Prynn, dass es dem Heilungsprozess nicht zuträglich war, Konfrontationen aus dem Weg zu gehen. Durch sein beharrliches Bestehen darauf, Teil ihres Lebens zu sein, half Vaughn ihr tatsächlich, den grauenvollen Tod ihrer Mutter zu verarbeiten. Auch Shar bedurfte einer solchen Heilung - doch solange sie, Prynn, neben ihm saß, hatte er die perfekte Entschuldigung, sich nicht mit seinen Bündnispartnern beschäftigen zu müssen.

»Weißt du«, sagte sie kurzerhand, »ich bin ziemlich erschöpft. Sofern also nichts weiter ansteht ...«

»Es wird noch getanzt«, erklärte jemand. »Nach dem Tiefsten-Mahl wird stets getanzt.«

»Ach ja?«

»Und es gibt Musik. Mehrere neue Kompositionen entstanden extra für ...« Der Redner verstummte abrupt.

Die Entsendung, beendete Prynn in Gedanken. *Für die Beerdigung.*

»Die Küche wird Süßes bereiten«, sagte ein anderer. »Heute Abend beginnt das Quellfest. Zur Feier dieses Anlasses wurden viele Köstlichkeiten kreiert.«

Die Aussicht auf Dessert und Tanz gefiel Prynn. Wenn sie blieb, würde Shar ihr pflichtbewusster Partner sein, ihr die Schritte beibringen und sie Klanmitgliedern vorstellen, die er von früheren Besuchen kannte. Er würde den perfekten fürsorglichen Gastgeber spielen und sich um sie kümmern, solange sie ihn als Orientierungshilfe benötigte. *Aber hier geht's nicht um mich ...*

»So gern ich auch mitfeiern würde, ich leg mich auf's Ohr. Mir fehlt Ihre stählerne andorianische Konstitution. Hin und wieder brauche ich Schlaf.« Prynn stand auf, bevor Shar sie zum Bleiben auffordern konnte. Sie wusste, sie würde ihm nicht widerstehen können, wenn er es tat. »Wem soll ich für diese köstlichen Speisen danken?«

Ihre Sitznachbarn tauschten verwirrte Blicke aus.

»Na, ich find's schon heraus.« Ohne ein weiteres Wort brach sie auf. Wie lange sie wohl brauchte, den Schlafraum und ihre Tasche zu finden - vorausgesetzt, letztere war inzwischen wieder aufgetaucht? Nicht, dass ihre eigene Kleidung von Nutzen gewesen wäre: Shorts, Stringbikinis und Tops in tropischen Farben waren hier alles andere als angemessen. Doch ihr Zahnreiniger und ihre weichen Lieblingspantoffeln wären ganz nett. Auch hatte sie sich vor ihrem Aufbruch von DS9 einige Romane aufs Padd geladen. Was gab es Besseres, um sich einen stürmischen Abend zu vertreiben? Shar konnte sich ruhig Zeit lassen. Sie würde für ihn da sein, falls er sie brauchte.

Und sie war tatsächlich müde. Andorianer mochten mit drei bis vier Stunden Schlaf auskommen, als Mensch brauchte sie aber mindestens sechs und einen großen *Raktajino*, um als empfindsames Wesen durchzugehen.

Aus der Speisehalle gelangte sie in einen gewölbeartigen Vorraum und merkte, dass sie besser nach dem Weg gefragt hätte. Wo genau lag ihr Schlafplatz? Prynn zählte zehn relativ identisch wirkende Korridore, die aus dem Raum führten. *Schätze, ich muss wohl blind wählen ...*

Sie brauchte nicht lange, um zu erkennen, wie falsch ihre Wahl war. Hinter der ersten Biegung hörte sie Stimmen vor sich, das Echo fernen Geflüsters, und schritt neugierig weiter. Mit jedem Meter wurden die Geräusche deutlicher. Es waren Kinderstimmen, und sie sangen eine Geschichte über zwei Personen namens Thirizaz und Shanchen. Diese verlangten offenbar von einem Vulkan, er solle Lava ins Meer bluten, damit ein Nebel entstand. Durch diesen hofften die beiden einem bösen Geist zu entkommen, der danach trachtete, sie voneinander zu trennen. Prynn folgte dem Gesang bis zu einer Kreuzung, von der aus sie durch die transparenten Decken vierer Klassenzimmer blicken konnte.

Seltsame Zeit für eine Schulstunde, dachte sie - und begriff. Da Andorianer nur ein Achtel ihres zweiunddreißigstündigen Tages schlafend verbrachten, waren sie weder tag- noch nachtaktiv, sondern an ein Leben und Arbeiten zu allen Zeiten gewöhnt. Das erklärte auch, warum in der Festung noch immer so viel los war, warum die Bewohner selbst um Mitternacht üppig dinierten, und warum Kinder um diese Zeit noch lernen konnten.

Auf einer Seite eines der Zimmer hockte ein Dutzend von ihnen auf Teppichen. Die Kinder trugen grobe braune Gewänder und beugten sich über große Padds, während ein Aufseher/Lehrer zwischen ihnen umher schritt und ihnen über die Schultern blickte. Es schien sich um eine Art Prüfungssituation zu handeln. Prynn schaute in die nächste Klasse und fand die jungen Sänger. Diese wirkten um einiges jünger, sechs oder sieben nach irdischen Maßstäben. Sie saßen im Kreis, sangen ihr Legendenlied und illustrierten dessen Geschichte mit passenden Armbewegungen. Prynn lauschte noch ein Weilchen und erfuhr, dass Thirizaz und Shanchen es geschafft und zurück zu ihren Freunden Zheusal und Charaleas gefunden hatten.

Sie ging weiter und schaute in Zimmer drei. Unter ihr saß ein Dutzend älterer Schülerinnen und Schüler in Vierergruppen - vermutlich Bündnisgruppen. Jeder einzelne trug Kleidung, die die Geschlechtszugehörigkeit signalisierte. Prynn entsann sich, dass die Bündnispartner einander als Jugendliche »gegeben« wurden. Hier schien eine Art Universitätsvorbereitung stattzufinden. Als Prynn genauer hinsah, bemerkte sie den Lehrer im vorderen Zimmerbereich. Er stand neben einer rotierenden holografischen Darstellung eines anatomischen Modells.

Vier schlicht wirkende, quadratische Lautsprecherkontrollen weckten Prynns Aufmerksamkeit. Diese befanden sich gleich vor ihr und waren in Zweierreihen angeordnet, ganz wie die Klassenzimmer. Als sie eine der rechten Tasten berührte, machte der Gesang dem Ton aus der Biologiestunde Platz. Die Lehrerin behandelte das Thema Sexualität und erklärte gerade, welche Nervenbündel eines *thaan* stimuliert werden mussten, um optimale sexuelle Befriedigung zu erreichen. Aus ihren Kulturkursen wusste Prynn, wie ernst Andorianer ihre familiären Pflichten nahmen, sei es die

Kindererziehung oder das Liebesspiel. Nun sah sie den Praxisbeweis jener Theorie direkt unter sich. So, wie das Thema hier behandelt wurde, hätte man es an Prynns eigener Schule nie gewagt: Explizit und ohne Tabus ging die Dozentin auf Schülerfragen ein. Doch die Situation hatte nichts Anzügliches, niemand kicherte oder machte Bemerkungen, wie Prynn sie von ihren menschlichen Mitschülern her kannte. Ganz im Gegenteil lauschten die Schüler regelrecht ehrfürchtig. Die Kulturkurse von einst schienen der Seriosität, mit der sich Andorianer für das *Shelthreth* und alles Folgende vorbereiteten, nicht einmal ansatzweise gerecht geworden zu sein. Dies war eine Gesellschaft, die auch Sexualität als festen Bestandteil der Bildung betrachtete, die ein Individuum brauchte, und die Studenten verhielten sich entsprechend.

Zumindest die meisten. In einer Ecke des Zimmers bemerkte Prynn einen Schüler, der versuchte, ein Padd unter seinem Ärmel zu verstecken. Immer wieder warf er flüchtige Blicke auf das Gerät, dann wieder auf das Hologramm. Es war offensichtlich, dass er nicht das Protokoll befolgte. Prynn lächelte und dachte an ihre eigene rebellische Teenagerzeit. Einmal hatte sie erst fünfzehn Minuten vor einem Test mit dem Büffeln begonnen, ein andermal eiligst einen Aufsatz über vulkanische Lyrik zusammenkritzeln müssen, weil sie am Vorabend mit einigen Freunden und einem frisierten Wagen in Rom gewesen war.

Prynn war nicht die Einzige, der die Bemühungen des Schülers, während des Unterrichts anderen Aktivitäten zu frönen, auffielen. Schon nach kurzer Zeit unterbrach die Lehrerin ihren Vortrag, stellte den Übeltäter bloß und verlangte von ihm, sich zu erheben.

Erwischt, dachte Prynn und fragte sich, welche Strafe wohl auf ihn wartete. Sie selbst hatte in diesen Fällen schlechte Zensuren kassiert oder sich zum Ausgleich ihrer Schandtaten auch nach Unterrichtsende sklavisch mit dem Lehrstoff befassen müssen.

»Thezalden ch'Letha. Findest du diese Unterrichtsstunde unnötig?«

»Nein, *Sha.*«

»Und warum störst du dann die Harmonie unseres Lernortes?«

Der junge *chan* senkte den Blick. »Wegen meines Tests in Geophysik, *Sha*. Meine Institutszuordnung hängt von ihm ab.«

Die Lehrerin kam näher. Erst in der Mitte des Raumes blieb sie stehen. »Ein wahrhaft wichtiger Meilenstein in deinem Leben. Es ist wichtig, sich derartige Ziele zu setzen und sie zu erreichen.«

Der *chan* schien sich zu entspannen.

»Aber«, fuhr die Dozentin fort, »es ist ebenso wichtig, sie richtig einzuschätzen. Ziele wie dieses haben außerhalb des Kontextes deines Bundes keinerlei Bedeutung. Warum, Thezalden?«

Der *chan* murmelte etwas Unverständliches gen Fußboden.

»Hört ihn jemand?«, fragte die Lehrerin.

»Dank des Bundes sind wir Eins. Ohne Eins gibt es Nichts«, rezitierte die Klasse in mehrstimmigem Gleichklang.

»Thezalden?«

Der *chan* wiederholte es, lauter als zuvor. »Dank des Bundes sind wir Eins. Ohne Eins gibt es Nichts.«

»Dennoch entehrst du deinen Bund durch deinen Egoismus.«

»Ich bin nicht ...«

»Du handelst deinen eigenen Bedürfnissen entsprechend«, unterbrach ihn die Lehrerin. Sie ging inzwischen im Kreis um ihn herum. »Nicht den ihren, nicht denen der Einsheit.«

»Aber ...«

»Einer allein kann nicht Eins sein - auch zweien oder dreien ist dies nicht gegeben. Die Entscheidungen eines Einzelnen sind die der Gesamtheit.« Die *shen* deutete auf Thezaldens Bündnispartner. »Was dem Einen widerfährt, geschieht allen. Ihre Leben sind deines ...« Sie hielt inne, damit ihr Schüler den Satz vervollständigte.

»Mein Leben das ihre.«

»So lautet die Erste Wahrheit. Vergiss sie nie.«

»Ich ...« Thezalden stockte, suchte nach Worten. Obwohl er vornübergebeugt saß und zu Boden blickte, sah Prynn wie dunkelblau seine Wangen wurden. »Es tut mir leid«, flüsterte er schließlich.

Prynn schloss die brennenden Augen, rieb mit der Faust über die Lider und machte sich schwer atmend auf den Rückweg. Als sie die Vorhalle erreichte, hatte sie sich wieder genug unter Kontrolle, keine Aufmerksamkeit zu erregen. Sie wusste noch immer nicht, wo ihr inzwischen schmerzlich vermisster Schlafraum lag. Sie wollte das soeben Gesehene vergessen, Shar zur Seite stehen und ihn schnellstmöglich von diesen Leuten trennen. Aus dem Augenwinkel bemerkte sie zwei aus einem anderen Gang schlendernde Andorianer und wollte sie gerade nach dem Weg fragen, als ...

»Falls Sie Ihr Werk nicht soeben vom Webstuhl genommen haben und es jetzt färben wollen«, erklang es trocken in ihrem Rücken, »würde ich den beiden aus dem Weg gehen.«

Prynn erkannte die Stimme sofort und wirbelte herum. »Thia!«

Thia ähnelte kaum mehr der gehetzten *Zhavey*, die Prynn kennengelernt hatte. Goldfarben, rot und purpurn gezeichnete Insektenflügel zierten ihre Wangen, und die Reisekleidung von einst war einer äußerst schmuckhaften grünen *Ceara* gewichen, über die sie jenen dünnen Überzug trug, der Prynn nun als typisch für eine *Zhavey* erschien. Ihre Zöpfe waren hinter den Antennen zu einem Knoten gebunden, aus dem ein halbes Dutzend von ihnen herausragte. An jedem Ohr hing eine mit Edelsteinen besetzte Schmuckkette herab, die in einer Art Tränenform endete.

Thia verneigte sich leicht. »Ich freue mich über Ihre sichere Ankunft, Prynn Tenmei. Und dass Sie unser traditionelles Gewand tragen.«

»Äh, ja. Die haben meine Tasche verbummelt, aber ich mag die andorianischen Sachen wirklich.« Die Ablenkung tat ihr gut. »Ich hatte mich schon gefragt, ob wir Ihnen hier begegnen, sah Sie aber weder in der Klausur, noch beim Tiefsten-Mahl.«

»Ich leistete meinen Dienst in der Sippenkrippe, wo wir unsere Jüngsten versorgen«, erklärte Thia. »Ich hörte von den Reiseeinschränkungen durch den Sturm. Shar handelte richtig und vernünftig, als er Sie herbrachte.«

»Ich fürchtete, unter den Umständen - mit den Vorbereitungen für die Entsendung, meine ich - wäre der Zeitpunkt ungünstig.«

»Die Riten der Toten müssen befolgt werden, sobald Shathrissías Klan beisammen ist«, bestätigte Thia. »Doch Gleiches gilt für die Traditionen des Quellwasserfestes - und zu denen zählt es, Besucher wie Sie und mich willkommen zu heißen. Der Zeitpunkt ist in der Tat bedauerlich, doch ist die Situation kein Novum. Seien Sie gewiss, dass diesbezüglich alles in Ordnung ist.«

Es folgt: der Moment der peinlichen Stille. Prynn schaute zu Boden, dann zurück zu Thia, sie lächelte freundlich. Die junge *zhen* schien auf etwas zu warten, doch Prynn hatte keinen Schimmer, worauf. Sollte sie sich verneigen, diese Sache mit den Handflächen machen, nach Thias Kind fragen? *Die Gelegenheit ist günstig herauszufinden, wo zum Henker ich eigentlich hin muss.* »Wollen Sie mir vielleicht Gesellschaft leisten, während ich mich verlaufe?«, fragte Prynn und hob resignierend die Hände. »Ich habe absolut keine Ahnung, wo ich schlafen soll.«

Ein freundliches Funkeln schlich sich in Thias Augen, wie es mitunter in Shars geschah.

Prynn entspannte sich.

»Möchten Sie sich nicht lieber für den Festtanz umziehen? Ich könnte Ihnen Juwelen leihen und Ihnen Gesicht und Körper bemalen.« Thia schob Stoff beiseite, und Prynn sah, dass ihr leerer *Kheth* ähnlich verziert war wie ihr Gesicht.

Für einen Moment war sie versucht, einzuwilligen - insbesondere, da ihr Shars Beschreibung des Festes wieder einfiel. Dennoch lehnte sie ab. Sie spürte, dass sie während ihrer Zeit in der Festung vorsichtig sein musste, und der Gedanke, sich in einer Meute aus Fremden gehen zu lassen, beunruhigte sie.

Thia wirkte aufrichtig enttäuscht, in ihr keine Festbegleitung zu finden. »Wenn Sie es wünschen, führe ich Sie zu Ihrer Schlafhalle.«

Das war ein Angebot, das Prynn dankend annahm.

Prynns offensichtliche Motive für ihren frühen Aufbruch aus der Speisehalle frustrierten und ernüchterten Shar gleichermaßen. Hatte er ernsthaft geglaubt, er könne Seite an Seite neben seinen Bündnispartnern sitzen, ohne ein einziges Wort mit ihnen zu wechseln? Durch ihren Entschluss zwang sie ihn, sich der Situation zu stellen. Natürlich hatte er Dizhei und Anichent schon während der Klausur und des Tiefsten-Mahls aus den Augenwinkeln beobachtet, doch vergeblich versucht, ihre Gefühle zu erkennen. Beide waren geübt darin, ihre Innenwelt abzuschirmen. Er musste damit rechnen, dass er die Wahrheit erst erfuhr, wenn - falls! - sie sich ihm offenbarten. Das Wiedersehen riss alte Wunden in ihm auf, weckte alte Liebe. Anichents Blick war wieder wach. Er schien die Lähmung abgeschüttelt zu haben, die ihn bei ihrem Lebewohl ergriffen hatte, und wirkte wieder so gefasst und sicher wie Shar ihn kannte. Dizhei hingegen ... Sie hatte zweifellos Gewicht verloren. Die Schatten unter ihren Augen verrieten die Last der vergangenen Monate, und doch machte ihr Gesicht keinen hageren Eindruck mehr. Hatten beide gelernt, mit der Trauer zu leben? Hatte er es? Oder hatte er den Schmerz aus sich herausgeschnitten wie erkranktes Gewebe, anstatt zu erkunden, wie es sich *ohne* Thriss in dieser Welt lebte? Er hatte seine Bündnispartner sitzen lassen, so einfach war das. Von all den unerträglichen Optionen, die sich ihm damals boten, war diese die erträglichste gewesen. Zumindest hatte er das geglaubt.

Der Geräuschpegel in der Halle ließ nicht nach. Angesichts der vielen Hundert noch essenden Personen war das nicht verwunderlich.

»Thirishar.« Anichent sprach als Erster. Selbstverständlich. Nicht einmal eine Katastrophe vermochte vollends zu negieren, was sie einander schon seit Kindertagen bedeuteten.

»*Th'se*«, erwiderte Shar. Er wählte bewusst die Koseform, wollte, nein, musste ihnen seine Liebe zeigen. Viele Dinge hatten sich verändert, doch seine Gefühle nicht.

»Du siehst gut aus«, sagte Dizhei. Sie schob das Essen auf ihrem noch immer vollen Teller hin und her.

»So wie du, *sh'za*.«

Stille. Ohrenbetäubend und undurchdringlich.

Und wieder war es Anichent, der sprach: »Begleitest du uns ins Arboretum? Wir sollten reden.«

Shar nickte. Er bot Dizhei seinen Arm. Ihr Zögern dauerte nur einen Sekundenbruchteil und doch schmerzte es. Aber was durfte er schon erwarten?

Anichent ergriff seine Hand. Gemeinsam brachen sie auf.

Prynn und Thia legten gefühlt mindestens einen halben Kilometer zurück. Zumindest gewann Prynn den Eindruck, dass die Festung mehr mit einer Kleinstadt als mit einem Familiensitz gemein hatte. Der Schlafraum, den sie schließlich erreichten, entpuppte sich als weitere steinerne Halle mit hoher Gewölbedecke. Fresken von geflügelten Kreaturen sowie Knotenmuster schmückten die Seitenmauern. Paravents - dunkler Stoff in klappbaren Metallrahmen - unterteilten den Raum in kleinere Bereiche, von Einzelzimmern keine Spur. Prynn sah, wie ein weibliches Klanmitglied sich ein Schlafbündel aus dem Stapel nahm, der sich an einer der Mauern türmte, die darin enthaltene Matte auf einer freien Stelle des Bodens ausrollte, sich seiner obersten Kleidungsschicht entledigte, sie sorgfältig zusammenfaltete und neben die Matte legte. Erst dann kroch die *shen* unter die Decke. Ein Kissen hatte sie nicht, und niemand löschte das Licht. Niemanden schien es hier zu scheren, neben wem er die nächsten paar Stunden verbringen mochte.

Das nenn ich mal Vertrauen.

Prynn schlenderte an der Mauer entlang und fragte sich, nach welchen Kriterien sie eine Matte für sich wählen sollte. Dieser Mangel an Privatsphäre beschäftigte sie zutiefst. Störte sich Thia nicht daran? Wollte sie nie allein sein?

»Wir lebten schon immer nach der Maxime: *Gib, wenn andere in Not sind*«, antwortete diese. »Was immer uns zur Verfügung steht, teilen wir mit unseresgleichen.« Thia hatte ein besonders klobiges

- und, wie Prynn hoffte, wärmendes - Bündel gewählt und reichte es an sie weiter. »Die Personen in diesem Schlafsaal bedürfen eines Ruheplatzes. Sie tragen einem biologischen Bedürfnis Rechnung, das Gesundheit und Wohlbefinden fördert. Eine neu verbundene Gruppe, die gerade das *Shelthreth* durchlebt, kann aber getrennte, abgeschirmte Bereiche nutzen, um diese heilige Erfahrung ungestört zu machen. Ähnliches gilt für *Zhaveys*, die gerade entbunden haben. Aber das Schlafen ist für uns kein Ritual.«

Die Informationen inspirierten Prynn, über ihre eigenen Schlafgewohnheiten nachzudenken. Mit einem Mal kamen ihr all die heißen Bäder, Romane und zerknautschten Kissen ein wenig lächerlich vor. Sie folgte Thia zu einer der abgeschirmten Ecken und fand dort zu ihrer Erleichterung ihre Tasche vor. »Das mag jetzt seltsam klingen«, fragte sie, »aber was ist mit Besitztümern? Mit privatem Eigentum?«

»Jede Familieneinheit verfügt über Räumlichkeiten innerhalb des Klansitzes. In diesen können Privatangelegenheiten geklärt, Besitztümer gelagert werden.« Thia entrollte Prynns Bündel, glättete die Matte und breitete die Decke aus. »Das Streben nach Privateigentum entspricht eigentlich nicht dem andorianischen Lebensgefühl.«

Prynn ließ sich das kurz durch den Kopf gehen. »Sie ziehen das hier alle gemeinsam durch, nicht?«

»So sollte es sein«, antwortete Thia und klopfte mit der Handfläche auf die Bettstatt. »Sie ist jetzt bereit für Sie. Und halten Sie uns bitte nicht für gar zu rückständig: In den Stoff wurden Temperaturregler eingewebt. Sie werden nicht frieren.«

Prynn lachte. »Bin ich so leicht zu deuten?«

»Ihre Haut weist zahlreiche Kleinsterhebungen auf«, antwortete Thia und deutete auf die Gänsehaut auf Prynns Armen. »Und Sie sind ziemlich blau im Gesicht für eine Spezies, die das eigentlich nicht ist.«

»Schätze, ich bin inzwischen an die Kälte gewöhnt«, sagte Prynn. »Ich hab gar nicht gemerkt, dass ich zum Eiszapfen werde. Sagen Sie, wo findet man hier das ...«

»Gleich um die Ecke«, verstand Thia sofort und deutete zur nächstgelegenen Tür. »Halten Sie sich links und gehen Sie durch den schwarzen steinernen Torbogen.« Sie zögerte. »Sind Sie dann also versorgt?«

Prynn nickte. »Ich leg mich gleich hin. Wir hatten einen langen Tag. Wo schlafen Sie?«

»Ganz in der Nähe. Ich lege mich nach dem Tanz zur Ruhe. Meine *sh'za* kümmert sich heute Abend um die Kinder.«

»Sehe ich Sie morgen?« Thia gehörte zu dem halben Dutzend Personen, die Prynn hier überhaupt kannte. Sie wollte den Kontakt zu der *Zhavey* halten - und sei es nur, damit jemand da war, der ihr die kulturellen Grenzen aufzeigte.

»Wenn Sie es wünschen, Prynn Tenmei.« Thia neigte höflich den Kopf.

Prynn machte sich bettfertig, schälte sich aus der *Ceara* und kroch schnellstens unter die Decke. Es gelang ihr tatsächlich, die Sorgen um Shar kurz aus ihrem Gedächtnis zu verbannen und sich ihrem Roman - einem albernen Gruselwerk über die frühen Tage des Terraforming auf dem Mars - zu widmen. Und nicht zu erfrieren.

Shar strich mit der Hand über den Stamm eines blühenden *Elta*-Baumes. Das Arboretum mit seinem Überfluss an Pflanzen und seiner Wärme erinnerte ihn mehr als jeder andere Raum des Klansitzes an seine Heimat, den südlichen Kontinent. Schon während seiner Jugend war Shar stets ins Arboretum geflohen, wann immer ihn beim Besuch Cheen-Thitars das Heimweh überkam.

»Ich erinnere mich noch, wie wir mit Thriss herkamen«, sagte er nun. »Hast du den Ort deshalb ausgewählt, Anichent?«

»Teilweise. Wir verlebten hier frohe Stunden. Ich wollte an sie anknüpfen und hoffe, die Freuden der Vergangenheit lindern unseren Schmerz.«

Shar nickte zustimmend, bewunderte Anichents Weitsicht. Dieser Raum war ein Hort der Teiche und Blumen, ein friedlicher Ort.

Shar wollte schon von seinen Erinnerungen an jene glückliche Zeit beginnen, als Dizhei ihm zuvorkam.

»Wir haben mit vielen *zhen* und *chan* gesprochen, Thirishar.«

Er schluckte. Der altvertraute Schmerz breitete sich wieder in ihm aus. »Ich hoffe, ihr habt passende Vertreter gefunden.«

Dizhei seufzte und senkte die Schultern, als trüge sie eine qualvolle Last. »Ehrlich gesagt, nein. Die Kandidaten erwiesen sich allesamt als ...«

»Sie sind nicht du, Shar«, sagte Anichent und trat neben ihn.

Bevor Shar reagieren konnte, beugte Anichent sich vor, bis sich ihre Antennen berührten. Leise Koseworte drangen auf Shar ein, linderten sein Leid. Worte, die Shar in diesem Leben nie wieder zu hören gehofft hatte. Er ließ Anichent gewähren, und ihm war, als gäben die Pein und die Freude ihm neues Leben. Die vertraute Nähe seines *th'ses* traf ihn hart, und er stolperte wie unter Hieben. Nach Halt suchend, ergriff er Anichents Schulter, zog ihn zu sich, und Anichent schloss ihn in seine Arme.

»Und sie sind nicht Thriss.« Dizhei trat hinter Shar, schob sein Gewand bis über die Hüfte hoch und streichelte seinen Rücken mit überwältigender Zärtlichkeit. So standen sie da, berührten einander, flüsterten Worte, die viel zu lange unausgesprochen geblieben waren. Wie einfach, wie natürlich war es doch, sich dieser Umarmung zu ergeben, dieser Liebe ...

Sie liebten ihn.

Er aber hatte sich dieser Liebe verweigert. Aus Angst, die beiden zu verletzen.

Nun löste er sich von ihnen. Obwohl ihm war, als entziehe er sich seiner Lebensquelle, zwang er sich dazu, Abstand zu halten. Erst vor wenigen Minuten hatte er das, was hier gerade geschah, als unmöglich eingeschätzt, seinen Verlust betrauert. Er wusste nicht, ob er stark genug war, dies erneut zu tun. »Was wollt ihr von mir?«, flüsterte er. Es war mehr Flehen als Anklage.

»Es ist nicht zu spät, *ch'te*«, antwortete Anichent. »Du kannst immer noch *chan* sein.«

Die alten Zweifel folgten wie aufs Stichwort. Chan *für euch? Oder* chan *für uns? Können wir überhaupt zusammen sein, ohne auf ewig in die Vergangenheit zu blicken?* »Wird es je eine Zeit geben, in der ihr mich nicht für ihren Tod verantwortlich macht?«, fragte Shar mit rauer Stimme.

Anichent bejahte ohne Zögern, Dizhei aber schwieg. Ihr Schweigen fürchtete Shar am meisten.

»Es geht nicht um Vergebung«, sagte sie schließlich. »Anichent und ich hoffen, etwas Gutes retten zu können. Was vergangen ist, darf vergangen bleiben. Ich kann nicht versprechen, deine Entscheidungen je zu verstehen, *ch'te*, aber ich kann mit ihnen leben.«

Shar wollte gerade etwas erwidern, da fiel sein Blick auf eine Gestalt im Türrahmen. Sie trug das zeremonielle Gewand der Hauswachen. Shar bedeutete dem *thaan*, näherzutreten und seine Kunde zu überbringen.

»Du musst mich begleiten, *Cha* Thirishar«, sagte der Wachmann, den Kopf höflich gesenkt. »Es ist dringend.«

Shar stutzte. »Was ist geschehen?«

»*Zha* Charivretha ist hier.«

Mitten in Kapitel drei war Prynn eingeschlafen. Doch die verstörenden Träume von den Marskolonisten ihres Romans, die in ihrer eigenen Station von fremden Parasiten kontrolliert wurden, weckten ein dringendes Bedürfnis in ihr. Sie brauchte ein Badezimmer. Prynn verscheuchte die Traumbilder, öffnete die Augen und fand den Schlafraum kaum verändert vor. Seit Thias Aufbruch hatte die Zahl der ausgebreiteten Matten ein wenig zugenommen. Überall schliefen Andorianer friedlich. Von Phillipa und Shar fehlte allerdings noch jede Spur. Verschlafen sortierte sich Prynn aus ihrem Schlafbündel und tastete nach ihren Pantoffeln. Ob sie sich bedecken musste, eine Art Morgenmantel brauchte? Und wo war das Bad gleich wieder?

Vage entsann sie sich Thias Wegbeschreibung, bog in den Korridor und schlurfte ihn entlang. Zu ihrer Überraschung fröstelte sie weniger als erwartet, wenngleich sie sehen konnte, wie der Sturm draußen Äste und andere lose Gegenstände gegen die Fenster blies. Wasser lief die Scheiben aus transparentem Aluminium hinab, prasselte mit unablässiger Intensität gegen Dach und Außenmauern.

Prynn erreichte einen dunkelgrauen Torbogen, trat in einen zweiten Gang und gähnte. Sie suchte nach etwas, das auf Toiletten hinweisen mochte, und fand eine nur angelehnte Tür. Auf ein übermüdetes Hirn wie das ihre machte dieser Fund durchaus Eindruck, hatte sie seit ihrer Ankunft in der Festung doch keine einzige Tür gesehen. Ihre Nackenhaare stellten sich auf, ihr Atem ging schneller. Fahles Licht fiel durch den schmalen Spalt auf den Gang hinaus. Es lockte sie, und sie konnte einfach nicht widerstehen. Vorsichtig öffnete Prynn die Tür weiter. Schließlich gab es nichts zu befürchten, oder? Nichts zu befürch...

Schon auf der Schwelle wusste sie, dass sie nicht hier sein sollte. Sie hatte kein Recht dazu. Doch ihr Wissenshunger war stärker als ihr Anstand. Also ging sie weiter.

Sie blickte auf den durchsichtigen Deckel des Sarges, in dem sich ihr eigenes Gesicht spiegelte und das von Thriss überlagerte.

Selbst im Tod war Shars *zh'yi* noch wunderschön. Prynn strich über die durchsichtige Abdeckung, als wäre sie das weißblonde Haar, das sich unter Thriss' Kopf und Schultern ausbreitete. Die Lippen der Verstorbenen wirkten feucht und zart. Sie waren leicht geöffnet, als hätte sie den letzten Atemzug nie vollendet. *Welch ein Verlust*, dachte Prynn. *Welch ein Schmerz in so vielen Leben.*

Ein Moment wie dieser wird mir mit meiner Mutter nie vergönnt sein. Sie hatte kein physisches Andenken an Ruriko, nicht einmal sterbliche Überreste. *Und auch Shar wird er nicht gewährt!*

Die Hände auf den Sarg gestützt, beugte sie sich vor, bis ihre Stirn den Deckel berührte. Sie studierte Thriss' regloses Antlitz und wünschte sich für einen Moment, sie könne die Verstorbene aufwecken, als wäre diese die Prinzessin eines Märchens. Dank der Kraft eines Liebeskusses. Dank ihrer Liebe zu Shar.

Sie stutzte, stolperte über die Formulierung. Ihre Liebe zu Shar. *Empfinde ich tatsächlich so?*

Vretha trat durch den Torbogen in den Empfangssaal und fand Thantis bereits dort vor. Die *zhen* hatte ihr den Rücken zugewandt, die Hände hinter diesem verschränkt, und sah zu, wie der Regen die eisigen Fenster hinabfloss. Selbst von hinten wirkte sie so zerzaust und verschroben wie vor sechs Jahren, als Vretha zuletzt in diesem Raum und die beiden *Zhaveys* zuletzt Verbündete gewesen waren.

Vereint in dem Bestreben, Shar erst nach dem *Shelthreth* zur Akademie der Sternenflotte ziehen zu lassen, hatten sie hier diverse Pläne geschmiedet, die alle fruchtlos blieben. Irgendwann hatte Thantis dann eine Berufung ans Kunstinstitut auf Betazed akzeptiert und Thriss mitgenommen. Vretha selbst war in den Föderationsrat aufgestiegen, von wo aus sie leicht auf die Sternenflottenakademie und Shar Zugriff hatte. Seitdem hatten sie und Thantis nicht miteinander gesprochen, sah man von ein paar wenigen Subraumbotschaften ab, die während Vrethas nicht minder erfolglosen Versuchen entstanden waren, Shar von der Mission Gamma abzuhalten.

Einmal mehr weiß ich keinen anderen Ausweg, als Thantis um Hilfe zu bitten. Weil ich Thirishar nicht richtig erzogen habe.

Vretha sammelte sich, atmete tief ein, schlug ihre Kapuze zurück und trat auf ihre alte Nemesis zu. »Verzeih meine Störung zu dieser heiligen Zeit der Entsendung.« Neben einem eigenartigen Tisch blieb sie stehen, die gefalteten Hände tief in den Ärmeln ihres Gewandes vergraben, und verneigte sich tief. Dann wartete sie.

»Es scheint mir auf seltsame Art angemessen«, begann Thantis und wandte sich zu ihr um, »dass dein *Chei*, der so viel Chaos im Leben meiner *Zhei* verursachte, auch ihre letzten Riten stört. Er war schon immer ein Sturkopf, der selten Ratschläge annahm und den eigenen Weg für den einzig richtigen hielt. Zumindest darin beweist sein Verhalten die Effektivität deiner Erziehungsmethoden.«

Du hättest eine politische Karriere anstreben sollen, dachte Vretha.

Thantis' Worte verletzten sie, doch wenn sie ihr Versprechen gegenüber dem Parteirat halten wollte, durfte sie sich auf keinen Schlagabtausch einlassen.

Die schlichte *Ceara* verlieh Thantis ein friedliches Erscheinungsbild. Doch der Schein trügte. Vretha wusste aus eigener Erfahrung, dass die *zhen* ihre spitzen Bemerkungen meisterhaft zu zielen verstand, jedem versierten Parlamentarier ebenbürtig. Trotzdem war es unter ihrer Standeswürde, auf Thantis' Eröffnung unfreundlich zu reagieren. Immerhin war sie Föderationsrätin, gewählte Repräsentantin von Millionen Andorianern, und mit dieser Ehre ging die Verpflichtung einher, sich korrekt zu benehmen. Die *zhen* hatte ihr Kind verloren. Vretha würde nicht zurückschießen, wenn ihr Gegner schon verwundet war.

»Außerdem bitte ich für Thirishars unpassenden Besuch um Verzeihung«, sagte sie. »Wären nicht die Aufstände und der versuchte Bombenanschlag in der Hauptstadt - der meines Wissens auf radikale Visionisten zurückgeht -, befände sich mein *Chei* in diesem Moment in Zhevra.«

Ein Anflug von Respekt schlich sich auf Thantis' Züge. »Gut gesprochen.« Dann widmete sie sich erneut dem Regen. Hier im Schutz der Mauern war das Tosen des Sturmes kaum zu ermessen. Vrethas Regierungsshuttle war das neueste Modell auf dem Markt, trotzdem hatten Wind und Blitze es hin und her gescheucht wie einen Kiesel auf den Straßen. Das hatte Vrethas Laune nicht gerade verbessert. Ging es um Shar, liefen die Dinge nie reibungslos. Das wusste sie. Und dass sie erst einen Wirbelsturm hinter sich bringen musste, um ihn zu erreichen, war nur ein weiteres in einer langen Reihe von Hindernissen. Vretha ballte die Hände zu Fäusten. Ihre Nägel gruben sich in ihre Ballen.

Um den Abstand zwischen sich und Thantis zu verkleinern, trat sie um ein kostbares Kanapee aus versteinertem Holz und postierte sich neben einer mehrstufigen Anordnung keramischer Pflanzenbehälter, in denen filigrane Farne und gestreifte Höhlenlilien wuchsen.

Letztere waren selbst in Andors Tropen rar. Vretha berührte eine der Blüten mit der Hand, streichelte ihre Unterseite. »Wie ich hörte, wurdest du während der Invasion Betazeds verwundet. Ich hoffe, deine Arbeit litt nicht darunter.«

»Der biosynthetische Arm war gewöhnungsbedürftig. Ich kann meiner Kunst allerdings längst wieder frönen.«

»Deine Genesung ist Andors Segen.«

»Deine Sorge ehrt dich, Charivretha.« Sie hielt inne. »Aber genug der freundlichen Worte. Widmen wir uns dem eigentlichen Thema. Du wirst Shar und seine ... *Freundin*«, sie spuckte das Wort eher, als dass sie es aussprach, »mit nach Zhevra nehmen. Weder er noch sie können hierbleiben. Das wäre anstandslos.«

Vretha gefiel Thantis' Wortwahl nicht im Geringsten. »Shar hat Pflichten zu erfüllen. Er wird ihnen nachkommen. Was seine *Freundin* betrifft, so wird Ensign Tenmei verfahren, wie immer sie möchte. Ich habe mit ihren Plänen nichts zu tun.«

Thantis sah sie aus dunklen Augen an. Ihre Blicke trafen sich. »Die Pläne Prynn Tenmeis *sollten* dich aber etwas angehen, Charivretha. Immerhin musstest du bereits einmal teuer für die Naivität deines *Cheis* zahlen.« Sie rauschte an Vretha vorbei und hinterließ einen Duft von Anis- und Rosenöl. »Thirishar ist bereits unterwegs. Du kannst in Kürze mit ihm rechnen.« Dann war sie aus dem Zimmer.

Vretha öffnete die Faust und ließ zerquetschte Lilienblätter regnen.

Kapitel 5

»Du reist noch heute Nacht mit mir zurück«, sagte Vretha. Sie lag auf dem Kanapee, das Parlamentsgewand breitete sich über den Bezug aus wie ein riesiger blutroter Fleck. Die Kombination aus kostbarem Mobiliar und edler Kleidung ließ *Zhavey* besonders herrisch wirken, fand Shar, einer Königin ähnlich. Neben ihr auf einem niedrigen Tisch aus kunstvoll gearbeitetem Eisen stand eine mundgeblasene Glaskaraffe mit Wein. Sie schenkte sich ein, nippte an ihrem Kelch und stellte den Wein zurück, ohne Shar etwas anzubieten.

Nicht, dass dieser brüskiert gewesen wäre. Shar hätte nichts von ihr erwartet. Tatsächlich überraschte es ihn - nun, da er vor ihr stand wie ein wehrloser Bauer vor seiner Lehnsherrin -, wie gefasst sie wirkte. Seit Beginn dieser bizarren Audienz hatte *Zhavey* kein einziges Mal die Stimme erhoben oder ihn mit Anklagen bedacht. Sie kannte seine Gründe für die Reise zur Cheshras-Insel, hatte sogar seine Weitsicht gelobt. So weit, so gut. Er traute ihr trotzdem nicht über den Weg und würde ihre Anweisungen nicht befolgen, bis sie seine Fragen beantwortet hatte.

»Es ist nicht sicher da draußen«, sagte er nach einer Weile. »Mit den Demonstrationen und Stürmen ...«

»Die Demonstrationen wurden beendet«, fiel Charivretha ihm ins Wort, leerte ihren Kelch und füllte ihn erneut. »Die planetare Sicherheit ist im Einsatz, um in den von Gewalt betroffenen Provinzen die Ordnung wiederherzustellen und damit der Protest nicht erneut aufflammt. Was das Wetter betrifft, so ist die Route über die Polarkappe und die äußere Atmosphäre in meinem Regierungsschiff weit ungefährlicher, als bei diesem Sturm in mit einem der in Thelasa-vei verfügbaren Passagiershuttles über den Sturm fliegen zu wollen.«

»Was, wenn ich mich zum Bleiben entschließe?«

Vretha legte den Kopf schief und betrachtete Shar mit nahezu mitleidigem Blick. »Oh, mein naiver *Chei*! Sessethantis will uns beide nicht hier haben. Wäre mein Kommen für sie nicht die Chance, dich leichter ihrer Mauern zu verweisen, ich hätte es niemals bis hierher geschafft. Sie und ihre Visionistengesellen planen momentan mein politisches Ende.« Sie schüttelte den Kopf. »Nein, du schließt dich mir an. Ich habe zu viel zu erledigen, als dass ich meine Zeit damit vergeuden könnte, Thantis zu besänftigen.«

»Und Prynn?«

Vretha zögerte nicht. »Commander Vaughns Tochter sollte vermutlich hier bei Counselor Matthias verbleiben. Zu ihrem eigenen Besten. Die planetare Sicherheit ist derzeit dünn besetzt und die Emotionen schlagen hohe Wellen. Als mein *Chei* bist du eine Zielscheibe. Und du willst doch nicht, dass ihr ein Leid geschieht, oder?«

Sie hat auf alles eine Erwiderung parat - als wüsste sie im Voraus, was ich sage. Seine Augen wurden schmal, als er die emotionale Energie beobachtete, die seine *Zhavey* verströmte. Sie war zu ruhig. Unter den gegebenen Umständen sollte sie eigentlich nervöser sein. Vorsichtig begann er zu bohren. »Du scheinst jeden meiner Schritte überraschend genau zu kennen.«

»Ich bin noch immer Andors Repräsentantin in der Föderation. Ich habe meine Quellen.«

»Quellen«, wiederholte er. »Nun, sie sind wie üblich beeindruckend gut informiert.«

Vretha atmete tief durch, erhob sich und näherte sich ihm. Dann nahm sie sein Kinn in die Hand und hob es, bis sie Shar direkt in die Augen sehen konnte. »Sparen wir uns die Spielchen, Thirishar«, bat sie mit sanfter Stimme.

Er aber spürte ihre Anspannung. »Spielchen? Ich weiß nicht, was du meinst …« Dabei drehte er leicht den Kopf, versuchte ihren Griff zu lockern.

Charivretha erlaubte es nicht, forderte weiterhin Augenkontakt. Doch ihr emotionaler Schutzschirm schwankte. Mit einem Mal sah und begriff Shar ihre Verbitterung und den Schmerz, der sie verzehrte.

»Ich habe dich beschatten lassen, Shar«, gestand sie frei heraus. »Seit Deep Space 9. Auf der *Viola* saß jemand, der dich für mich im Auge behielt.«

»Du spionierst mir nach«, flüsterte er, spannte die Muskeln an.

»Was hättest du an meiner Stelle getan? Du hast dich nicht gerade als jemand erwiesen, der seine Verpflichtungen respektiert.«

»Und respektierst du die Trennung zwischen mir und meinen Bündnispartnern?«

»Die hast du dir noch nicht verdient, Thirishar. Erst wenn mein Sitz im Föderationsrat sicher ist, darfst du deiner Wege gehen. Nicht früher.«

»Ist es das, was ich für dich bin? Ein Werkzeug? Eine Spielfigur?«

»Du hast keinerlei Zweifel daran gelassen, wie sehr du mich verachtest …«

»Das ist weder fair noch wahr …«

»… und alles, für das ich stehe. Ich akzeptiere das. Du jedoch weigerst dich, zu akzeptieren, dass du einzig meinetwegen da bist, wo du heute stehst: als respektierter Wissenschaftsoffizier der Sternenflotte mit prestigeträchtigem Posten. Shar, *ich* habe dir diesen Weg geebnet! Ich gab dir die Chancen, die dir die von dir ersehnte Karriere ermöglichten.«

»Dann bin ich also nichts ohne dich, ja? *Wäre* nichts ohne dich.«

»Ich schenkte dir das Leben!«, zischte sie.

So nah vor ihr lief er Gefahr, von ihren brodelnden Emotionen mitgerissen zu werden. Shar weigerte sich, sich von ihr einwickeln zu lassen. Er riss sich los, trat zur Karaffe und goss sich Wein in den benutzten Kelch. Dann legte er den Kopf in den Nacken und leerte den Kelch in einem Zug. Der Wein brannte angenehm in seiner Kehle, vermochte aber nicht seine Fassung wiederherzustellen. »Du hast mir nachspioniert.«

Charivretha wandte sich um und drehte ihm den Rücken zu. Ihr langer Schatten fiel über ihn.

Einen Moment lang verharrten sie so, schweigend und reglos. Shar fragte sich, ob das Schlimmste bereits überstanden war, als ihm plötzlich etwas Entsetzliches klar wurde. Der Verdacht war so dreist, so unerhört, dass Shar nicht glauben wollte, sie wäre tatsächlich zu so etwas fähig.

»Das war nicht das erste Mal, richtig?«, sagte er.

Schweigen.

Er fand kaum die Worte, die Vorstellung allein war schon zu viel. »Seit ich zur Akademie aufbrach?« *Bitte, sag mir, dass ich mich irre.*

Charivrethas Schultern sackten. Als sie sich zu ihm drehte, waren ihre Züge verzerrt. »Ich wollte nie etwas anderes, als dich beschützen, Shar. Du bist das Kostbarste für mich, mein *Chei.* Das musst du mir glauben.«

Die Zeit blieb stehen. Stumm vor Entsetzen, spürte er sein Herz vor Zorn rasen, seine Ohren rauschten und seine Hände zitterten. Shar sah seine *Zhavey* an, suchte nach Verständnis und fand doch keinerlei Reue in ihrem erblassenden Antlitz.

Vretha hielt seinem Blick nicht stand. »Ich habe Zhende aufgetragen, deine Sachen zu holen. Er bringt sie auf mein Schiff. Vor Tagesanbruch brechen wir auf.« Dann ging sie an ihm vorbei zum Ausgang. Als sie Shar passierte, berührte sie seinen Arm, wie sie es in seiner Kindheit getan hatte, wenn er traurig war, und streifte seine Antennen mit den ihren. Er horchte ihren festen, gleichmäßigen Schritten auf dem Steinboden, bis sie fort und er allein war.

Wohin kann ich mich wenden? Nach Hause?

Ich gehöre nirgends hin. Zu niemandem.

Dunkelheit erfüllte ihn, und alles, woran er glaubte, was er wollte und zu wissen gedacht hatte, verlor sich in ihr. Blind irrte er durch die Schwärze, suchte nach Antworten - und fand Prynn. Er musste bei Prynn sein, brauchte sie - das wusste er plötzlich so sicher wie seinen Namen. Er brauchte Prynn, weil Prynn verstand. Sie verstand diese verwirrende schwarze Leere in ihm, denn die gleiche Leere existierte in ihr.

Ohne auf den Weg zu achten, ging - rannte - er los, verlor sich in dem Gewirr aus bemalten Gesichtern, und fand instinktiv die Schlafhalle. Dann sah er sie, das Gesicht müde vor Sorge, und Frieden kam über ihn wie eine warme Welle.

»Komm mit mir«, sagte er und streckte Prynn die Hand entgegen.

»Wohin?«, fragte sie nur und ergriff sie.

»Irgendwohin.«

Gemeinsam brachen sie auf.

Hinter einem seidenen Raumteiler hielt Anichent beinahe den Atem an. Sah man seinen Umriss durch den dünnen Stoff? Hoffentlich nicht, aber die größere Herausforderung war ohnehin, seine Emotionen im Zaum zu halten. Anichent wollte nicht, dass Shar ihn bemerkte. Andererseits war fraglich, ob sein *ch'te* in diesem Zustand überhaupt mehr als sein eigenes Leid wahrnehmen konnte. Was Anichent aus dem Subtext der kurzen Unterhaltung zwischen Shar und Prynn herausgelesen hatte, bestätigte ihm seine Befürchtung bezüglich des Stellenwerts dieser Menschenfrau in Shars Leben. Mehr noch als Vretha, Thantis oder gar Dizhei begriff Anichent, dass Shars leidenschaftliche, ungestüme Art charakteristisch für ihn war. So war Shar immer, wenn er sich emotional band.

Anichent sah es nicht zum ersten Mal, hatte es schon zwischen Shar und Thriss erlebt. Damals hatte er die Augen vor diesem Geschehen verschlossen. Diesen Luxus durfte er sich nun jedoch nicht mehr leisten.

Wen Shar am meisten liebte, den ließ er nur zögerlich an seinem Leben teilhaben. Anichent wusste nicht, warum das so war, vermutete aber, dass Shar sich vor seinen eigenen emotionalen Untiefen fürchtete. Er hatte sich ihnen noch nie gern gestellt, stets jenen die größte Zuneigung geschenkt, von denen nicht die Gefahr einer Konfrontation mit diesen tiefen Gefühlen ausging.

Es tat Anichent weh, wie unachtsam Shar mit den Gefühlen anderer umging. Doch mehr als sein eigenes Herz schmerzte ihn die Sorge um Shar. Wenn sich Anichents Verdacht wirklich bestätigte, war sein *ch'te* in großer Gefahr, durfte niemandem trauen. Wer wusste schon, wie Shars unbekannte Feinde reagieren würden, sollte Anichent zu früh aktiv werden?

Als Shar und Prynn gegangen waren, kroch er aus seinem Versteck und schlich ihnen hinterher.

»Sicher, dass du das kannst?«, fragte Shar.

Prynn sah ihn nicht einmal an, fuhr einfach die Maschinen des Transporters hoch. Sie hatten das Schiff im verlassenen unterirdischen Hangar des Klansitzes gefunden. Das Wetter wurde immer schlechter, dementsprechend brauchten sie etwas Robusteres als das Untertassenauto, in dem sie gekommen waren. »Ich bin schon in deutlich schlimmeren Stürmen geflogen«, antwortete sie schließlich. »Erinnerst du dich an die *Chaffee*? Über der Prentara-Heimatwelt?«

»Ja. Da sind wir abgestürzt.«

»Halt den Mund, Shar.«

»Ich will nur nicht, dass du dich in Gefahr begibst«, erwiderte er und studierte die auf dem Konsolendisplay erscheinenden Navigationsdaten. »Ich komme im Klansitz schon klar, wenn wir hier bleiben, keine Sorge.«

Kommst du nicht. Deswegen verschwinden wir jetzt von hier, auch wenn wir dafür gegen die Regeln verstoßen müssen. Es würde sein Verhältnis zu Thantis sicher nicht verbessern, wenn er sich eines ihrer Shuttles für eine kleine Spritztour nach Habortown »lieh«. Vermutlich auch das zwischen Thantis und Vretha. Gute Güte, was war das kompliziert! Kein Wunder, dass Shar kalte Füße bekam. Prynn unterbrach ihren Triebwerkscheck, sah zu Shar und lächelte ermutigend. »Wenn du dir sicher bist, ziehen wir die Sache durch. Ich passe schon auf dich auf.«

»Das weiß ich«, sagte er schlicht. »Und ich habe meine Meinung auch nicht geändert. Je länger ich hier bin, desto mehr fühle ich mich wie lebendig begraben.«

»Kann ich nachvollziehen.«

»Das weiß ich auch.«

»Gut.« Prynn nickte und gab die letzten Diagnosebefehle ein. »Was sind schon ein wenig Wind und Regen nach allem, was wir beide durchgemacht haben?«

»Ein wenig?« Shar begann, Angaben von seinem Monitor abzulesen. »Vor uns liegen siebzig Kilometer. Erst dann erreichen wir die wetterkontrollierte Zone, in der die Temperatur bei angenehmen fünfundzwanzig Grad Celsius steht. Zuvor erwarten uns laut den meteorologischen Daten Winde von über hundert Stundenkilometern und eisige minus dreißig Grad.«

»Hör auf, dich zu sorgen.« Sie kontrollierte den Energiestatus und -zufluss. Hoffentlich zog die Kälte die Systeme nicht in Mitleidenschaft. Aus Ingenieursicht war diese Kiste wenig mehr als ein aufgemotztes Flugauto, von daher kamen Shars Bedenken nicht allzu grundlos. Prynn startete den Antrieb, und was als leises Winseln begann, steigerte sich schnell zu einem gesunden Summen. »Mir scheint, wir sind startklar.«

Shar schnallte sich an. »Ihre Befehle, Captain?«

Die Beförderung brachte sie zum Lachen. »Behalten Sie die Maschinen im Auge. Ich kümmere mich um die Navigation.« Sie rief sich eine Karte des Schiffshangars auf. Der Weg ins Freie führte durch eine Reihe von Tunneln bis zum nördlichen Festungstor. Da niemand sonst auf Starterlaubnis wartete, flog Prynn los und steuerte das Shuttle durch die mit Metallplatten verkleideten Röhren. Lange, dünne Leuchtstreifen an der Decke und dem Boden wiesen ihnen den Weg. Je näher Prynn der Oberfläche kam, desto mehr erhöhte sie das Flugtempo.

»Ich aktiviere die Schleusentore«, meldete sie dann.

»Wir haben freie Bahn.«

»Dann raus mit uns.«

Eine Windbö ergriff sie von steuerbord aus. Instinktiv glich Prynn die Flugbahn den harten atmosphärischen Bedingungen an, während Shar die Informationen überwachte, die über seinen Monitor liefen. Der Flug wurde nicht angenehmer, trieb der Sturm doch nun Äste und dergleichen gegen das Shuttle. Prynn seufzte, frustriert ob der Leistungsgrenzen dieses allein für den Flug innerhalb planetarer Atmosphären konzipierten Kleinschiffs. Was gäbe sie jetzt nicht für ein schnittiges kleines Mark-10-Shuttle?

Kaum hatten sie die Harbortown umgebende wetterkontrollierte Zone erreicht, fanden sie sich in einer angenehmen Frühlingsnacht wieder.

Der Tiefste lag drei Stunden zurück, das Fasten und Beten war vorbei. Shar schätzte, dass die Feier in vollem Gange sein würde, wenn sie die Nitra-Brücke überquerten. Da er schon als Kind nur rudimentäre Kenntnis von den uralten Traditionen gehabt hatte, wusste er nicht, was er erwarten sollte, und es kümmerte ihn auch nicht. Prynn schien es ähnlich zu gehen, zeigte sie doch keinerlei Bedenken bezüglich ihres Kurses. Sie hatte nicht um Erklärungen gebeten, und er hatte ihr keine gegeben. Wie auch, schließlich verstand er die Umstände selbst noch nicht ganz, die ihn zur Flucht aus dem Klansitz getrieben hatten. Die Konfrontation mit Vretha und das emotionale Treffen mit Dizhei und Anichent hatten ihn ausgelaugt, er hatte Abstand gebraucht. Doch wie bei all seinen Entscheidungen würde auch diese Konsequenzen nach sich ziehen. Daran hegte er keinerlei Zweifel.

So sei es.

Wenn Thantis das fehlende Shuttle bemerkte, alarmierte sie bestimmt die örtlichen Behörden. Mit der Zeit würden diese ihn und Prynn finden und zurückbringen - es gab keinen Ort auf Cheshras, an dem sie sich vor jemandem mit Thantis' Beziehungen verstecken konnten. Shar hatte Prynn gewarnt, doch die schien das nicht zu kümmern. Sie kannte die Risiken und stand trotzdem hinter seiner Flucht. Shar war ihr dankbarer, als Worte auszudrücken vermochten. Sie vertraute ihm. Von seiner *Zhavey* konnte er das nicht behaupten.

Es gelang ihnen, in einer öffentlichen unterirdischen Anlage nahe der Brücke zu parken. Im Fahrstuhl, der vom Parkdeck zur Oberfläche führte, wandte sich Prynn plötzlich zu Shar um. Ihre Augen funkelten. »Und? Wie fühlt es sich an, ein Gesetzloser zu sein?«

»Ein Gesetzloser?«

»Ein Krimineller.«

»Ehrliche Antwort?«

Sie nickte.

»Befreiend.«

Prynn warf den Kopf zurück und lachte, tief und rau. »Geht mir genauso. Hast du mal darüber nachgedacht, welche Karrieren uns als Flüchtlinge noch offenstehen? Ich für meinen Teil wäre gern Piratin. Mit geheimer Basis in den Badlands.«

Zunächst wusste er nicht, wie er ihre Worte verstehen sollte. Ein wenig ratlos sah er Prynn an, suchte nach Hinweisen.

Doch sie trat selbstbewusst aus dem Lift und ins Getümmel auf dem Platz vor dem Parkgelände. Ihre stolze Haltung zog die Blicke der Passanten auf sie. Und auch jenseits aller Witzeleien über ein erzwungenes Leben als Piratin schien es sie nicht im Geringsten zu ängstigen, in Harbortown von der Sicherheit aufgegriffen zu werden oder Vrethas Zorn auf sich zu ziehen.

Shar hätte sich keine perfektere Fluchtgefährtin wünschen können.

»Das Orionsyndikat sucht immer nach guten Pilotinnen«, spielte er mit. Er kannte diese Schlagabtäusche aus den Stunden, die er mit Nog im Vic's verbracht hatte, war darin aber alles andere als erfahren. *Zeit für etwas Neues.*

»Orionsyndikat? Was wollen wir denn mit denen? Die sind längst überholt. Ich finde, wir sollten uns selbstständig machen.«

»Welche Hilfe wäre ein Wissenschaftler denn schon einer Piratin?«

»Machst du Witze? Du prüfst die Echtheit dessen, was wir schmuggeln. Du entwickelst clevere neue Produkte für den Schwarzmarkt: gentechnisch veränderte Nahrungsmittel, dank derer die Leute größer oder schlanker werden ...«

»Anders gesagt, leiste ich meinen Beitrag für die Gesellschaft.«

»Versuchst du dich wieder in Sarkasmus, Shar?«

Er hob einen Mundwinkel und hoffte, es sah wie ein Lächeln aus.

Prynn setzte eine tadelnde Miene auf. »Hmm. Ich an deiner Stelle würde mich vorerst auf den Sarkasmus beschränken. Den Teil mit dem Lächeln solltest du noch üben.«

Sie ließen sich mit dem Strom über die Nitra-Brücke treiben. Wie Shar aus einem Stadtführer wusste, den er in den Datenbanken des Shuttles gefunden hatte, war die Fußgängerbrücke einen Kilometer lang und spannte sich über den Fluss Frost. Sie verband diesen »Landfinger« mit den Bergen rings um den Hafen. Auch der Moss begrenzte die Gegend um Harbortown auf natürliche Weise.

Als sie den ersten Pfeiler erreichte, wurde Prynn allmählich langsamer, bis sie schließlich ganz stehenblieb. Shar schloss zu ihr auf und als er ihr über die Schulter blickte ...

»Du meine Güte«, flüsterte Prynn.

Jenseits der Brücke ragten Harbortowns Gipfel empor, monolithengleiche schwarze Juwelen am Horizont. Wie vom Himmel gefallene Sterne krönten sie die Stadt. Licht in allen erdenklichen Farben erhellte die Räume zwischen den Häusern, fiel auf die Wehrmauern und breitete sich aus, wo immer es Raum dazu fand. Selbst aus der Entfernung hörte Shar schon den Jubel und den Herzschlag der Trommeln, Zimbeln und Gongs - und das trotz des Flusses, der schäumend und rauschend unter ihm gen Meer strömte. Hinter sich wusste Shar die Türme, die über Wasser und Stadt gleichermaßen wachten. In alter Zeit, so erklärte er Prynn, hätten Besucher wie sie sich erst dem Turmwächter im rituellen Kampf stellen und so beweisen müssen, dass sie würdig waren, den Ort zu betreten. Heute waren die Türme unbesetzt. Der Blick ihrer dunklen Fensteraugen ging genauso ins Leere wie der ihrer entfernten Verwandten an den anderen drei Meereszuflüssen, blind für das Spektakel auf den Straßen.

Prynn ergriff Shars Hand. »Na komm«, sagte sie, und gemeinsam liefen sie los. Sie lachte, als sie sich durch die Menge schlängelten. In letzter Sekunde vermieden sie es, einige Passanten, die plötzlich ihren Weg kreuzten, umzurennen. Sie lachte und lachte.

Als sie das andere Ufer erreicht hatten, atmete sie schwer und war schweißgebadet.

»Alles in Ordnung?«, fragte er.

Sie stand gebeugt, doch sie grinste. Langsam streckte sie die Hände nach ihren Socken aus, die vor Schweiß fast durchsichtig waren, und zog an dem dünnen Stoff. Nach dem Lauf und bei der unerwartet hohen Luftfeuchtigkeit wunderte es Shar nicht, dass ihre Sachen nass waren. Er wünschte, er könnte sich einiger Kleidungsschichten entledigen, wusste aber nicht, wie Prynn auf einen solchen Vorstoß reagieren mochte.

»Wir könnten versuchen, dir in der Stadt etwas zum Umziehen zu organisieren«, sagte er.

»Nö, ich mach's mir nur schnell etwas bequemer, bevor ich noch ersticke. Rühr dich nicht vom Fleck!« Damit verschwand sie hinter einem breiten *Taras*-Baum. Kurz darauf erschien sie wieder, die zerknüllten Socken in der Hand und das *Ceara*-Oberteil deutlich gelockert. Sie hatte es sich der Länge nach um den Oberkörper gewickelt. Es endete nun oberhalb ihres Brustbeins, und die Fransen waren hinter ihrem Nacken verknotet.

Prynn fuhr sich mit den Fingern durch das kurze schwarze Haar, verwuschelte es zu seinem gewohnten Aussehen, und strich noch einige Stofffalten glatt. Dann drehte sie sich um, damit Shar ihr Werk von allen Seiten betrachten konnte. »Geht das so, oder wird mich irgendein andorianischer Purist attackieren, weil ich die *Ceara* falsch herum anhabe?«

Er starrte sie an. Mondlicht fiel auf ihre nackten Schultern und wohlgeformten Hüften, und der schimmernde Stoff unterstrich ihre Schönheit. So mochten Wesen aus den Legenden aussehen.

»Shar?« Ihre Augen wurden schmal. »Ich kann mich auch wieder umziehen.«

Mit einem Mal fühlte er sich wie ein offenes Buch und wandte sich schnell ab. »Du bist ... atemberaubend«, gestand er.

Sie errötete. »Ich wollte zwar kein Kompliment provozieren, aber ... Danke.«

Er ließ sich von ihr zur Großen Treppe führen, deren steile, in den Fels gehauene Stufen zum Zentralkanal führten, der Hauptstraße, die parallel des Flusses verlief. Ein Dach aus Lehmziegeln schützte die Stufen vor den Elementen, wann immer der Regen fiel, und der Weg schien trocken zu sein. Blaugrüne Leuchtelemente im Treppeninneren erhellten ihn. Eine frische Meeresbrise brachte salzige Gischt und kitzelte die krummen alten Bäume am Wegesrand, dass deren Astwerk ächzte. Insektenchöre übten sich in ihrem Zirpen, unbeeindruckt vom Lärm der Festlichkeiten.

Prynn hakte sich bei Shar ein. »Es wird auch getanzt, oder?«

Diesmal hatte sein Lächeln nichts Gespieltes.

Der Zentralkanal erwies sich als fast unüberquerbar. Überall drängten sich die Feiernden aneinander und schoben sich sogar in die Seitenstraßen, die in unregelmäßigen Abständen vom Kanal abzweigten. Prynn fiel das gar nicht auf. Sie hatte das Gesicht nach oben gewandt und betrachtete mit gierigen Augen die Bahnen purpurnen Stoffes, die über der Straße hingen. Schillernde metallene Fäden waren darin verwoben, bildeten in mosaikartigen Mustern geflügelte Kreaturen und den Blick verwirrende optische Illusionen endlos scheinender Kreise. Unter den Stoffbahnen folgten reihenweise Papierlaternen, leuchtend wie hauchdünne Juwelen. Und erst der Lärm! Reiben, Stoßen, Singen, Jubeln, Klopfen, Reden, Schreien - alles verband sich zu einer geräuschvollen Fuge.

Sie konnte kaum alles erfassen. Ihre stimulierten Sinne ergaben sich der salzigen Luftfeuchtigkeit, dem herben Geruch des auf Holzkohle grillenden Tierfleisches und der üppigen honigsüßen Reife, die sie als Duft andorianischer Überanstrengung kennengelernt hatte. So dick lagen die Eindrücke in der Luft, dass sie sich vorkam, als trinke sie, statt zu atmen.

Lachend drehte sie sich um und betrachtete die Szenerie mit Staunen. »Dieser Ort ist unglaublich, Shar. Absolut beeindruckend! Warum bist du je hier weggezogen? Na ja, mal abgesehen von deiner Mom und so ...« Ihre Stimme wurde leiser, dann seufzte sie. »Ach, vergiss es.«

»Bedauerlich, dass die Umstände derart komplex sind.«

»Insbesondere da sie dich zwingen, all *das hier* aufzugeben«, betonte sie.

Shar führte sie vom Kanal in eine Seitenstraße, die mit sonnenblumengelbem Stoff überdacht war. Der Gedanke, über diese Gassen zu streifen und sich an den lebendigen Farben sattzusehen, elektrisierte Prynn. Vor sich sah sie einen dunklen Durchgang, auf den neue Lichter, neue Feierfreuden folgten, und begriff, dass sie und Shar eine kürzere und schmalere Version der Flussbrücke überqueren mussten, um die benachbarte Straße zu erreichen. Prynn blickte sich um und sah Harbortown als ein Mosaik aus schwarzer Nacht und glühenden Farben, ein Irrgarten aus kopfsteingepflasterten Wegen, Brücken und Hausfassaden voller protziger Skulpturen und dramatischer Fresken. Schmuckvoll verzierte Säulen, von denen blauorange Flammen ausgingen, markierten nahezu jede Straßenecke. Monsterfratzen von vulgärer Wildheit starrten ihr von jedem Türsturz entgegen und bleckten ihre Reißzähne. Ringsherum flanierten Wesen aus allen Ecken des Quadranten umher, selbst Spezies, die Prynn nicht kannte, waren vertreten. Viele hatten sich Wächterikonen oder Naturmotive auf die Haut gemalt und trugen fantasievolle Kleider, auch wenn einige aus eher wenig Stoff bestanden.

Eine Unachtsamkeit ließ Prynn in ein Gewirr sich windender Tänzer stolpern. Die Gruppe hatte unheimliche glasige Augen und befummelte ihr Gewand. Ein Tänzer presste sein Gesicht gegen ihren Bauch, ein anderer gegen ihren Nacken. Sie umklammerten sie wie mit Tentakeln. Nur ein paar gut gezielte Stöße mit dem Ellbogen befreiten Prynn aus der unangenehmen Gruppenumarmung. Schaudernd entfernte sie sich.

Shar deutete auf die gelben Streifen auf den Armen und Gesichtern der Tänzer. *Saf*, so erklärte er, wechsle die Farbe, wenn es mit der körpereigenen Chemie reagiere. Mit einem Mal sah Prynn die forsche Art der Männer zwar mit anderen Augen, lockerte ihren festen Griff um Shars Arm aber keinen Deut.

Zum ersten Mal seit ihrer Ankunft fielen ihr Andorianer in Kostümen auf, die keine *Ceara* waren und auch den anderen Gewändern nicht ähnelten, die sie sonst im Klansitz oder auf Deep Space 9 gesehen hatte. Einer trug einen knielangen Rock und ein lockeres, ärmelloses Kettenhemd. Seine Oberarme waren mit dicken metallischen Bändern umwickelt. Er hielt Händchen mit einer Person, deren Outfit an die Wärter erinnerte, die Prynn im Klan kennengelernt hatte: Beinlinge, Waffenrock, Brustplatte und Handschuhe.

Shar entging ihre Neugierde nicht. Anhand mehrerer Beispiele schilderte er ihr, dass die in traditionellen Gewändern erschienenen Andorianer ganz gehorsam auf dem Weg zu einem der Wächtertempel waren, wo sie Dankesopfer bringen würden.

»Die im Kriegergewand sind *chan*«, sagte er. »Wie ich. Die mit den Kettenhemden sind *thaan*. Die *zhen* kennst du bereits von Thia. Ihre Kleider sind Varianten des traditionellen Musters. Eine *shen* trägt Ähnliches wie die *zhen*, allerdings würde eine das Heiligtum des Wasserwärters besuchende *shen* ihren gesamten Rücken entblößen, um so ihre Fruchtbarkeit zu signalisieren.« Er lenkte ihre Aufmerksamkeit auf eine kleinere Andorianerin, die gerade vorbeiging. Kunstvolle Tätowierungen zierten ihren nackten Rücken, detailreiche Bilder und abstrakte Muster. Daraus erwuchs ein Spiel: Wann immer Shar sie auf einen bestimmten Andorianer hinwies, versuchte Prynn sich daran, die Person als *chan*, *zhen*, *shen* oder *thaan* zu identifizieren.

Es gelang ihr recht schnell, doch blieben einige Fragen offen. »Was ist mit körperlichen Merkmalen? Menschliche Frauen haben beispielsweise Brüste, bei den Nasat unterscheidet man die Geschlechter nach Schalenfarbe ...«

»Ein andermal, okay?«, erwiderte Shar trocken. »Wir sind nur ein paar Tage auf Andor.«

»Humor, Ensign? Ich bin erstaunt. Erst Sarkasmus, jetzt Witz. Was kommt wohl als Nächstes?«

»Ich werde versuchen, dich zu überraschen.«

»Versprochen? Ich mag meine Überraschungen übrigens mit Schleifchen.«

»Schleifchen?«

»Schleife: zu Schlaufen gebundenes, gekräuseltes Schmuckband, das festlich wirken soll.«

Shar seufzte, doch seine Augen lächelten. »Ich fürchte, ich vergaß, Schleifchen einzupacken.«

In zufriedenem Schweigen schlenderten sie weiter, trieben durch die Festmenge. Mal hielten sie, um eine Gruppe Gymnasten zu beobachten, mal um einen kleinen Beutel gerösteter Sandbuschsamen zu erwerben. Prynn wollte schon vorschlagen, einen Plan für den Morgen zu ersinnen, als sie eine subtile Veränderung in Shars Verhalten bemerkte.

»Was ist?«, fragte sie sanft.

»Ich dachte nur gerade ... Bei Thriss' Entsendung werden die Trauernden traditionell gekleidet sein. *Zhadi* wird darauf bestehen.«

Schweigen.

»Ich hab sie gesehen, weißt du?«, gab Prynn nach einem Moment zurück. »In ihrem Sarg. Ich wusste gar nicht, wie ... Sie war wunderschön.«

»Ja«, stimmte Shar zu. »Das war sie.«

Sie spürte, wie er ihr entglitt. An den Ort, an den er immer ging, wenn er sich erinnerte.

Mitten auf einer weiteren Brücke bat Prynn ihn, kurz anzuhalten, damit sie über die Brüstung blicken konnte. Von unten drangen Licht und Lärm zu ihrer Ebene herauf, und sie fragte sich, welche Überraschungen Harbortown wohl noch für sie bereithielt. Prynn kletterte hoch, bis ihre Füße auf der unteren Querstrebe der Brüstung standen, und beugte sich vor.

Der Schwindel kam sofort. Nachtschwärze und blinkende Lichter schienen sich vor ihr zu einem Strudel aus Farben zu vereinen und ließen sie schwanken. Dann lag Shars Hand auf ihrem Rücken, stützte sie, und sie lehnte sich dagegen, bis die Übelkeitswelle verging. Shar half ihr von der Brüstung und brachte sie zum Bordstein, wo sie sich setzen konnte. Prynn vergrub den Kopf zwischen den Knien.

»Das war vielleicht nicht die beste Idee«, sagte Shar philosophisch.

Prynn richtete sich wieder in eine sitzende Position auf. »Das sagst du mir jetzt?«

»Vom Boden bis hier hinauf sind es über siebzig Ebenen«, fuhr er fort. Seine Hand streichelte über ihren Rücken. »Ich hätte dich warnen müssen, dass es weit nach unten geht.«

»Ich hatte keinen Schimmer, wie hoch oben wir sind ... Hilfst du mir kurz?«

Shar kämpfte sich auf die Beine und ergriff sie an Schulter und Arm, während sie versuchte, sich vom Bordstein zu stemmen. Prynn strich sich den Staub von den Kleidern, testete ihr Gleichgewicht und ging zurück auf die Straße. Shar, der wohl immer noch mit einer Ohnmacht rechnete, wich ihr nicht von der Seite, doch sie war sich sicher, den Schwindel überwunden zu haben. Aber selbst als sie ihm dies mitteilte, ließ er nicht von ihrem Ellbogen ab. Prynn würde sich nicht beschweren - schließlich genoss sie seine Fürsorglichkeit insgeheim. Seite an Seite gingen sie die Straße entlang, bahnten sich ein paar Blocks weit ihren Weg durch die Menge. Dann ließ das Gedränge nach und sie konnten sich unterhalten, ohne brüllen zu müssen.

»Ich vermute, deine Vorfahren hatten ihre Gründe dafür, Städte zu bauen, die aus übereinandergeordneten Ebenen bestehen«, begann Prynn. »Anstatt sie beispielsweise in die Breite zu entwickeln.«

»Harbortown war nicht immer so wie heute. Diese Siedlung entstand in den Höhlen, die tief in den benachbarten Bergen liegen - ein riesiges Höhlensystem, eingegraben ins Gebirge. Doch mit steigender Bevölkerungszahl begannen die Siedler von einst, das den Hafen umgebende Land zu bebauen - also praktisch das Gebiet des heutigen Harbortown. Das sah wohl eher nach dem aus, was du gewöhnt bist: blühende Nachbarschaften, Bauwerke auf offenem Land. Kanäle entstanden, um Güter von einem Fluss zum nächsten zu befördern. Die Provinz Thelasa-vei wuchs und gedieh. Vor etwa dreizehn Jahrhunderten ließ eine mysteriöse Todeswelle die Wächterpriester glauben, über dem Land läge ein Fluch. Die Siedlung am Hafen wurde aufgegeben und den Dämonengeistern überlassen.«

»Und in Wahrheit?«

»Bei Ausgrabungen in den Bergen waren giftige Gase freigesetzt worden - chemische Reaktionen auf den Zusammenprall von Fels und heißem Grundwasser. Die Gase drangen durch das poröse Gestein und hinab zum Hafen, wo umgehend Siedler erstickten. Doch da sich Wind und Strömungen täglich wandelten ...«

»Ließ sich aus den Todesfällen kein Muster ermitteln«, beendete Prynn. »In einem Haus stirbt ein Kind, doch dem Nachbarn geht es gut. Aber man versiegelte die Berge doch sicher, als man endlich begriff ...«

»Nicht direkt. Zu der Zeit hatten die Siedler längst begonnen, auf den Dächern der ersten Stadt weiterzubauen. Sie waren überzeugt, je höher sie kamen, desto schwieriger wäre es für die Dämonen, ihnen zu folgen. Seitdem breitet sich Harbortown immer weiter in die Berge aus und wächst bis zum heutigen Tag um etwa fünf Ebenen pro Jahrhundert.«

»Mir scheint, die niedrigeren sind noch immer bewohnbar«, sagte Prynn. Sie spähte - vorsichtig - in die schwarze Leere unter sich. »Hab ich da nicht Stimmen gehört?«

»Die Einwohner Harbortowns - und die, die hier nur arbeiten - nutzen eigentlich nur die oberen fünfzig Etagen. In den weiter unten gelegenen, eher antiken Bereichen, hausen ... Na ja, man könnte sie als extremere Versionen von Thantis bezeichnen. Andorianer, die ein Statement zu den ‚alten Zeiten' abgeben wollen. Oder nomadische Klans, die ihren Sitz aufgegeben haben. Die alleruntersten Ebenen sind aber verlassen, seit man die Kanäle nicht mehr benötigt, um Güter zu transportieren. Was die giftigen Gase anbelangt: Dieses Problem wurde nie wirklich angegangen.«

Sie hatten das Ende des Zentralkanal-Bezirks erreicht und fanden sich an einer weiteren Brücke wieder. Shar warf Prynn einen fragenden Blick zu.

»Keine Sorge«, sagte diese. »Ich verspreche, mich nicht mehr an die Brüstung zu begeben. Siehst du? Alles bestens.« Sie ging rückwärts los, trat auf die Brücke und behielt ihn doch die ganze Zeit im Blick. Sie salutierte sogar und faltete dann die Hände hinter dem Rücken - was Shar, wenn sie seine Antennen korrekt deutete, amüsierte.

»Ich mache mir keinen Kopf darüber, dass du über das Geländer stürzen könntest«, sagte er trocken. »Aber ich frage mich, welchem Impuls du wohl als Nächstes nachgibst.« Dabei ließ er seinen Blick ein wenig über ihren Körper wandern, bis er ihr Gesicht erreichte und dort auf den ihren traf.

Mit einem Mal begriff Prynn: *Der flirtet mit mir. Sofern Andorianer überhaupt flirten. Flirten sie?* Sie blieb stehen. Shar trat auf sie zu, und dann standen sie Fußspitze an Fußspitze, nur wenige Zentimeter von einander entfernt und sich doch nicht berührend. Der ganze Trubel um sie herum - die Trommeln, das Bruzzeln und Zischen des Grillfleisches, die Rauchfahnen - schien plötzlich unendlich fern, schwand aus Prynns Wahrnehmung, bis es nur noch sie beide gab. *Ich will, dass er mich anfasst*, dachte sie, sehnte sich nach seiner Hand an ihrer Hüfte, ihrer Wange ...

Doch Shar runzelte die Stirn, wirkte abgelenkt. »Wir müssen hier weg«, platzte es aus ihm heraus, und er ergriff ihre Hand und zog sie mit sich in einen dunklen Torbogen auf der anderen Seite der Brücke.

»Was ist los?«, fragte Prynn besorgt.

»Guck mal hinter dich«, antwortete er.

Ein schneller Blick zeigte ihr, dass zwei uniformierte Sicherheitsdienstler auf dem Weg zu ihnen waren. Dem Aussehen nach hatten sie Shar und sie noch nicht als Ziel erfasst - bei der Menge an Wesen, die die Straßen bevölkerten, und der Abenddunkelheit wäre es ihnen auch unmöglich gewesen. Prynn beobachtete jedoch, wie einer der Männer einer *zhen* ein Padd zeigte und sie etwas fragte.

»Er zeigt Fotos von uns herum«, sagte Shar.

»Vielleicht suchen die gar nicht nach uns.«

»Garantiert suchen sie uns! Mich überrascht, dass wir es überhaupt so weit geschafft haben. Thantis verschwendet keine Zeit, wenn sie etwas haben will - insbesondere, wenn man sie provoziert.«

Im selben Augenblick sahen der Wachmann und die *zhen*, die er befragte, vom Padd auf und direkt in ihre Richtung. Der Wachmann berührte ein Komm-Gerät an seinem Kragen.

Shar zog Prynn schnell zurück in die Menge, ließ sich von ihr treiben. »Uns bleiben drei Stunden bis Sonnenaufgang. Willst du versuchen, den Behörden zu entwischen?«

»Ich wäre dabei, wenn du dabei bist.«

»Wir müssen in dreißig Sekunden durch diese Tür dort verschwunden sein. Dann sperren sie nämlich die Brücke. Schaffen wir's ins Gebäudeinnere, nehmen wir den Fahrstuhl und fahren so weit nach unten, wie wir können. Und gehen den Rest per Treppe.« Er drückte ihre Hand. »Schätze, hier beginnt unser Piratendasein.«

»Echt witzig, Shar.«

Kapitel 6

»Ich finde sie nirgends.«

Phillipa stand auf der Schwelle von Thantis' Arbeitszimmer. Das war sicherlich nichts Neues, aber ihr war aufgetragen worden, die beiden zu suchen, und sie fühlte sich diesem Auftrag verpflichtet. Durch die schwache Quarzbeleuchtung in der fensterlosen, heruntergekommenen Kammer konnte sie kaum erkennen, wo genau die *zhen* saß. Da waren ein Schrank, ein Sessel, dessen Polsterung durch einen Riss im Bezug quoll, und an der Wand ein unfertiger Zierteppich. Mehrere mit Garn umwickelte Spindeln lagen in einem Korb. Phillipa trat ein und lugte hinter eine steinerne Säule.

Thantis saß über ihren Tisch gebeugt, einen Pinsel in der Hand, und bemalte gerade eine tönerne Maske mit blauen, grünen und goldenen sich überlappenden Rauten. »Wie es scheint, haben Ihre jungen Leute eines der Shuttles geborgt, mit denen wir unsere Textilien zum und vom Markt transportieren«, sagte die *zhen*, ohne von ihrer Tätigkeit aufzublicken. »Sie waren wohl bereits fort, als wir unsere Suche begannen.« Plötzlich hob sie den Kopf und bedeutete dem Counselor, näher zu treten. »Bitte setzen Sie sich.« Thantis tauchte ihren Pinsel in ein gläsernes Wasserbehältnis, griff sich einen neuen von einem Tablett und malte weiter.

Es standen gleich mehrere Stühle und Hocker zur Auswahl. Phillipa entschied sich für einen bequem wirkenden, mit Leder gepolsterten Lehnstuhl gegenüber von Thantis und wartete.

»Haben Sie Ihre Trauermaske bereits begonnen?«

»Mir war nicht bewusst, dass ...«

»Verzeihen Sie, Commander. Sie sind ja noch keinen Tag hier! Ich lasse Ihnen morgen eine bringen. Sie werden sie für die Entsendung brauchen.« Thantis lehnte sich zurück und betrachtete ihr Werk. »Das muss für den Moment genügen. Ich schicke die meine übermorgen zum Brennofen. Das gibt Ihnen die Zeit, Ihre eigene Glasur fertigzustellen.« Sie schälte sich aus dem mit getrockneter Farbe und Ton besprenkelten Kittel, wischte sich die Hände an einem Handttuch ab und warf beides in den Recycler. Dann ließ sie sich Phillipa gegenüber in einen Sessel fallen.

Das Kinn auf eine Hand gestützt, studierte die *zhen* ihre Besucherin. Nur die zitternden Antennen verrieten ihre innere Unruhe. Thantis vermochte nicht still zu sitzen, spielte mit dem Saum ihrer roten *Ceara*, lehnte sich mal vor, mal zurück. Im Gegensatz zur makellos manikürten Vretha hatte sie Farbe unter den Nägeln, die Nagelhaut rissig. Ihre von einem Schal zusammengehaltenen Zöpfe reckten sich in alle Richtungen. Ihre Nervosität erinnerte Phillipa an Thriss.

Phillipa lächelte neutral, sagte aber nichts. Jahre voller Therapiesitzungen hatten sie gelehrt, Schweigen als Hilfsmittel zu begreifen. Wenn jemand sprechen wollte, würde er es tun, sobald er dafür bereit war. Phillipa befand sich aufgrund Thantis' Einladung in Cheen-Thitar, und es oblag Thantis, ihr zu sagen, was sie von ihr benötigte.

Dann endlich: »Haben Sie mit Charivretha gesprochen?«

Phillipa wusste von der angespannten Atmosphäre zwischen den *Zhaveys* und fühlte sich verpflichtet, die Situation nicht weiter zu verschärfen. Entsprechend sorgfältig wählte sie ihre Worte: »Ja. Ihre Unterhaltung mit Shar endete unschön. Dennoch rechnete sie damit, er würde sie nach Zhevra begleitet. Dass er nun mit Prynn aufbrach, überraschte sie.«

»So geschickt Vretha in der Politik auch ist, wenn es um ihren *Chei* geht, benimmt sie sich so ungeschickt wie ein *Klazh.*« Thantis faltete die Hände im Schoß. »Und Ensign Tenmei ... Eine angenehme junge Person. Lebendig.« Eine lange Pause. »Sagen Sie, Commander: Sind

Thirishar und Ensign Tenmei ein Paar?« Ihr betont lässiger Tonfall konnte ihre Sorge nicht überspielen.

Na endlich höre ich, was du wirklich willst. »Ich wüsste nicht, welche Relevanz die Art ihres Verhältnisses für die aktuelle Situation hat.«

Thantis zuckte mit den Achseln. »Sie missverstehen mich offenkundig. Ob sie romantisch miteinander involviert sind, kümmert mich nicht. Meine *Zhei* ist nicht mehr. Ihr Bündnis steht hier nicht auf dem Spiel. Sprechen Sie offen.«

Verdächtigt eine Therapeutin ihren Patienten des Lügens, so findet sie die nötigen Beweise oft in dessen Körpersprache - so hatte Phillipa es im Studium über nonverbale Kommunikation gelernt. Und Thantis' Körpersprache sprach Bände: stocksteife Schultern, angespannter Kiefer, ein harter Ausdruck in den Augen. Phillipa wusste, dass was auch immer zwischen Prynn und Shar geschah, große Bedeutung für Thantis hatte, auch wenn diese es bestritt.

Doch Phillipa wusste auch, wie man die Geheimnisse von Patienten beschützte. Gleiches gewährte sie ihren Freunden. Vretha hatte eine ähnliche Taktik versucht, als sie Informationen über Thriss haben wollte. Doch Phillipa mochte es nicht, unter Druck gesetzt zu werden. Sie hatte schon mehr als ein paar übereifrigen Admirals, die sie mühelos dafür in die Brig hätten werfen können, höflich klar gemacht, sie könnten zur Hölle fahren - oder nach *Gre'thor* oder wie auch immer der Ort ewiger Verdammung in ihrer jeweiligen Kultur hieß. Sich den Wünschen einer überfürsorglichen Mutter zu widersetzen, dürfte dagegen leicht wie rigelianischer Käsekuchen sein.

»Was ich Ihnen nun sage, sage ich nicht, weil Sie ein Recht darauf hätten, es zu erfahren«, begann sie, »sondern um den Andeutungen und Verdächtigungen ein Ende zu bereiten. Shar und Prynn freundeten sich während der Gamma-Reise an, in deren Verlauf Prynn den Tod ihrer Mutter durchleben musste und Shar Thriss verlor. Ihre Freundschaft war ihnen in dieser schweren Zeit eine Stütze. Vor allem Shar war sehr einsam, als er sich entschied, Dizhei und

Anichent einen Ersatz für sich suchen zu lassen. Prynn wurde ihm eine enge Freundin, und diese Freundschaft entwickelt sich seitdem. Ich glaube, es täte ihnen beiden gut, wenn es mehr als nur Freundschaft werden würde.«

Thantis' Züge entspannten sich. »Bitte glauben Sie mir, Counselor, dass ich Thirishar nichts Böses will. Meine *Zhei* liebte ihn aus ganzer Seele. Sie würde wollen, dass er glücklich ist.« Sie seufzte. »Doch seine Heimkehr wird von Verwirrung und Unruhe begleitet! Shar beschritt schon immer einen anderen Weg als die anderen. Das war es ja, was Thriss an ihm so faszinierte.«

»Ich weiß«, sagte Phillipa. Erinnerungen an die vielen Gespräche mit Thriss stiegen aus den Untiefen ihres Gedächtnisses und brachten die Schuldgefühle wieder hervor, ihre ständigen Begleiter seit Thriss' Selbstmord. Sibias hatte sie bereits dafür getadelt, die selbstzerstörerischen Tendenzen ihrer einstigen Patientin zu personalisieren, doch Phillipa fiel es noch immer schwer, zwischen dem freien Willen einer Kranken und ihrem eigenen beruflichen Versagen zu unterscheiden. Seit Thriss gestorben war, hatte es viele schlaflose Nächte gegeben.

»Lassen Sie uns Thirishar für den Moment beiseite schieben«, bat Thantis. Sie zog die Beine unter sich und kuschelte sich in ihren Sitz. »Erzählen Sie mir von meiner *Zhei*.«

Die hat ganz genauso gesessen ... Binnen eines Sekundenbruchteils entschied Phillipa, ihre professionelle Distanz aufzugeben. Und schon sprudelten die Worte aus ihr heraus: »Ich habe getan, was ich konnte - das müssen Sie mir glauben! Sie hatte derart viel Potenzial. Ich flehte Dizhei und Anichent an ... Aber das macht jetzt wohl keinen Unterschied mehr. Sie hatte beeindruckende Fortschritte gemacht, wirklich! Sie leistete Freiwilligendienst in der Krankenstation, bewarb sich aufs Neue an der medizinischen Hochschule. Besonders ein Posten in cardassianischem Gebiet - in der Grenzmedizin, sozusagen - faszinierte sie. Sie war so lebendig, so ... Ich begreife einfach nicht, wo ich versagt habe.«

Thantis stand auf und trat zu einem schlichten Metallregal, auf dem - zwischen Kohlezeichnungen und Büchern - einige Holos standen. Mit letzteren spielte sie herum, wischte mit den Fingern Staub weg. »Wissen Sie, Counselor, ich habe Ihren Bericht so oft gelesen, dass ich ihn auswendig kenne. Ich hing an jedem einzelnen Wort, als fände ich darin die Antwort auf meine eigene Frage: Wo habe ich als ihre *Zhavey* versagt? Aber Sie? Sie taten, was immer Sie konnten.«

»Hatte Thriss eine Vorgeschichte bezüglich Depressionen?«

»Sie reagierte sensibler als die meisten andorianischen Kinder auf ihre Umgebung. War sie glücklich, brannte ein wahres Feuer in ihr - war sie verzweifelt, kannte ihre Verzweiflung kein Maß. Sie nahm sich alles zu Herzen: Kritik, Lob, Druck. Ich weiß, dass ihre hypersensible Art sie emotional belastete.«

»Und medizinisch ...«

»Das lässt sich nicht definitiv sagen. Ihre emotionale Unausgeglichenheit schien eher den Umständen als physiologischen Ursachen geschuldet zu sein.«

»Das habe ich vermutet«, sagte Phillipa. Es erleichterte sie ein wenig, dass sie und Dr. Tarses keine himmelschreienden Fehldiagnosen erstellt hatten.

Eine lange Pause folgte. Phillipa wusste nicht, was sie sagen sollte - und was besser nicht.

»Verraten Sie mir bitte eines: Wie allein *war* sie, als sie starb?«

»Anichent und Dizhei waren ...«

Thantis drehte sich wieder zu ihr um, die Hände flach an die Brust gepresst. »Nein. Ich meine hier drin. In sich.« Sie tippte gegen ihren Oberkörper. »Hatte sie sämtliche Bande zum Ganzen getrennt?«

Tränen stiegen Phillipa in die Augen. Sie konnte nicht anders, als sich vorzustellen, sie wäre an Thantis' Stelle. *Verflucht. Ich bin so entsetzlich unprofessionell.* »Ich wünschte, ich könnte Ihnen sagen, dass Thriss ihre letzten Stunden in der Fürsorge jener verbrachte, die sie liebten, aber das kann ich nicht. Ich glaube, genau diese

Trennung vom Ganzen war es, die sie dazu trieb, sich das Leben zu nehmen.«

Thantis schüttelte den Kopf und schenkte Phillipa eine traurige Variante des sanften Blicks, den diese als andorianisches Lächeln zu interpretieren gelernt hatte. »Vielleicht ist sie auch am Ganzen erstickt.«

»Warte«, rief Prynn atemlos, die Hände an den stechenden Seiten. Zwei Fahrstuhlfahrten und mehr wacklige Gitterstufen als sie zählen konnte - und die sie und Shar in wahnsinnigem Tempo nahmen - hatten schmerzende Spuren hinterlassen. Die rauchgeschwängerte Luft machte das Atmen zudem nicht leichter. Je weiter sie in die Tiefen von Harbortown hinabstiegen, desto schlechter wurde sie.

»Wir halten hier«, sagte Shar und prüfte das Schloss an der Tür des Treppenhauses. Ein paar feste Züge später gaben die rostigen Metallriemen auf der Abdeckung des Sicherheitsterminals nach und den Blick auf den dahinter liegenden Mechanismus frei. Shar brauchte nur Sekunden, den Verschluss zu überlisten. Der Weg zu Ebene sieben stand ihnen offen.

Die Unterstadt hatte kaum etwas mit den schicken Bezirken weiter oben gemein. Verfallene Bauten mit leeren Fensterlöchern säumten die Straßen. Schutt, Plasteel-Brocken, schmierige Abfälle und verschimmelnde Obstkerne sammelten sich in den Rinnsteinen. Prynn hörte das Trappeln kleiner Tierfüße auf dem Pflaster.

Als sie nach Shar auf die Straße trat, stolperte sie, denn die abgewetzten Steine waren glitschig von Algen und Schmutz, und schaffte es gerade noch, ihren Sturz mit den Händen abzufedern. Sofort ging Shar neben ihr in die Knie, untersuchte sie nach Schnitten und Hautabschürfungen, und reichte ihr dann helfend die Hand. Bevor Prynn sie ergriff, wischte sie sich die braune Schmiere von den eigenen und versicherte ihm, dass es ihr gut ging. »Eine Frau lebt nicht vom Adrenalin allein«, scherzte sie schwach und blinzelte die Müdigkeit weg.

Das Stehen fiel ihr noch schwer. »Ich bräuchte mal eine Pause.«

»Sobald ich ein sichereres Versteck für uns gefunden habe. Versprochen.«

Umgeben von den kitschigen Ebenbildern des Hausschmucks der Oberstadt, joggten sie an kleinen Gruppen buntbemalter Feiernder vorbei. Mehr als einmal stolperte Prynn fast über einen der Betrunkenen, die bewusstlos in den Hauseingängen lagen. Ein Geruch von sauren, fermentierten Getränken verpestete die Luft. Dennoch war diese Ebene nahezu verlassen, verglich man sie mit dem Trubel von oben. Entsprechend schnell kamen Prynn und Shar voran. Sie duckten sich hinter Hausecken, huschten über Brücken und drängten in kaum beleuchtete Seitengassen, wo das konstante Rauschen des Kanalwassers ihr einziger Gefährte war. Ob das Sicherheitsteam ihnen noch immer folgte?

Aus einem nicht sonderlich weit entfernten Häuserblock drang rhythmisches Getrommel - *Pammpuda-puda-pamm* - was darauf schließen ließ, dass sich dort Personen aufhielten. Ein Gasthaus? Ein Ort, an dem Prynn sich ein paar Stunden ausruhen konnte? Shar führte sie näher an die Quelle der Musik, und schon bald hörte sie Rufe und Gesang, sah orangefarbenes Licht auf das feuchte Kopfsteinpflaster fallen. Je näher sie kamen, desto heller wurde es.

Prynn hasste es, Spaßbremse sein zu müssen, aber sie näherte sich ihren Leistungsgrenzen. Sie brauchte eine Pause, eine Mahlzeit, die Chance, über das Geschehene und das eventuell Bevorstehende nachzudenken. *Mach dir jetzt keine Sorgen*, riet eine erschöpft klingende Stimme in ihrem Kopf. *Der Morgen kommt schon früh genug.*

Ihr Weg führte aus einer Gasse auf eine Art Hof, und sofort wurde es heller. Diverse Geräusche und Gerüche drangen auf sie ein. Prynn sah Tanzende vor sich. Sie bewegten sich in Kreisen und mit derartigem Tempo, dass ihre Kostüme zu einem Kaleidoskop bunter Farben zu verschmelzen schienen. Zuschauer standen herum, klatschten in die Hände und hoben die Arme über die Köpfe, um die Bewegungen der Tänzer zu imitieren. *Das sind gut und gern mehrere hundert Leute*, staunte Prynn. Die Tanzenden waren zum Großteil Andorianer, doch fielen ihr auch ein paar Fremdweltler in ihrem Reigen auf.

An einer Hofseite hatte jemand die Spitze einer der gemauerten Fackelständer abgebrochen, die die Straßenecken säumten. Nun baumelte ein totes Tier über ihrer Flamme. Das Fleisch sah knusprig aus. Fett zischte, und die Haut schlug Blasen. Prynn erkannte, dass sie sich tatsächlich auf keinem Platz, sondern in einem großen Innenhof befanden. Jahrhunderte der Witterung und ausbleibender Pflege hatten die ihn umgrenzenden Wände arg in Mitleidenschaft gezogen. Schutt türmte sich auf dem Pflaster, vermischte sich mit Unrat und Schmutz.

»Die Reiji«, flüsterte Shar. Er wurde immer langsamer, bis er fast stehen blieb. »Ich wusste gar nicht, dass sie noch existieren ...«

»Habe ich da etwa gehört, jemand glaube noch immer, die Reiji seien zur Erinnerung verkommen?« Ein buckliger *thaan* in abgewetzter Kleidung trat aus den Schatten. Er warf den Kopf in den Nacken und lachte, präsentierte zwei glitzernde Reihen kupferfarbener Zähne. Dann wandte er sich wieder Prynn und Shar zu. Silbriges Narbengewebe umschloss seine Augen. »Kommt und seht selbst! Kommt und schaut!«

Normalerweise gierte Prynn regelrecht nach neuen Erfahrungen, nun aber zögerte sie. Ihr Blick ging zur Menge, und sie sah Zelte aus fleckiger Leinwand und schäbige Teppiche, die im Speisebereich lagen.

»Ich glaube, wir sind hier sicher, Prynn«, sagte Shar. »Die Reiji sind ein alter Klan, der vor langer Zeit Land und Titel aufgab. Sie werden uns nichts tun. Vermutlich bekommen wir hier sogar Nahrung und etwas zu Trinken und ein Bett für dich. Ich werde nach ihrem Anführer suchen und schauen, was ich für uns aushandeln kann.«

»Einverstanden«, gab sie nach. Sie schritt über den Hof und sah sich nach einem sicheren Platz zum Warten um. *Sicher. Das ist ein Wunsch, den ich nicht häufig habe.*

Sie hatte nie dazu geneigt, auf ihre Schritte zu achten. Wer mit Vorsicht ging, ging nun einmal »vorsichtig«, und das war kein Begriff, der in ihrem Wortschatz vorkam. Entweder man lebte, oder man war vorsichtig. Prynn hatte sich stets für die erste Alternative entschieden, doch als plötzlich eine Messerklinge durch ihre Sandalen drang, zwischen ihren Zehen anhielt und einen von ihnen beinahe halbierte, fragte sich der Teil ihres Geistes, der ihre Vernunft beherbergte, ob sie das Konzept Vorsicht nicht vielleicht unter Wert behandelte. Der Anblick ihrer Zehen, die nur knapp der Klinge entkommen waren, ließ Prynn erstarren. Sie blickte zwischen ihrem Schuh und dem Messer hin und her und konnte nicht glauben, dass ihr Fuß unversehrt war. Bei der kleinsten Bewegung würde Blut fließen. *Da hab ich mir ja einen schönen Weg gesucht*, dachte sie und schauderte. Plötzlich wünschte sie, sie wäre wieder im Klansitz, eingewickelt in ihr Schlafbündel, und würde von parasiteninfizierten Terraformern auf dem Mars träumen.

Die Reiji um sie herum schienen ihre beinahe Amputation gar nicht bemerkt zu haben. Sie starrten einem rattengroßen Fellball hinterher, der sich an ihrem Knöchel vorbeizwängte und auf die Straße hinter ihr huschte. Ein kollektives Keuchen erklang, dicht gefolgt von schrillem Geschnatter, das zu schnell war, als dass Prynns Universalübersetzer ihm hätte folgen können. Das Dutzend Zocker, das in einem Kreis auf dem Pflaster saß, richtete seine Blicke und ausgestreckten Zeigefinger jedenfalls auf das pelzige Tier, das ihnen gerade entwischte. Sein Verlust, vermutete Prynn, stellte für sie einen Rückschlag dar. Ob sie es stoppen, gar zertreten sollte? Sie wünschte, sie wäre mit den Regeln vertraut. Dann wüsste sie, wo sie stehen musste, wenn das nächste Mal die Messer gezückt wurden.

Einen, dem zischenden Klang nach, Fluch auf den Lippen, erhob sich der Besitzer des Messers zwischen ihren Zehen. Es handelte sich um einen vertrocknet aussehenden, faltigen Andorianer. Er zog die Klinge aus ihrer Sandale und verstaute sie irgendwo in seiner Jacke.

Das betrachte ich dann mal als Verbesserung, dachte Prynn und brachte etwas mehr Abstand zwischen sich und die Spieler. Sie sah sich nach Shar um, konnte diesen aber nirgends in der Nähe ausmachen, und entschloss daher, einfach stehen zu bleiben.

Der Mann griff nun nach einer Handvoll hell bemalter Stäbchen - sie erinnerten Prynn an die in Cocktailgläsern - und reichte sie dem kräftigen Kerl neben sich. Dieser schüttelte sie wie Würfel und warf sie zu Boden, wo sie klackend aufkamen.

Die Spieler und ihre Zuschauer jubelten.

Ach, was soll's, beschloss Prynn. *Ich stecke ohnehin halb im Schlafentzugsdelirium.* Die pfiff auf den Fingern und schloss sich dem Jubel an.

Der mit dem Messer verzog eine Lippe, steckte sich zwei Finger in den Mund und riss sich einen silbernen Zahn aus, den er dann dem Kräftigen übergab. Dieser steckte seinen Gewinn sofort in die Tasche. Der Verlierer spuckte Blut. Es landete hinter ihm auf den Pflastersteinen - genau dort, wo Prynns Fuß gewesen war. Gedanklich ergänzte sie die Liste der Dinge, die sie den Rest dieser Reise über beachten musste, um »Pass auf, wo du hintrittst«.

Ein weiteres Mitglied des Kreises - das die faltigsten Hände besaß, die Prynn je gesehen hatte - zog eine kleine Metallkiste aus einer Tasche seines Kapuzenmantels. Er schob ihren Deckel auf und entnahm ihr ein pelziges Tier, nahezu identisch mit dem eben entkommenen, das er in den Kreis fallen ließ. Dort eilte die Kreatur sofort los, die Stöckchen rauf und runter, und prallte von den Beinen der Spielenden ab wie ein verirrtes Elektron. Der kräftige Andorianer spannte die Muskeln an, zog dann ein Messer aus einer Scheide und streckte den Waffenarm vor. Mit zu Boden gewandter Klinge folgte er dem flinken Nager, ohne den Blick von ihm abzuwenden. Seine Mitstreiter feuerten ihn an, drängten ihn zur Tat. Das pelzige Tier rannte durch den Kreis, suchte panisch nach einem Ausweg, bis ... Ein silberner Blitz, ein Todesquietschen und ein Spritzer Blut. Der Gewinner hob das aufgespießte Wesen am Messer in die

Höhe, strahlte, und die anderen Spieler sowie das Publikum jubelten zustimmend.

Ich wette, der darf seine Zähne behalten, dachte Prynn - und wirbelte herum, als ihr plötzlich jemand auf die Schulter tippte. Shar hielt einen zerbeulten Kelch in Händen, den sie dankbar entgegennahm. Jeder Schluck des dickflüssigen Safts war Balsam für ihren strapazierten Hals. Nun noch ein wenig Schlaf, und sie wäre selig. Das sagte sie auch zu Shar.

»Hast du nicht gesagt, du wolltest tanzen?« Er nickte in Richtung der Tänzer. »Warum nicht hier? Ich komme dich holen, sobald ich ein ruhigeres Plätzchen für dich gefunden habe.«

»Ich schätze ... okay.« Sie lächelte schwach und versuchte sich und ihm einzureden, die Situation gefalle ihr. *Vertrau Shar.* An diesen Gedanken klammerte sie sich. »Wenn ich ausgetrunken habe, sehe ich mich nach einem Tanzlehrer um. Tu, was du tun musst, Shar. Ich komm schon zurecht.«

Und warum mache ich mir dann Sorgen?, fragte sie sich, als sie ihm nachblickte. Shar, inzwischen selbst einen Kelch in Händen, gesellte sich zu jemandem, der wohl der Anführer dieser bunt gemischten Gruppe war, und schien sich entspannt zu unterhalten. Doch bevor Prynn groß darüber nachdenken konnte, zog einer der Tänzer sie in den Kreis. Der mitreißende Rhythmus der berauschenden Musik vertrieb ihre Sorgen und ihre Erschöpfung im Nu. Prynn gab sich der Feier hin.

Laut dem Chrono auf dem Schreibtisch war der Morgen nur noch wenige Stunden fern. Phillipa und Thantis hatten Thriss' letzte Tage genauestens besprochen, Thantis teilte inzwischen sogar Anekdoten aus der Kindheit ihrer *Zhei.* Während sie diesen Erinnerungen lauschte, kam Phillipa nicht umhin, an Arios zu denken - daran, wie er sich auf die Lippe biss, wenn er sich konzentrierte. Und an die sommersprossigen Wangen der schlafenden Mireh neben ihrem Teddybär Walter. Phillipa erschauderte, als sie sich in Thantis' Rolle versetzte, sich den Verlust eines Kindes vorstellte. Und sie wusste, dass sie das Wohl ihrer Sprösslinge verteidigen würde. Selbst ein Attentäter vom Tal Shiar hatte keine Chance gegen eine aufgebrachte Mutter.

Wie kann Thantis überhaupt hier sitzen?, staunte Phillipa bewundernd. *Warum ist sie nicht längst kollabiert, warum nicht niedergeschlagen?*

Thantis' Antennen standen nicht länger steif vor Kummer. »Ich fand Trost in Ihren Worten, Counselor«, sagte sie seufzend. »Ihre Nachkommen können sich glücklich schätzen, Sie zur Orientierung nehmen zu dürfen.«

»Und Sie sind sehr tapfer, *Zha*«, erwiderte Phillipa aufrichtig. »Tapferer, als ich es unter den Umständen sein könnte.«

Thantis ergriff ihren Arm. »Ihre Seele hat andorianische Züge. Ich entschied weise, als ich Sie einlud, herzukommen und dem Ritus der Erinnerung Ihr Geschenk beizusteuern.«

»Es ehrt mich, dass Sie mich des Andorianischen für würdig erachten. Dennoch sind meine Studien Ihrer Kultur nicht weit genug fortgeschritten, als dass ich verstünde, was genau dieser Ritus der Erinnerung ist. Können Sie mir helfen?«

Thantis zog ein gläsern wirkendes Objekt aus einer Lade ihres Tisches. Es war asymmetrisch und facettenreich, passte mühelos in eine Handfläche und sah aus wie reines, natürliches Kristall. »Dies ist die Anzahl«, sagte sie. »Meine Familie erschuf sie, als eines meiner Elternteile - meine *Shreya* - vor einigen Zyklen unerwartet verstarb. Jede ihrer Seiten beinhaltet einen Neuroimprint - ein Gedächtnis.«

Phillipas Gesicht schien ihre Überraschung nicht zu verbergen, denn Thantis fuhr fort, als könne sie ihre Gedanken empfangen. »Es ist gar nicht so ungewöhnlich. Die Vulkanier praktizieren nach wie vor die telepathische Übertragung der *Katra*. Und der menschliche Wissenschaftler Noonien Soong entwickelte einst eine Methode, mittels derer sich Erinnerungen auf eine künstliche Intelligenz übertragen lassen. Andere Völker in anderen Zeiten kamen auf ähnliche Techniken. Diese hier ist jedoch noch so jung, dass wir unsicher sind, ob sie bei Nichtandorianern funktioniert.« Thantis nahm hinter ihrem Tisch Platz und gab Befehle in ihren Computer ein.

»Falls Sie daran zweifeln ...«

»Ich weiß, dass der Vorgang Ihnen nicht wehtun wird. Aber ich bin nicht gewillt, meine *Zhei* in ihr nächstes Leben ziehen zu lassen, ohne die größtmögliche Menge an Informationen in ihrer Anzahl zu sammeln. Und Sie sind eine wichtige Informationsquelle.« Auf dem Monitor über dem Tisch erschienen mehrere Diagramme. »Ich bin keine Wissenschaftlerin, Counselor, aber ich glaube, das hier beantwortet Ihre Fragen.«

Phillipa beugte sich über Thantis' Schulter, um besser sehen zu können. »Eine Kombination aus Neuromapping- und organischer Technologie«, erkannte sie. »Sie repliziert die Elektrochemie, extrahiert sie und speichert sie auf einem Chip.«

»Exakt.« Thantis nickte. »Diese Chips werden dann miteinander verschmolzen und ergeben die Anzahl. Diese wird während der Entsendung eingesetzt.« Sie hielt den kristallinen Gegenstand hoch. »Die hier besteht aus den Erinnerungen verschiedenster Personen aus dem Leben meiner *Shreya*. Dank der Anzahl können wir sie voll und ganz kennenlernen - und bleibt uns noch viele Generationen im Gedächtnis. Meine *sh'zha* ist Neurochemikerin. Sie glaubt, das Verfahren lässt sich auch auf Ihre neurosynaptischen Muster anwenden. Dank Ihrer vulkanischen Vorfahren verfügen Sie über eine mentale Präzision, wie sie den meisten reinrassigen Menschen fremd ist. Von Ihrer weiter entwickelten zerebralen Physis ganz zu schweigen.«

»Ich bin nur zu einem Achtel Vulkanierin.«

»Meine *sh'zha* glaubt, das genügt.«

Phillipa hatte noch immer Schwierigkeiten, das Konzept zu erfassen. »Wollen Sie mich wirklich in Ihrem Familienritual? Meine Erinnerungen Seite an Seite mit denen von Dizhei, Anichent und ...«

Sie wollte gerade Shar erwähnen, als ihr einfiel, dass er dem Ereignis nicht beiwohnen würde. Doch die plötzliche Stille in der Kammer sagte seinen Namen deutlicher, als wenn sie ihn ausgesprochen hätte.

»Ich habe meine Gründe, Shar auszuschließen«, stellte Thantis ruhig klar und schaltete den Monitor aus. »Sie müssen sie nicht verstehen.«

Sie bitten eine vollkommen Fremde zu einem wichtigen Totenritual, laden aber die eine Person aus, die mit der Verstorbenen am engsten verbunden war? Phillipa spürte intuitiv, dass Thantis ihr Informationen vorenthielt und dass es in Thriss' Geschichte noch einige Wendungen gab, die man ihr vorenthalten hatte. Doch sie konnte warten.

Auf dem Tisch blinkte eine Licht auf. Thantis aktivierte das Komm-Gerät. »Ja?«

»Die Polizei von Harbortown hat Thirishar und Ensign Tenmei gesichtet. Wie es scheint, sind sie in die unteren Stadtebenen geflohen. Die Polizei hat die Verfolgung aufgenommen.«

»Danke für Eure Hilfe, Magistrat. Ihr sollt für Euren Dienst an meinem Klan belohnt werden.« Thantis schaltete das Komm aus. »Damit wäre wenigstens eine unserer Fragen beantwortet.« Dann wandte sie sich zu Phillipa. »Sie müssen erschöpft sein. Gönnen Sie sich eine Pause, bis Thirishar zurückkehrt. Ich vermute, noch vor dem Morgengrauen wird es hier äußerst turbulent zugehen.«

Auf dem Weg zurück zum Schlafraum dachte Phillipa über die Ereignisse der Nacht nach, die zwischenpersönlichen Dynamiken, die sie beobachtet hatte. Wenn sie die Namen änderte, mochte diese ganze Shar/Thriss/Vretha/Thantis-Chose eine faszinierende Fallstudie für eine schriftliche Abhandlung ergeben. Die komplexen Strukturen aus List und Täuschung, die viele der involvierten Parteien hier zur Schau stellten, gereichten irdischem Byzantinismus zur Ehre - und das im vierundzwanzigsten Jahrhundert!

Dank Thias Hilfe hatte sich Phillipa ihre Bettstatt bereits vorhin richten können. Nun, da sie - mit einem Gähnen - wieder in die Schlafhalle trat, zog es sie direkt dorthin. Sie hielt nicht einmal mehr inne, um sich ihrer Kleidung zu entledigen. Wer so viele Nachtschichten geschoben hatte wie sie, verstand es, überall und zu jeder Zeit Schlaf zu finden. Dennoch mahnte eine tadelnde innere Stimme sie, ein Mindestmaß an Hygiene einzuhalten, bevor sie sich zur Ruhe legte.

Während sie ihren Reisebeutel nach dem Zahnreiniger durchwühlte, spürte Phillipa plötzlich, dass etwas nicht stimmte. Sie konnte es aber nicht benennen. *Ich hätte geschworen, meine Jacke auf die Stiefel gelegt zu haben. Jetzt liegt sie dort hinten ...*

Sibias zog sie stets auf, sie lasse sich von ihrer eigenen Detailversessenheit in den Wahnsinn treiben. Dennoch hielt Phillipa nun inne. Sah sich um. In dem Beutel lagen die Kleidung und die Padds noch ordentlich gestapelt, wie sie sie hinterlassen hatte. Einer Ahnung nachgebend, öffnete Phillipa die Innentasche des Beutels, griff hinein und tastete nach der kleinen grünseidenen Tasche mit Zugverschluss, die sie auf dem Markt erworben hatte. Sie fand sie und zog sie heraus.

Leer.

Dann kippte sie den gesamten Beutelinhalt auf ihr Lager, durchsuchte jede Tasche, jede Falte. Nichts. Sie wühlte sich durch den Kleinkram, selbst durch die Abfallpapierchen, die Seiten eines gebundenen Buches und die »Gute Reise«-Briefe ihrer Kinder. Nichts.

Das *Saf* fehlte.

In den Räumen, die Thantis ihr vorübergehend zugestand, studierte Vretha den jüngsten Schwung von Memoranden, die der Föderationsrat in ihre persönliche Datenbank kopiert hatte und musste sich eingestehen, dass diese auf einen abgelenkten Geist wie den ihren arg wie sinnfreies Geschwätz wirkten. Der Staub des Trill-

Debakels hatte sich noch nicht gänzlich gelegt, und Ratsmitglied T'Latrek erbat eine Anhörung bezüglich der neuesten Gerüchte aus der romulanischen Neutralen Zone. Rätin Rista brachte ihre Sorge zum Ausdruck, der Große Nagus könne seinen Blick wissentlich vor Ferengi-Konsortien verschließen, die in umkämpften Territorien illegal Bergbau betrieben.

All das wirkte so ... trivial. Jedes dieser Themen kam einer legitimen Krise gleich, und doch konnte sich Vretha nicht für sie interessieren. Nicht heute. Nicht jetzt, da Andors Zukunft unsicherer denn je schien. Vretha mühte sich redlich, zu beweisen, dass die Gerüchte über angebliche Experimente des Wissenschaftsinstituts falsch waren, bislang aber vergebens. Sie scrollte durch ihren Nachrichteneingang, suchte nach eventuellen Mitteilungen ihrer institutsinternen Kontaktleute und fand keine. Vor lauter Verzweiflung - und ohne Zhendes Wissen - hatte sie sogar auf inoffiziellem Weg einige Anfragen an Andors weniger renommierte Bevölkerungsgruppen gestellt, etwa an die nomadischen Reiji. *Wir müssen diese Situation schnellstens unter Kontrolle bringen*, dachte sie. *Wenn nicht, werden die Folgen noch dramatischer sein.* Dann stand vielleicht sogar Andors Einheit auf dem Spiel.

In der Föderation hatte natürlich niemand einen Schimmer, wie groß die Gräben zwischen den führenden politischen Bewegungen inzwischen waren. Vorsitzender ch'Shelos würde dafür sorgen, dass der Föderationsnachrichtendienst in den höchsten Tönen von Andors beispielhaftem politischem Prozess berichtete, von dem Pochen auf Meinungsfreiheit und der festen ablehnenden Haltung gegenüber Gewalt als Werkzeug sozialen Wandels. Zumindest hoffte sie das. Ein Teil von ihr fragte sich bereits, ob die Visionisten noch immer für die Föderationsmitgliedschaft waren.

Wie konnte es nur so weit kommen, dass wir derart zersplittert sind?

Sie sah auf ihren Chrono. Admiral Nakamura hatte sie gebeten, einer Subraumkonferenz beizuwohnen, in der er seine Konzepte für den Bau neuer Raumstationen besprechen wollte. Sie begann in wenigen Minuten, und Vretha wünschte, sie könne sich höflich entschuldigen. Der Admiral brauchte sie nicht ihretwegen, er brauchte ihren Status. Durch ihre Teilnahme verlieh sie seinen Ideen Relevanz. Warum hatte sie nur eingewilligt, eine Stunde ihrer wertvollen Zeit damit zu vergeuden, ein paar Admirälen und Ingenieuren zuzuhören? *Ich sollte einfach absagen ...*

Hinter ihr erklangen Schritte, dann hörte sie das Geräusch tippender Finger. Es kam von Zhendes Arbeitsplatz. Einmal mehr war sie dankbar, wie gut ihr Gehilfe ihre Bedürfnisse kannte. Die Subraumverbindung zu Nakamura stand sicher schon oder zumindest so gut wie.

»Zhende«, sagte Vretha, nahm einige Padds von ihrem Tisch und drehte sich um, um sie dem *thaan* zu reichen. »Könnten Sie meinen Kalender ...«

Dann lag plötzlich eine Hand auf ihrem Mund, eine zweite auf ihren Augen. Bevor Vretha schreien konnte, wurde ihre Welt schwarz.

Nachdem sein Appetit gestillt war, schob Shar den Teller mit dem Knochenstapel von sich und spülte den letzten Fleischbissen mit einem Schluck Wein hinunter. Seine Füße wippten zum unwiderstehlichen Beat der Trommeln. Die kinetischen Farbexplosionen und der stetige Schlag der Stahlstöcke stimulierten seine Sinne. Blut schoss durch seine Adern, seine Antennen zuckten ruhelos. Er streckte sich auf der Matte aus gewobenem Gras aus, stützte sich mit dem Ellbogen auf und sah dem Treiben zu.

Die Anhänger an Prynns Hüftkette klimperten, wann immer sie unter den erhobenen Armen des Quartetts vor ihr hindurch und zur nächsten Gruppe von Tänzern wechselte. Atemlos, aber grinsend, ergriff sie zwei *zhen* an den Händen und absolvierte die Grundschritte aufs Neue: Hacke nach links, Hacke nach rechts, zum Partner wenden, den Arm flach auf die Schulter, und dann drei Mal im Kreis gehen. Shar kannte den Tanz - jedes andorianische Kind kannte ihn. Man tanzte ihn zur Zeit des Wissens, wenn die Bündnispartner einander anvertraut wurden.

Prynn hatte gerade ihren vierten Durchmarsch gemeistert, als sie mitten im Schritt anhielt, lachte, und dann doch wieder nach den Händen ihrer jeweiligen Nachbarn griff.

Ihre Haut glänzte. Shar war, als könne er ihre innere Hitze von ihr aufsteigen sehen. Er beobachtete sie, wie sie zur nächsten Phase des Tanzes überging, studierte sie von der Wölbung ihres Rückens bis zur Rundung ihrer Brüste ...

Und sie merkte es. Den Kopf stolz erhoben, sah sie zu ihm hinüber, wogte ihren Körper zum Takt der Musik und fuhr sich mit den Händen über die Haut, von den Schultern zur Hüfte und wieder zurück. Die Trommeln waren unermüdlich, so wie die Rasseln, der Donner der Kesselpauke und das Klimpern der Kettenanhänger. Ein rhythmischer Pulsschlag, der zu seinem eigenen wurde, *ihr* Puls wurde sein Puls.

Lichter flackerten, spiegelten sich gelb, neonpink und rotblau in den öligen Regenpfützen. Die Reiji schrien und wanden sich im Einklang mit dem *Pamm-puda-puda-pamm-pudapuda.*

Durch einen löchrigen Vorhang aus Tänzern winkte Prynn ihn zu sich, lockte ihn mit wilden Augen und bezaubernder Schönheit. Sie lachte, streckte die Arme in die Höhe, verschränkte die Finger und ließ die Arme auf die Schultern einer *shen* sinken, die neben ihr tanzte. Sie zog diese neue Partnerin dicht an sich, forderte Shar heraus.

Der stemmte sich hoch. Er schob jeden zur Seite, der zwischen ihm und der stand, die zu ihm gehörte. Unsanft trennte er Prynn von der *shen* und nahm sie selbst zur Partnerin.

Sie legte ihm die Hände an die Hüfte, ließ die Finger zu seinem Gesäß wandern, packte zu und führte ihn mit ihrem eigenen Hüftschwung in den Rhythmus des Tanzes ein. Shar ahmte ihre Bewegungen nach. Warme Haut rieb sich an warmer Haut.

Dum-dop-dum-dop-dum-dop-dum ...

Das Tempo nahm zu, die Tanzenden wurden wilder. Auch Prynn warf den Kopf in den Nacken, stieß einen Schrei aus. Ihr Körper presste sich gegen seinen. Ihre Bewegungen wurden schneller. Gefangen im Tanz, hielt Shar sich an ihr fest, presste die Daumen an ihre Hüftknochen. Ihr Haar war in seinem Nacken, ihr Atem auf seiner Wange, ihr Busen an seiner Brust, und noch immer wurde die Musik schneller. Prynn warf den Kopf hin und her. Ihr Schmuck spiegelte das Licht der Laternen, und das Licht hypnotisierte Shar. Schneller und schneller ging der Tanz, bis es kein Denken mehr gab. Nur noch Rhythmus hielt sie zusammen, ihre Gliedmaßen miteinander verwoben.

Ein ohrenbetäubender Gong beendete die Musik. Die Tänzer sackten zusammen, keuchend, kraftlos. Auch Prynn. Schwankend trat sie zu den Matten, hob eine Hand zur Stirn, als könne sie so ihren schwankenden Kopf festhalten.

Schwindelig vor Hitze und noch immer im Tanztaumel folgte Shar ihr. Ihm war unglaublich leicht zumute, Konzentration ein Ding der Unmöglichkeit. Wieder und wieder verschwamm ihm die Sicht, war Prynn mal nah, mal fern, als sähe er sie durch die Krümmung einer Linse. Seine Hände zitterten. In einem kurzen Moment geistiger Klarheit begriff er: *Irgendwas stimmt hier nicht.*

Prynn lag bäuchlings am Boden. Auf ihrer Haut prangten die kleinen Hubbel, die Menschen bekamen, wenn ihnen kalt war. Shar berührte ihre Schulter - klamm - und drehte sie auf den Rücken. Sie reagierte kaum, kicherte nur und öffnete die Augen. Auf ihren Pupillen lagen weiße Schatten.

Saf. *Es muss* Saf *sein.* Shar mühte sich, es zu überprüfen, konnte aber kaum einen klaren Gedanken fassen. Der weißgelbe Nebel der Euphorie ließ es nicht zu. Doch sein Instinkt wusste, dass es Prynn nicht gut ging. Shar beugte sich über sie, packte sie abermals an den Schultern. »Prynn. Wir müssen ... Wir müssen ...« Seine Zunge fühlte sich dick und rau an. Shar schüttelte den Kopf, um den Schwindel zu vertreiben, sah sich hilfesuchend nach den Reiji um und fand doch nur von Halluzinationen benebelte Gesichter.

Prynn zog ihn zu sich, seinen Leib auf den ihren. »Shar«, flüsterte sie träge. »Bitte ...« Sie schwang ein Bein um seine Hüfte, setzte ihn fest und begann, mit der Zunge seinen Hals entlangzufahren.

Shar ließ es zu, Widerstand war unmöglich. Ihre Hände wanderten über seinen Rücken, fuhren durch seine Haare, und er hungerte nach den Empfindungen, die sie ihm bereiteten.

Er packte Prynn am Handgelenk und zog sie auf die Beine. Sie stolperte, fiel ihm regelrecht entgegen. Shar hatte nicht grob sein wollen, wusste aber, dass sie sich allein nicht aufrecht halten konnte. Nase an Nase standen sie sich gegenüber, und Shar stockte der Atem.

Ihre Augen ... Dieser erschöpfte, hungrige, erregte Blick nahm ihm die Worte. Shar hob die Hände, legte sie ihr auf die Wangen, streichelte sie. Prynn drehte den Kopf ein wenig, presste die Lippen gegen seine Handfläche, klammerte sich an ihn. Ihre Berührungen, ihre Nähe ...

Du musst sie hier rausholen. Sie ist in Gefahr.

Er schüttelte ihre Hände ab, die seine Schultern gefunden hatten, legte ihr den Arm um die Hüfte und schwankte mit Prynn im Schlepptau aus dem Lager der Reiji. Wohin, wusste er nicht. Vage entsann er sich irgendwelcher Treppen, einer Rampe - und sah sie prompt aus dem Augenwinkel.

Prynn braucht Hilfe. Dieser Gedanke war der Anker seines Willens.

Die Rampe hinab. Die reinste Achterbahn. Irgendwann ging ihm die Kraft aus, und er knickte ein, schlug längs gegen eine Wand und zog Prynn mit sich. Wasser rauschte tosend, und Shar presste sich die Hände auf die sensiblen Ohren, um den Lärm zu ertragen.

Der Kanal. Der Kanal führte zu einem Fluss. Der Fluss führte aus der Stadt raus. Aus den Tiefen der Kanaltunnel hallte ein lautes Stöhnen empor, und Shar entsann sich der verbannten Dämonen, die dort unten hausen sollten. Übernatürlich oder nicht - die Schatten dieser Kreaturen mochten ein Versteck bieten. Eines, in dem Prynn und er sich ausruhen konnten, schlafen, warten ...

Schritte erklangen irgendwo über ihm, hohl und schlurfend.

Ich muss sie hier wegschaffen.

Mit letzten Kraftreserven zog er Prynn weiter. Die Lichter, die sich im Wasser des Kanals spiegelten, wiesen ihm den Weg. Prynn wurde immer wieder bewusstlos, klammerte sich aber an ihn. Ihr Gesicht an seiner Schulter war fiebrig heiß, und aus ihrem Mund drang sinnloses Gebrabbel.

Schneller.

Obwohl seine Arme und Beine kaum mehr konnten, gewannen seine Sinne immer mehr an Schärfe. Der Rhythmus der fernen Trommeln pulsierte in ihm, als käme er aus den höhlenartigen Kanaltunneln und nicht von oben, wo noch immer buntes Treiben herrschen musste. Shar war, als sähe er den Tanz und den Trubel regelrecht vor sich, als müsse er nur die Hand ausstrecken und schon würde er die von den Brücken hängenden Laternen berühren, die farbigen Bänder. Dann verging die Vision, und er fand sich in den kalten Katakomben der Dämonenstadt wieder.

Shar stieß sich von der Steinmauer ab, schob sich und Prynn mehr nach vorn, als dass er ging. Mit jedem Stoß scheuerte er sich die Handfläche mehr auf. Es kostete ihn alle verbliebene Kraft, sich dem verlockenden Delirium zu widersetzen. Ihrer beider Leben hingen davon ab, dass er bei Sinnen blieb, so gut es eben ging. Dass er die Wirklichkeit nicht aus den Augen verlor.

Einen Ausgang. Ich brauche einen Ausgang. Doch die glatte Tunneldecke wies keine Lücken auf. Auch die Wände wirkten massiv, und nach den Tunneln warteten der Fluss und dann der Ozean. Der einzige Ausweg war der nach vorn.

Prynn lag in Shars Armen, schweißbedeckt und mit Schmutz beschmiert. Sie siechte dahin, und es war seine Schuld. *Das passiert mit allen, die ich liebe - ich tue ihnen weh.*

Er rutschte auf dem algenbewachsenen Boden aus und stolperte. Prynn entglitt seinem Griff und stürzte als bewusstloses Bündel zu seinen Füßen. Reglos wie ein Stein. Shar kauerte sich neben sie, umfasste ihr Handgelenk mit den Fingern und fühlte ihren schwachen Puls. Ihre Haut war klamm, und sie zitterte.

Schuppige Membranen auf seinen Augen raubten der Szenerie einiges ihrer ohnehin spärlichen Farben. Wasser und Stein. Schmale Säulen aus Mondlicht spiegelten sich auf der öligen Wasseroberfläche, ohne je in die schwarzen Tiefen durchzudringen. Der Strom bewahrte seine Geheimnisse. Dies war der perfekte Ort für jemanden, der verschwinden wollte.

Ich habe mich verirrt. Wir werden sterben.

Shars Sicht wurde immer schwächer. Er spürte, wie ihm sein Bewusstsein entglitt. Dann, ganz langsam, fiel auch er.

Kapitel 7

Prynn öffnete langsam die Augen und bedauerte es sofort. Licht drang auf ihre Pupillen ein wie Phaserstrahlen durch eine ungeschützte Schiffshülle. *Das versuchen wir besser noch mal*, dachte sie und beschränkte sich darauf, zunächst mit den Zehen und Fingern zu wackeln, ihre Muskeln anzuspannen und zu lockern. Alles tat ihr weh. Sie musste die Augen gar nicht öffnen, um zu ahnen, dass die kleinste Provokation die monströsen Kopfschmerzen wecken würde, die in ihrem Schädel lauerten. Eine falsche Bewegung, und sie würden die Klauen ausgefahren, sich mit zerstörerischer Kraft in ihr Hirn bohren. Sie stöhnte.

»Prynn?«

Phillipa. »Ja. Ich denke schon. Aber da ich mich fühle, als wäre meine Haut auf links gedreht worden und meine Organe jetzt außen, bin ich mir nicht sicher.«

Ein sanftes Lachen. »Das haben mir schon andere Patienten nach einer Überdosis *Saf* gesagt.«

Saf. Saf ... *Ich hab doch kein* Saf *genommen. Halt!* Erinnerungen an die vergangene Nacht strömten auf sie ein. Grelle Farbblitze, Trommelschläge, Tanzen mit Shar ... Ihre Wangen wurden heiß. *Verdammt. Was ist bloß in mich gefahren? Ich hab mich ihm regelrecht an den Hals geworfen. Dämlich, dämlich, dämlich!* Plötzlich lagen Finger auf ihrem Nacken, drückten vorsichtig, und nahmen ihr ein wenig des Schmerzes. Vorsichtig öffnete sie ein Auge und sah - wenngleich verschwommen - Phillipa an ihren Füßen.

»Du kannst dich glücklich schätzen«, sagte sie.

Prynn hätte beinahe aufgelacht, doch der stechende Schmerz hinter ihren Augen knüppelte diesen Impuls schnell nieder. »Klar«, stieß sie zwischen zusammengebissenen Zähnen hervor. »Absolut glücklich.«

»Ernsthaft«, sagte Phillipa. »Ein derartiger Vergiftungsgrad wäre nirgendwo sonst im Quadranten so leicht zu behandeln. Zum Glück wissen die Andorianer mit unbeabsichtigten Überdosierungen umzugehen, insbesondere bei Gästen von anderen Welten. Die Arznei, die der Klanmediziner dir verabreichte, wird nicht sofort greifen - erst in ein paar Stunden. Ihm zufolge wirst du dich dann aber schnell erholen.«

Als Prynn sich von der Schlafmatte stemmte, überkam sie eine Welle des Schwindels, und sie brauchte Phillipas Hilfe, um sich wieder hinzulegen.

»Immer mit der Ruhe. *Saf* beeinträchtigt das gesamte Nervensystem. Bis sich dein Körper wieder im Griff hat, solltest du dich fühlen ...«

»Als hätte mich eine *tarq*-Stampede erwischt? Ja, das kommt in etwa hin.« Prynn schloss die Augen, genoss die gnädige Schwärze hinter den Lidern und kuschelte sich in ihr Schlafbündel, bis die Decken sie fast unter sich begruben. »Was ist mit Shar?«

Eine lange Pause.

Das müssen schlechte Nachrichten sein. Panik wallte in Prynn auf. *Bitte nicht. Bitte sei in Ordnung.*

Phillipa atmete tief ein. »Es geht ihm gut, aber es ist viel passiert.«

»Ich weiß. Das Shuttle, die Polizei ...«

»Nein. Das Shuttle wurde geborgen. Die Behörden aus Harbortown brachten euch her. Darum kümmern wir uns später.«

»Was ist dann los?«

»Vretha wird vermisst. Sie wurde entführt.«

Prynn schnellte hoch - und fühlte sich prompt, als sei sie gegen Beton gelaufen. Sie schrie vor Schmerz, fluchte, und wollte sich schon aus den Decken schälen, als Phillipa sie bremste. »Du kannst nichts unternehmen«, sagte sie und ordnete das Schlafbündel neu. »Sobald ich neue Informationen bekomme, sage ich dir Bescheid.«

Trotz ihrer Schmerzen fand Prynn keine Ruhe. »Aber ich muss ...«

»Nein«, widersprach Phillipa scharf. »Du musst liegen bleiben, die Medizin wirken lassen und noch eine Weile schlafen. Du hast großes Glück gehabt, dass du nicht später gefunden wurdest. Ihr beide hattet das Bewusstsein verloren. Wäre Anichent nicht gewesen, wärst zumindest du jetzt wahrscheinlich tot.«

Wie ... Was ... »Anichent?«

»Er folgte dir und Shar zum Hangar des Klans und brachte einen Peilsender an eurem Shuttle an. Da er zudem Shars Biosignatur gespeichert hatte, übergab er die Information und die Senderfrequenz an die Behörden in Harbortown. So fanden sie euch.«

Wärme umschloss Prynns Finger, breitete sich auf ihre Hände aus, ihre Handgelenke und weiter bis zu den Schultern und dem Nacken. Sie brannte den Schmerz weg wie Zunder. Phillipas Stimme schien aus weiter Ferne zu kommen, als spräche sie durch einen Trichter. Prynn wollte die Augen öffnen, doch die Lider waren zu schwer geworden. Ein einziger, letzter Gedanke schoss ihr durch den Kopf:

Shar ...

Nachdem Prynn wieder eingeschlafen war, verließ Phillipa die Schlafhalle. Der Mediziner hatte Prynn ein leichtes Sedativum gegeben. Davon hatte sie ihr aber mit Absicht nichts erzählt. Ohne würde Prynn die restliche Medizin nie wirken lassen, sondern nach Shar suchen und ihn trösten wollen. Sie würde nicht ruhen, bis sie einen Plan bezüglich Vrethas Entführung geschmiedet hatten. Doch derartiger Aktionismus musste warten, bis es ihr besser ging.

Kurz nachdem sie gefunden wurde, hatte man sie toxikologisch untersucht. Prynn hatte mehr als das Doppelte der gängigen *Saf*-Dosis eingenommen - einer anderen Sorte als die, die sie, Phillipa, gekauft hatte. Zumindest den Trost gewährte die Situation ihr. Der Klanmediziner hatte erklärt, dass die Reiji ihr *Saf* zerrieben und es in ihre Speisen mischten, anstatt es wie sonst üblich auf die Haut aufzutragen. Dadurch gelangte es schneller - und auf riskantere Weise - ins Blut. Phillipa fragte sich, wie sie das alles Captain Kira erklären sollte, von Commander Vaughn ganz zu schweigen, und entschied, dieses Problem zu vertagen. Momentan hatte Vrethas Verschwinden Priorität.

Irgendwo im Klansitz führte Thantis' Sicherheitsstab gerade seine Untersuchung durch, befragte Bewohner und suchte nach Hinweisen. Phillipa war nicht dazugeladen worden, doch das überraschte sie nicht. Sie war eine Außenseiterin. *Außerdem glauben immer alle, ein Counselor sei keine große Hilfe, solange niemand seine Angst vor Transportern überwinden will oder träumt, er stehe nackt auf einer Raumschiffbrücke.* Ihr Bericht über das fehlende *Saf* war zur Kenntnis genommen worden, aber man ging nicht von einem unmittelbaren Zusammenhang mit der Entführung aus. Letzterem widersprach Phillipa - und sie glaubte zu wissen, wie sie den Beweis erbringen konnte.

Am Anfang hatte auch sie keine Verbindung zwischen dem *Saf* und Vretha gezogen. Als die Vermisstenmeldung kam, vorgebracht von Vrethas Assistent, hatte Phillipa Thantis' Studierzimmer erst vor fünfundvierzig Minuten verlassen. Die Rätin war spät dran für eine Subraumkonferenz mit Admiral Nakamura von Sternenbasis 219 und ihr Assistent hatte Schwierigkeiten, sie zu finden.

Zuerst hatte man geglaubt, Vretha befände sich im Shuttle mit Shar und Prynn. Doch die Parkplatzaufsicht in Harbortown meldete zwei Passagiere, nicht drei.

Dann war der Datenchip aufgetaucht und hatte den Spekulationen ein Ende bereitet.

Der Chip war für Shar im Klansitz hinterlassen worden. Phillipa vermutete, die Entführer wandten sich gezielt an ihn, um von seinem emotionalen Chaos zu profitieren und ihren Forderungen so mehr Nachdruck zu verleihen. Wer auch immer sie sein mochten, sie waren gründlich: Nirgends fanden sich verräterische DNA-Spuren, und weder der Chip noch die darauf gespeicherte Nachricht gaben einen Hinweis darauf, wo diese aufgenommen worden war. Die Forderungen waren schriftlich formuliert und unmissverständlich: Rätin zh'Thane kam erst wieder frei, wenn die regierende Progressivenpartei eine umfassende Untersuchung der unethischen Forschungen initiierte, die angeblich im Wissenschaftsinstitut der Andorianer durchgeführt wurden. Ihr blieb ein Tag, dies umzusetzen und öffentlich die Verhaftung all jener zu vermelden, die in die angebliche Verschwörung verwickelt waren. Die Entführer bezeichneten sich selbst als militante Splittergruppe der Visionistenpartei, als Krieger des »wahren Andors«. Sollte das Innenministerium den Aufenthaltsort der Rätin ermitteln, so warnte die Nachricht davor, zh'Thane von dort weg oder ein Rettungsteam dorthin zu beamen. Die Entführer hatten Musterstörer aufgestellt und keinerlei Hemmungen, zu Märtyrern zu werden.

Der Botschaft waren Unterlagen angefügt, deren Echtheit nicht verifizierbar war. Sie behaupteten, die Wissenschaftler wollten den Aufbau der andorianischen Chromosomen verändern, damit nicht länger vier Geschlechter zur Fortpflanzung vonnöten waren. *Chan*, *zhen*, *shen* und *thaan* würden dann der Vergangenheit angehören und vermutlich durch zwei neue, kompatible Geschlechter ersetzt werden.

Phillipa war schockiert, als Shar ihr die Unterlagen zeigte. Derartige Experimente waren biologisch gefährlich und eine kulturelle Brandbombe. Um das zu verstehen, musste sie keine Andorianerin sein. Geschlechterfragen zogen sich durch alle Aspekte einer Spezies: soziale Strukturen, Familienleben, Religion, Politik. Sie waren der Auslöser einiger der größten Aufstände in der Geschichte vieler Welten gewesen. Wer und was die Andorianer waren, wie sie über sich und ihren Platz im Universum dachten, definierte sich zum Großteil durch ihre einzigartige Biologie. Sollte das Wissenschaftsinstitut eine derart radikale Umwandlung ihres Fortpflanzungsprozesses anstreben, so belegte das seine Verzweiflung. Dann war man tatsächlich gewillt, aus den sterbenden Überresten dieser Spezies eine ganz neue zu formen. Alles, was aus der Viergeschlechtlichkeit erwachsen war - Gutes wie Schlechtes - würde verloren gehen. Phillipa verstand, warum viele diese Experimente mit den Schrecken verglichen, die cardassianische Ärzte wie Crell Moset den Bajoranern oder Menschen wie Josef Mengele während des irdischen Zweiten Weltkriegs seiner eigenen Art angetan hatten. Bioethisch gesehen war die erzwungene Umwandlung der andorianischen Geschlechter ein Verbrechen gegen das Leben selbst.

Phillipa hatte Shar auf die Unterstellungen angesprochen. Er gab vor, nichts darüber zu wissen, und schien auch keine Zeit darauf verwenden zu wollen. Viel mehr drängte es ihn, eine Strategie zur Rettung seiner *Zhavey* zu entwickeln. Er hatte sich zwar bereits halbwegs von seinen Strapazen in Harbortown erholt, doch die Kunde von der Entführung setzte ihm derart zu, dass Phillipa um seinen Seelenzustand fürchtete.

Mit Thantis' Hilfe hatte Shar die Regierung kontaktiert und unterrichtet. Man versprach ihm, Ermittler des Innenministeriums zum Wissenschaftsinstitut und dem Klansitz zu entsenden. Aufgrund der andauernden Sorge um etwaige Aufstände würden diese frühestens in drei Stunden auf Cheshras eintreffen. In der Zwischenzeit oblag es den Offiziellen des Klansitzes selbst, die Ermittlungen durchzuführen. Hoffentlich hatten sie der Planetensicherheit etwas Hilfreiches zu berichten, wenn diese kamen.

Einige Aspekte standen bereits außer Frage. So waren die Entführer bereits vor dem Tiefsten im Klansitz gewesen. Das hatte ch'Shal, Thantis' Sicherheitschef, sofort erkannt. Abgesehen von Charivretha und ihrem Assistenten war seit Phillipas, Shars und Prynns Ankunft niemand gekommen - bis zum Morgen, als die Ausreißer aus Harbortown zurückgekehrt waren. Nur das unterirdische Schienennetz, das die fünf größten Klanhäuser der Halbinsel miteinander verband, war aktiv gewesen. Die Analyse der Bahndaten und die Suche nach etwaigen Augenzeugen erwies sich aber als quälend langsam. In Cheen-Thitar lebten stets mindestens siebentausend Personen. Selbst wenn man die üblichen Verdächtigen - aktive Visionisten oder Sympathisanten, Leute mit Groll gegen Vretha - abzog, wurde die Liste kaum kürzer, und Sessethantis zh'Cheen stand an oberster Stelle.

Phillipa hatte jedoch eine eigene Theorie. Mit einem doppelten *Katheka* gestärkt - dem hiesigen Äquivalent von Kaffee oder *Raktajino* - zog sie durch die gewundenen Steingänge des Klanhauses, um diese zu beweisen.

Mit leisen Schritten betrat sie den Kinderhort. Abgesehen von ein paar *Zhaveys*, die ihre Kleinen in Waschbecken badeten, war der gemütliche Raum leer. Vom Boden bis zur Decke reichende Wandteppiche zeigten ländliche Gebirgsszenen - eine Sinfonie aus warmen, beruhigenden Erdtönen. Ein weiterer Teppich lag auf dem kühlen Steinfußboden, wo sich unachtsam zurückgelassene Schlafbündel türmten. In der Luft hing der saure Geruch frisch zermanschter *Xixu*-Wedel, einem Frühstücksgericht. Wie Phillipa wusste, war dies die erste feste Nahrung, die die hiesigen Säuglinge bekamen.

Thia, das Ziel ihrer Suche, nahm sich gerade eine dampfende Tasse aus dem Replikator. Bevor Phillipa etwas sagen konnte, hob Thia die Hand. »Ich weiß, weshalb Sie hier sind.«

»Ach ja?«

Sie nickte, atmete tief ein und drehte sich erst dann zu Phillipa um.

Der Counselor musste nicht fragen, wie die junge *Zhavey* geschlafen hatte. Ihre sonst so strahlende Miene wirkte graublau, ihre Gewänder waren zerknittert. Die Beherrschung, die Phillipa von Thia zu erwarten gelernt hatte, ging ihr an diesem Morgen völlig ab.

»Sie glauben, ich wüsste etwas über Charivrethas Verschwinden.«

»Wie kommen Sie darauf?«, spielte Phillipa mit.

»Weil ...« Sie schluckte schwer. »Weil es stimmt.«

Vretha spürte, wie das *Saf* nachließ. Ihre Muskeln schmerzten von den konzentrierten Energieschüben, die stets mit seiner Einnahme einhergingen. Sogar ihre Knochen taten ihr weh. *Ich bin zu alt für diese Art der Stimulanz*, dachte sie. Erinnerungen an ihre ersten Experimente mit der Droge kamen ihr in den Sinn - damals, mit ihren Partnern. Vretha verstand, wie wichtig das *Saf* im *Shelthreth* war, hatte aber schon damals das Gefühl gehasst, die Kontrolle zu verlieren. Ihr Körper war ihr wie ein von ihrem Geist getrenntes Ding erschienen, eine Wesenheit, die nach eigenem Ermessen handelte und nicht ihrem Willen unterworfen war.

Leider machten die halluzinogenen Eigenschaften des *Saf* es Vretha nahezu unmöglich, sich an die Ereignisse der vergangenen Stunden zu erinnern. Sie hatte an ihrem Schreibtisch gesessen und sich auf die Subraumkonferenz vorbereitet, als sie hinter sich Schritte hörte. Ihren Assistenten erwartend, hatte sie sich umgedreht, um ihm ein Padd zu reichen - und der Rest waren nur verzerrte Momentaufnahmen, Farben und Klänge, gefiltert durch ein chemisches Prisma. Das Zischen eines Zuges, ein über Wasser preschendes Aquacraft, und nun dieser Ort. Vretha bewegte vorsichtig die Arme und stellte wenig überrascht fest, dass sie gefesselt waren. Gleiches galt für ihre Beine. Vermutlich dienten die Metallbänder, die in ihre Oberarme schnitten, zudem als Transporthemmer. Wer immer hinter dieser Entführung steckte, wollte es etwaigen Rettern unmöglich machen, sie rauszubeamen. Wollte ein Sicherheitstrupp Vretha helfen, würde er sich auf eine direkte Konfrontation einlassen müssen. *Eine weise Strategie*, urteilte Vretha. *Sie verschafft ihnen die Zeit, ihre Forderungen zu bekommen.*

Vretha rührte sich nicht. Die Entführer sollten glauben, sie sei noch bewusstlos. Sie hatte die Augen gerade so weit geöffnet, dass sie ihre Umgebung genauestens beobachten konnte. Fester und doch unruhiger Boden unter ihr: Sand. Die Luft: kein Wind, kühl, modrigfeucht. Schroffe Steinwände. Kaltes blauweißes Kunstlicht. Eine Höhle also. Und nach der Konstanz der Temperatur zu urteilen, lag sie ziemlich tief unter der Oberfläche.

»Willkommen zurück, Rätin«, erklang eine sanfte Stimme in den Schatten.

Vretha reagierte nicht, schloss die Augen. Sie wollte ihm nicht zeigen, dass sie sich seiner Anwesenheit bewusst war.

»Na, kommen Sie. Schauspielerei mag Ihnen bei Ratssitzungen nutzen, aber nicht hier. Wir sind nur zu dritt.«

Ein Stiefel tippte gegen ihr Bein.

Wütend ob der rauen Behandlung, spuckte Vretha vor sich auf den Boden.

»Na, na, na!«

Sie sah auf. Ein breitschultriger *thaan* in einem mit pinkfarbenem Staub bedeckten Allwetterpullover kauerte neben ihr. Seine Augen unter den buschigen Brauen zeugten nicht von der Grobheit, die Vretha bei einem Entführer erwartet hatte. Sein faltenfreies Gesicht verriet seine Jugend. Er konnte kaum älter als Shar sein. Der Mann reckte das Kinn vor. Der aristokratische Schwung seiner Nase und Wangenknochen harmonierte perfekt mit seiner eleganten Körperhaltung. *Das ist kein Söldner*, dachte Vretha und seufzte innerlich. *Sondern ein Jungspund mit einer Mission. Revolutionäre sind immer jung.* Vor langer Zeit hatte auch sie das Feuer in sich gehabt, das sie nun in diesem *thaan* erkannte. Nun jedoch ... Nun kannte sie die Realitäten innerhalb des Quadranten. Der Großteil ihrer Kraft ging inzwischen dafür drauf, den Status quo zu bewahren. Es blieb kaum Energie übrig, um für eine Verbesserung der Situation zu kämpfen.

»Werden Sie mich töten?«, fragte sie. Ihr Hals war rau. Sie räusperte sich, schluckte, doch die Heiserkeit blieb.

Eine zweite Person, ein *chan*, hielt ihr einen Wasserschlauch an den Mund, doch Vretha presste die Lippen zusammen.

»Es ist nicht vergiftet«, sagte der *thaan*. Er nahm dem *chan* den Schlauch ab und goss sich etwas in den eigenen Mund. Dann bot er ihn erneut Vretha an.

Sie trank gieriger, als ihr lieb war. Dehydrierung und Hunger machten sich bemerkbar. Als sie den schlimmsten Durst gestillt hatte, schob sie den Schlauch mit dem Kinn fort.

»Die eigentliche Frage lautet: Würde Ihre Ermordung unserer

Sache dienlich sein?« Der *thaan* beugte sich ganz dicht zu ihr. »Und die Antwort, Rätin, steht noch aus.«

Shar war derart voll mit Schmerzmitteln und Flüssigkeit, dass er sich wach und fit genug fühlte, ch'Shals Fragen über sich ergehen zu lassen. Das Getränk der Reiji war mit mehr *Saf* versetzt gewesen, als gesund für ihn war, doch sein andorianischer Metabolismus kam weit besser damit zurecht als Prynns.

Prynn. Der Gedanke an sie weckte Schuldgefühle, die sogar die nach Thriss' Selbstmord in den Schatten stellten. Shar erinnerte sich nur bruchstückhaft an die vergangene Nacht. Als er erwachte, den Kopf auf den eigenen Arm gebettet, hatte er Prynns Duft auf seiner Kleidung bemerkt und war plötzlich aufgeregt - vor Freude und Scham gleichermaßen. Ob sie ihm je verzeihen könnte? Sie hatte ein schlechtes Gefühl gehabt, als sie das Reiji-Camp erreichten, doch anstatt auf sie zu hören, hatte er zugelassen, dass sie beide unter Drogeneinfluss gerieten. Eine Überdosis, die sie beinahe zum *Tezha* getrieben und Prynn das Leben gekostet hätte. Shar konnte es ihr nicht verdenken, falls sie den ersten Transport in die Heimat nehmen wollte.

Vorhin, als er nach ihr gesehen hatte, hatte sie tief und fest geschlafen. Er hatte an ihrem Bett gesessen und sie beobachtet, ihre langsamen Atemzüge, ihre geschwungenen dunklen Wimpern. Und eine Flut von Emotionen hatte ihn mitgerissen. Prynn bedeutete ihm so viel. Es war falsch gewesen, ihr die Mitreise zu gestatten. Er hätte darauf bestehen müssen, dass sie auf DS9 blieb. Hätte er seine ursprüngliche Absicht umgesetzt und seine Brücken nach Andor abgebrochen, wäre Prynn nie in Gefahr geraten und *Zhavey* ...

Ch'Shal hatte ihm auf einem Padd die Sicherheitsaufnahmen gezeigt: unscharfe, tonlose Bilder aus dem Untergrundtransportnetz, die für Shar keine Bedeutung hatten. Und ch'Shal hatte Fragen gestellt, Unmengen an Fragen: Wann er zuletzt mit Charivretha kommuniziert hatte. Welche Umstände ihn statt zur Hauptstadt, wie eigentlich geplant, nach Thelasa-vei geführt hatten. Jedes Wort aus seiner letzten, bitteren Unterhaltung mit *Zhavey*. Die Details seiner Begegnungen mit den anderen Besuchern und Bewohnern des Klansitzes ... Die Liste schien endlos zu sein, Fragen über Fragen, und irgendwann hatte Shar geglaubt, seine Antennen müssten vor Anspannung durchbrechen.

Shar und sein Gegenüber saßen an einem Tisch in einer der Bibliotheken des Anwesens, umgeben von Bergen alter Schriftrollen und unbezahlbaren Kristallskulpturen. Plötzlich berührte ch'Shal seinen Komm-Anhänger, scheinbar reagierte er auf einen Anruf. Dann entschuldigte sich der *chan* und versprach, bald zurückzukehren.

Endlich allein in dem riesigen Raum, fühlte sich Shar, als müsste die Wucht seiner Emotionen ihn erschlagen. Er sah auf den Tisch hinab und bemerkte, dass seine rechte Hand zitterte. Schnell umfasste er sie mit der Linken, versuchte sich zu beruhigen. *Bleib Eins. Du nutzt ihr nichts, wenn du zerbrichst ...*

Fünfzehn Minuten später kam ch'Shal wieder und hatte Thantis, Phillipa und Thia im Schlepptau. Er nahm seinen Platz Shar gegenüber erneut ein, während Phillipa den zweiten freien Stuhl belegte. Thantis und Thia blieben stehen. Sie alle wirkten sehr ernst. Thia sah Shar nicht einmal in die Augen.

»Shar«, begann Phillipa. »Da ist etwas, das du wissen musst ...«

Sie ist tot, begriff er. *Sie haben sie gefunden und sie ist bereits tot ...*

»Arenthialeh zh'Vazdi hat gestanden, an Charivrethas Entführung beteiligt zu sein. Sie bietet uns ihre Hilfe an, wenn sie dafür straffrei ausgeht.«

Shar starrte die *zhen* an. Er entsann sich ihres ersten Treffens und fragte sich, ob es inszeniert gewesen war. Ob er von Anfang an *Zhaveys* politischen Gegnern in die Hände gespielt hatte.

Thia. Von Anfang an Thia ...

»Das ist noch nicht alles«, fuhr Phillipa fort. »Mein *Saf*-Abstrich wurde gestohlen. Nur drei Personen wussten von ihm: du, Prynn und Thia. Sie ...«

Ohne sich seiner Handlungen richtig bewusst zu sein, sprang Shar auf, packte Thia am Hals und schob sie mit dem Rücken zur Wand. Hart prallte die *Zhavey* auf, doch falls sie schreien wollte, hinderte Shars Würgegriff sie daran. Phillipa schrie definitiv, zog an Shars freier Hand, deren Finger er eigentlich in Thias Augen hatte rammen wollen, aber er nahm beides kaum noch wahr. Er hörte das metallische *Schring*, mit dem ch'Shals zeremonielles Schwert aus der Scheide gezogen wurde, und Thantis' gebrüllten Befehl, nicht einzugreifen.

Und Thia ... Thias Hand zerrte hilflos an der seinen, während ihr anderer Arm sich um ihren Leib schlang.

»Shar, hör auf«, rief Phillipa. »Es ist nicht, wie du denkst ...«

»Du warst es«, zischte Shar seine Widersacherin an. »Du hast Charivretha das *Saf* gegeben. So konntest du sie entführen. Und du steckst hinter dem, was mit Prynn und mir geschah, oder? *Oder?*«

»Thirishar, bitte«, flüsterte Thantis in sein Ohr. Sie ergriff sein Gesicht mit beiden Händen, zwang ihn, sie anzusehen, ihre Furcht und ihre Sorge zu sehen. »Du musst zuhören. Tu das nicht.«

Irgendwo weinte ein Kind.

Shar sah verwirrt nach unten und merkte erst jetzt, dass Thias *Thei* die ganze Zeit über in ihrem *Kheth* gelegen hatte.

Er zog die Hand zurück, als stünde sie in Flammen, stolperte rücklings gegen den Tisch und sackte in einen Stuhl. Thia krümmte sich vor, schnappte heiser nach Luft und wäre gestürzt, wäre Phillipa ihr nicht zu Hilfe gekommen.

Was habe ich getan?

Ch'Shal packte Shar von hinten an der Schulter - halb beruhigend, halb kontrollierend. Das Schwert hielt der *chan* noch immer gezogen in der Hand. Sie kannten sich seit Kindertagen, und das bedeutete ch'Shal etwas - das hatte Shar schon bei seiner Ankunft gespürt. Doch er wusste auch, dass für den Wächter von Cheen-Thitar die Sicherheit seines Klans oberste Priorität hatte. Es grenzte an ein Wunder, dass Shar überhaupt noch lebte.

Thantis ging neben ihm in die Hocke. »Shar ...«

»Ist Charivretha tot?«, fragte er leise und sah Thia regelmäßiger atmen. Phillipa prüfte ihren Hals auf Würgemale, und das Kind fiel zurück in den Schlaf, aus dem Shars Angriff es gerissen hatte.

»Wir haben allen Grund zu der Annahme, dass sie noch lebt«, antwortete Thantis. »Aber du musst zuhören. Wirst du das?«

Shar nickte.

»Arenthialeh hat das *Saf* nicht gestohlen ...«

»Nicht«, unterbrach Thia sie und richtete sich auf. »Ich bitte um Vergebung, *Zha*, aber ich spreche selbst für mich. Ich schulde ihm die Wahrheit.« Shar sah, dass sie zitterte. Ihre Hand ruhte auf ihrem Unterleib, auf dem Kind. »Meine Bündnispartner nahmen das *Saf* und verabreichten es Charivretha. Doch durch mich erfuhren sie, dass Commander Matthias es besaß. Ich erzählte ihnen von unserer Unterhaltung während des Shuttleflugs von der Orbitalstation – dass der Commander eine Portion für medizinische Forschungszwecke erwerben wollte. Doch meine Bündnispartner, mein *th'se* und mein *ch'te* ...« Sie sprach die Worte aus, als ob sie ihr Schmerzen bereiteten. Shar wusste nicht, ob diese wirklich ihrer Trauer oder den Verletzungen entsprangen, die er ihr zugefügt hatte. »Sie sahen deinen Besuch als Möglichkeit, ihren politischen Standpunkt deutlich zu machen. Wir alle wussten, dass du nach Andor kommen würdest. Dafür hatten die Progressiven gesorgt. Und dein Umweg über Cheen-Thitar gab ihnen eine unerwartete Chance. Als dann auch noch Vretha auftauchte ... Dieses Ziel war einfach zu verlockend.«

Phillipa riss die Augen auf. »Deine Bündnispartner hatten es eigentlich auf Shar abgesehen, nicht auf Vretha?«

Shars Blick wanderte zu Thantis, die noch immer neben ihm kniete. »Warst du Teil dieser Verschwörung?«

»Nein, Thirishar«, antwortete sie. »Wenn du mir auch sonst nichts glaubst, glaube dies. Ich wusste nichts.«

»Genau wie ich«, flüsterte Thia. »Nicht, bis es zu spät und Charivretha und meine Bündnispartner verschwunden waren. Ich hatte nie vor, dich oder Rätin zh'Thane zu entführen. Ich gehöre nicht den Progressiven an und unterstütze auch nicht die Arbeit des Wissenschaftsinstituts. Ich hatte versucht, meine Bündnispartner zu überzeugen, dass es andere Wege gäbe, auf unsere Sache aufmerksam zu machen. Ich glaubte wirklich, es wäre nur Gerede, sie würden es nie so weit kommen lassen. Doch offensichtlich irrte ich mich. Nun muss ich meinen Fehler wiedergutmachen.«

»Ihre Kooperation wird sich merklich auf die Ihnen drohende Bestrafung auswirken, *Zha*«, sagte ch'Shal.

Sie drehte sich zu ihm. »Es sind nicht die Strafen der Justiz oder des Parlamentsrates, die mich bekümmern, Wächter. Sondern was meine Bündnispartner tun werden, wenn sie erfahren, dass ich sie betrogen habe.«

Shar spürte ihren Blick auf sich ruhen. Anfangs weigerte er sich, sie anzusehen, doch dann überstieg seine Angst die Wut. Was er sah, war Bedauern. Er sah eine stumme Abbitte.

Er sah seine eigene Sorge gespiegelt.

Thia wich seinem Blick aus. »Sie haben meinen Namen und meine Daten missbraucht, um Vretha ins Reservat zu bringen.«

Ch'Shal kniff die Lider enger zusammen. »Woher wissen Sie das?«

»Ich war vor drei Zyklen dort auf Expedition und habe viele Unterlagen aus jener Zeit. Diese wurden kürzlich aufgerufen, und ich glaube sogar, zu wissen, wo genau sie Charivretha verstecken.«

»Wie weit ins Innere des Reservats?«, fragte ch'Shal.

»Nicht weit. Weniger als ein Tagesmarsch. Aber meine Bündnispartner waren vermutlich nicht zu Fuß unterwegs.«

»Ich brauche diese Unterlagen.«

Thia nickte. »Ich muss Sie warnen - es wird nicht leicht sein, jemanden dort draußen aufzuspüren. Selbst mit Satellitenortung bezweifle ich, dass Sie viel Glück haben werden. Die niedrige Strahlung in dem Gebiet verwirrt die Biosensoren. Deshalb bedienen wir uns dort noch immer traditioneller Forschungsmethoden.«

»Und dank der Musterverwirrer sind auch Transporter keine

Option«, sinnierte ch'Shal laut. »Ein Angriff aus der Luft ist zu offensichtlich und würde Charivretha wahrscheinlich das Leben kosten. Nein, um sie zu retten, wird die Planetensicherheit getarnt vorgehen müssen - und zu Fuß.«

»Wann treffen die Sicherheitsleute hier ein?«

»In weniger als drei Stunden.«

»Das ist zu spät«, sagte Shar und erhob sich. »Ich breche sofort auf.«

Ch'Shal stutzte. »Weißt du, was du da sagst, Shar?«

»Ich bin ein erfahrener Sternenflottenoffizier«, antwortete er. »Ich werde nicht unnütz herumsitzen, um das Leben meiner *Zhavey* dann jemand anderem anzuvertrauen.«

»Ich begleite dich«, sagte Phillipa.

»Phillipa ...«, begann Shar.

»Ich bin hier die Ranghöchste, Ensign«, wehrte sie seinen Einwand ab. »Und was ich sage, steht nicht zur Diskussion.«

Shar schluckte. »Ja, Sir.«

Phillipa zwinkerte ihm zu.

Dann kam eine andere Stimme, tief und müde, vom Eingang der Bibliothek. »Ich ebenfalls.«

Shar drehte sich um. Prynn trat ein, das Gesicht bleich und schweißnass, und stellte sich neben ihn. »Sie hatten recht, was die Medizin angeht, Commander: Ich fühle mich wie neugeboren. Meinen Dank und mein Kompliment an Ihren Arzt, *Zha* Sessethantis.« Sie verschränkte die Arme vor der Brust und beobachtete die Mienen der anderen aufmerksam.

Shar entging nicht, dass sie leicht schwankte. »Prynn«, bat er sanft. »Ich glaube, wir schaffen das ...«

»... nur mit meiner Hilfe?«, unterbrach sie ihn. »Gut. Dann sind wir uns ja einig.«

»Sind Sie sich sicher, Ensign?«, fragte Phillipa.

»Absolut, Commander.«

Abermals rührte Shar Prynns Einsatz. *Sie steht mir noch immer zur Seite, trotz allem, was war.*

»Das ist unklug und gefährlich«, warnte ch'Shal. »Ich bezweifle Ihre Fähigkeiten keineswegs, aber niemand von Ihnen kennt sich dort draußen aus, nicht einmal Thirishar.«

»Aber ich«, sagte Thia. »Ich weise ihnen den Weg.«

»Ihr *Thei*, Thia«, warf Thantis ein. »Denken Sie auch an ihn.«

Sie schüttelte den Kopf. »Meine *sh'za* wird ihn nehmen. Auch sie war nicht Teil des Plans unserer Partner. Ich muss es tun. Mein *th'se* und mein *ch'te* hören vielleicht auf mich, wenn schon nicht auf andere. Ich bin vielleicht ihre einzige Chance - und Charivrethas. Ich bezweifle, dass auch nur ein einziger Sicherheitsmann zögern würde, wenn er die Wahl zwischen Rätin zh'Thane und ihren Entführern treffen müsste. Vielleicht kann ich dafür sorgen, dass eine solche Entscheidung gar nicht erst nötig wird.«

Shar beobachtete Thia und wusste mit einem Mal nicht mehr, was er von ihr halten sollte. Noch vor wenigen Augenblicken war sein Hass so groß gewesen, dass er sie töten wollte, nun empfand er Erleichterung, weil sie ihnen half. Doch er zögerte, ihr gänzlich zu vertrauen.

Thia sah zu ihm, als spüre sie seine Blicke. Einmal mehr sahen sie einander direkt in die Augen.

Sie hat recht, begriff Shar. *Sie könnte tatsächlich* Zhaveys *einzige Hoffnung sein.* Er trat vor und streckte die Hand aus, sodass die Handfläche auf sie zeigte.

Thias Augen wurden groß vor Überraschung.

»Was auch passiert«, sagte Shar, »ich danke dir für deine Hilfe. Und ich entschuldige mich.«

Langsam hob auch Thia den Arm. Dann berührte ihre Handfläche die seine. »Genau wie ich«, flüsterte sie.

Shar spürte die Stärke, die sie durchströmte, und wusste, dass Thia eine hervorragende Verbündete sein würde - oder eine Gegnerin.

Kapitel 8

Prynn kniete im Sand, spürte die wärmenden Strahlen der weißen andorianischen Morgensonne im Nacken und kontrollierte die vier Rucksäcke aufs Neue: Trikorder, Kletterhaken, Karabiner, Seile, Gurtzeug, Notfallkoffer, Kochgeschirr, Rationsriegel für den Weg ... Alles schien vollständig und in Schuss zu sein.

Und da sind die drei Phaser, dachte sie. *Bleibt die Frage, an wem ich einen davon benutzen muss.* Ihr Blick wanderte zu Thia, die Phillipa und Shar gerade eine Karte des Reservats zeigte.

Zufrieden mit dem Zustand ihrer Ausrüstung, kontaktierte Prynn ch'Shal, der vor der Küste mit dem Wasserfahrzeug ankerte, und informierte ihn darüber, dass die Mission bald begann. Die nächsten fünfundzwanzig Stunden würden sie Funkstille halten müssen - es sei denn, sie fanden Vretha oder wurden zum Abbruch gezwungen. Thantis im Klansitz fiel derweil die undankbare Aufgabe zu, der Planetensicherheit mitzuteilen, was sie vorhatten und dass jegliche Einmischung in diese Rettungsaktion ihrer aller Leben in Gefahr brächte, auch Vrethas.

Morgen früh ist alles vorbei, so oder so, dachte Prynn und zog den Reißverschluss ihres eng anliegenden Expeditionsanzugs hoch. Thia hatte die Anzüge persönlich entworfen und gefertigt - für ihre Forschungseinsätze, wie die *Zha* erklärte. Prynn fand sie noch ein wenig ungewohnt - teils wegen des Materials, teils wegen des engen Schnitts, aufgrund dessen sie sich fühlte, als sei sie nackt -, doch sie behinderten nicht, waren atmungsaktiv und, so Thantis, federten

Stürze und bis zu einem gewissen Grad sogar Schwerthiebe ab. Phaser, vermutete Prynn, standen wohl auf einem anderen Blatt.

Thia hatte ihr Haar unter einem langen schwarzen Tuch versteckt, das sie wie einen Turban trug. Als Phillipa sie darauf ansprach, hatte sie erzählt, dass diese entlegene Gegend - eine Insel etwa von der Größe Indiens - »heiliges Land« sei und sie »die Hüter nicht beleidigen« wollte, indem sie eitel und respektlos auftrat. Den Rücken zur *zhen* gewandt, hatte Prynn daraufhin mit den Augen gerollt und sich prompt einen strafenden Blick von Commander Matthias eingehandelt. Danach hatte sie beschlossen, sich einige Solo-Minuten zu gönnen, und sich der Ausrüstung gewidmet, während die anderen den Reiseweg besprachen.

»Da wären wir also«, murmelte sie nun, »mitten im Nichts.« Prynn sah kaum ein Lebewesen, von ihrer Gruppe einmal abgesehen. Spitze, Laub abwerfende Bäume begrenzten das untere Ende eines Wasserfalls und verliehen der Szenerie einige Grünsprenkel. Ansonsten hatte die hiesige Flora nur braunes Gestoppel, gelbes Geklumpe und von der Sonne ausgeblichenes Strandgras zu bieten, das zwischen den Dünen wucherte und sich im Wind wiegte. Kleine Vielbeiner sonnten sich auf den Felsen, unsichtbare Vögel krächzten in der Ferne - es gab also auch Fauna. Dennoch ahnte Prynn, wer in dieser Gegend die Vorherrschaft hatte: Sonne, Land und Wasser.

Der halbmondförmige Strand aus weißen Kieseln und Sand war von Klippen aus rotem Sandstein, Kalkstein, kristallin-glasigem Gips und grauem Ton umgeben. Die hohen Klippen machten es unmöglich, die Landschaft jenseits des Strandes zu betrachten. Prynn hatte Thias Akten studiert und wusste, dass dieser Teil des Reservats hauptsächlich Wüste war: staubige Ebenen, vom Wasser geschaffene Gipfel und Schluchten - manche zwischen fünfzehnhundert und zweitausend Meter tief - und Gesteinsformationen, die auf uralte Vulkanaktivitäten zurückgingen. Es überraschte sie nicht, dass die Andorianer hier nicht leben wollten: Die Elemente und tektonischen Plattenverschiebungen hatten diese Wildnis schon zerknetet, verwüstet, zerstört und neu gestaltet, als Andor noch kein hochentwickeltes Leben barg.

Jenseits des Landeplatzes befand sich der Wasserfall, von dem aus ihre Reise ins Innere des Kontinents beginnen würde.

Prynn band die Rucksäcke zu, hängte sich zwei an jeden Arm und stapfte durch den Sand zu ihren Gefährten, die im mageren Schatten eines blattlosen Baumes Schutz gesucht hatten. Thias Padd ruhte auf einem flachen Stein und zeigte das Gebiet an, das sie beschrieb. Prynn gesellte sich zu Shar, doch sein Blick blieb auf Thia gerichtet.

Prynn versuchte, es nicht persönlich zu nehmen, schließlich stand einiges auf dem Spiel. Doch er hatte ihr schon den ganzen Tag kaum Beachtung geschenkt, seine einzigen Reaktionen waren einsilbige Antworten und ein gelegentliches Nicken. *Das typisch männliche »Der Morgen danach«-Verhalten*, dachte sie. Nur, dass Shar eigentlich nicht männlich war und es keine Nacht gegeben hatte, auf die ein solcher Morgen folgen konnte. Zumindest nicht in ihrer Erinnerung. Prynn wusste nicht mehr viel von ihrem gemeinsamen Erlebnis, aber das, woran sie sich erinnerte, gefiel ihr. Vielleicht war das Teil von Shars Problem. Vielleicht wusste er mehr als sie und war deshalb so angespannt ihr gegenüber. Doch wie sollte sie ihn verstehen können, wenn er sich nicht dazu herabließ, mit ihr zu reden? Prynn schwor sich, sowie alle drohenden Tragödien abgewendet waren, würde sie ihre beziehungs- und männerfeindliche Einstellung wieder aufnehmen. Vorher brauchte Shar sie. Doch waren Vretha erst in Sicherheit, Thriss beerdigt und Thias Bündnispartner in Gewahrsam, würde Prynn ihn zwingen, mit ihr zu sprechen. Bis dahin würde sie sein Schweigen schlicht hinnehmen müssen.

»Wir ziehen durch diese Gebirgsformation dort«, sagte Thia und deutete auf eine flache rote Felsgegend, »auf einem Weg, der parallel zum Wasserfall verläuft. Auf halber Strecke erreichen wir eine Höhle, die vom Wasser verborgen wird. Wir betreten sie und folgen einem Bach bis zu dessen Quelle in einer engen Schlucht.

Diese führt uns in die Große Schwemme. Bis dahin sollte es dunkel geworden sein, dann können wir uns freier bewegen. Die Öffnung der Lavahöhle, in die sie Vretha meiner Vermutung nach gebracht haben, befindet sich einige Kilometer jenseits der Tempelkuppe in der Korallenschlucht.«

»Warum heißt sie Große Schwemme?«, fragte Phillipa. Sie nahm sich das Padd vom Stein und betrachtete es genauer.

»Vor langer Zeit war diese Gegend der Grund eines Sees. Heute ist sie bloß ein großes, relativ flaches Becken, von dem Dutzende kleiner Schluchten abgehen. Wann immer hier sintflutartiger Regen einsetzt, wird das Becken noch heute geflutet. Weitere Fragen?«

Prynn nahm das Padd von Phillipa und studierte die Strecke. Selbst wenn sie sich beeilten, würde es sie die ganze Nacht kosten, bis zur Lavahöhle zu gelangen. »Wir sollten besser aufhören zu reden und anfangen zu gehen.«

»Ganz meine Meinung«, sagte Thia. »Sind wir so weit?«

Prynn schnaubte. »Na klar.« Sie reichte jedem einen Rucksack. Shar trug den Großteil der Kletterausrüstung, Phillipa kümmerte sich um das Medikit und das Werkzeug. Den Rest teilten sich Prynn und Thia. Letztere betrachtete Prynn kritisch, als diese sich den Rucksack auf den Rücken hiefte und die Schnallen befestigte.

»Sobald wir die Höhle hinter uns und die Schlucht erreicht haben, kenne ich einen Platz zum Ausruhen. Davon abgesehen, kann ich auch gern einen Teil deines Gepäcks übernehmen. Ich versichere dir, es macht mir nichts.«

Prynn verkniff sich eine schnelle Erwiderung und zählte von zehn rückwärts. »Ich bin durchaus in der Lage, noch zwanzig Kilo mehr zu schleppen«, sagte sie dann. »Besten Dank.«

»Auch nach einer Überdosis *Saf*?«

Hatte Thia das nötige kulturelle Wissen, um zu verstehen, dass es eine Beleidigung war, wenn sie jemand einen weiblichen Paarhufer nannte? Prynn bezweifelte es.

»Lasst uns aufbrechen«, sagte Phillipa. Sie übernahm die zweitletzte Position, direkt vor Prynn. Vor ihr war Thia, und Shar ging an erster Stelle.

»Lass mich nicht bereuen, dass ich dich mitgenommen habe, *Ensign* Tenmei«, warnte Phillipa leise, als sie ein paar Schritte neben Prynn herging. »Du magst im Urlaub sein, aber soweit es mich betrifft, stehst du im Dienst der Sternenflotte und somit unter meinem Befehl. Benimm dich entsprechend.«

»Ja, Sir«, erwiderte Prynn, atmete tief ein und bemühte sich um einen neutralen Gesichtsausdruck. Sie schuldete es Shar, sich zu benehmen.

Den Blick auf Thias turbanumwickelten Hinterkopf gerichtet, entschied Prynn, dass das keine Eile hatte. Sie würde die *zhen* schon jetzt hassen und später ihre verräterischen Absichten enttarnen. Sie würde jedes »Ich hab's euch doch gesagt!« in vollen Zügen genießen.

Der Aufstieg würde recht reibungslos verlaufen, wenn erst die Kletterseile am Fels des Wasserfalls gesichert waren. Da sich an der Spitze der Steinwand bereits ein Kletteranker befand, brauchte Shar mit dem sich selbst befestigenden Seil nur gut zu zielen - was ihm, wenig überraschend, auch schnell gelang. Kurz darauf war das Seil fest und zudem am Boden gesichert. Blieb die Frage der Kletterreihenfolge. Thia bot an, als Erste in die Höhle zu gehen, schließlich war sie die Einzige, die mit dem Gelände vertraut war.

Die Mission ist erst eine Stunde alt, dachte Phillipa, *und schon muss ich eine Bauchentscheidung treffen.* Thias Vorschlag war ein logischer, barg aber Risiken. Sie traute der *zhen* nicht ganz über den Weg - zwar aus anderen Gründen, als Prynn aufzählen würde, aber trotzdem. Für Thia stellten Vrethas Entführer einen Interessenskonflikt dar, und Phillipa wusste nicht, für wen sich die *zhen* entscheiden würde, falls sie zwischen Vretha und ihren Bündnispartnern wählen musste. Daher entschied sie, fürs Erste Zweiergruppen bilden zu lassen: Sie selbst würde mit Prynn, Thia mit Shar gehen. So konnten sie Thia im Auge behalten. Allerdings stellte auch Shar ein Risiko dar, insbesondere seit dem Vorfall im Klansitz. Trotz des erschreckend wilden Angriffs schienen die beiden Andorianer, nachdem sie sich ausgesprochen hatten, bereit zu sein, die Sache hinter sich zu lassen und sich auf die Aufgabe zu konzentrieren. Abermals kam Phillipa nicht umhin, die Kultur dieser Welt zu bestaunen, die scheinbaren Widersprüche und subtilen Subtexte, die komplexen Beziehungen zwischen den vier Geschlechtern und die beispiellosen Belastungen, die die von der Biologie definierte Gesellschaftsstruktur jedem einzelnen Individuum ein Leben lang auferlegte. Vor diesem Hintergrund schien es die sicherste Variante zu sein, Shar und Thia zusammen loszuschicken. Falls Thia etwas plante, würde Shar es wohl am ehesten bemerken.

Letztlich ging Shar voraus und befestigte die Karabiner und Haken für die Nachfolgenden. Als er das Signal gab, oben angekommen zu sein, folgte ihm Thia. Phillipa harrte am Boden aus, festgezurrt in ihre Gurte, und behielt die Seilspannung im Auge. Prynn ging ungeduldig auf und ab, trat Staub und kleine Kiesel fort.

Thia kletterte schnell und geschickt und verschwand bald hinter einem vom Wind geformten Felsvorsprung. Einige Minuten später signalisierte ein Piepen in der Ausrüstung, dass sie ihr Gurtzeug abgelegt hatte, und schon kam es das Seil hinabgeglitten. Prynn erwartete es bereits.

Ungeduldig streifte sie sich das Gurtzeug um die Hüften und befestigte es. Phillipa kontrollierte die Halterungen. Erst als sie sicher war, dass alles hielt, befestigte sie es am Seil.

»Ich achte nur auf Shars Sicherheit«, sagte Prynn leise.

»Selbstverständlich. Genau wie ich. Aber ich rate dir, deine Motive genauer zu analysieren - sie sind vielleicht weniger selbstlos als du glaubst.« Sie nahm den Phaser des Ensigns und deaktivierte die Sicherheitssperre. »Du solltest schussbereit sein.« Dann befestigte sie die Waffe erneut an Prynns Hüfte.

Prynn schwieg, doch ihre Augen zeigten ihre Entschlossenheit.

Während Phillipa den Aufstieg der jungen Frau verfolgte, begriff sie plötzlich, wie ungewiss der Ausgang dieser Mission war - insbesondere aufgrund der emotionalen Komponenten. Thia hatte ernste Probleme, die sich, je näher sie ihrem Ziel kamen, vermutlich noch intensivierten. Shar wirkte konzentriert, hielt jedoch Distanz zu den anderen - und diese Abkapselung könnte zum Problem werden. Im Vergleich zu seiner reservierten Art war Prynn wie ein nicht isoliertes Kabel - ihre Emotionen flossen so stark, dass schon die kleinste Provokation zu einem Kurzschluss führen konnte.

Abermals piepte es. Shar war bereit für Phillipa.

Lächelnd beobachtete sie ihre Schützlinge und entsann sie sich ihres eigenen Lebens in den Zwanzigern. In diesem Alter kam einem jede Wendung im Leben und der Liebe unglaublich bedeutsam vor. Die beiden Ensigns waren durch ihre jeweiligen Traumata durchaus reifer geworden, waren aber immer noch jung. Sie würden Fehler begehen und verzeihen, sie würden überleben und erneut lieben. Irgendwie. Phillipa zog fest am Seil. Es war straff genug, und sie begann ihren Aufstieg.

Shar wünschte sich, die Mission gäbe ihm die Zeit, die Umgebung zu studieren. Das klare blaue Wasser in der Grotte spiegelte das Sonnenlicht, und er sah Rauchfische darin schwimmen. Die beigefarbenen Sandsteinwände erzählten von einer dramatischen geologischen Historie, zeigten Fossilien, Höhlenmalereien und versteinertes Holz.

Nun, da auch Phillipa angekommen und die Kletterausrüstung wieder sicher verstaut war, begann die Reise erst richtig. Stundenlang folgten sie dem mäandernden Bachlauf und erreichten eine vielleicht zwei Armlängen enge Schlucht. Hohe, wassergeglättete Steinwände umschlossen sie auf beiden Seiten, verwehrten den Blick zum Himmel und warfen dunkle Schatten auf den kargen Boden. Die Stille, nur gestört vom Gurgeln des Wassers, zeugte von der Abgeschiedenheit dieses Ortes. Schicht um Schicht hatte das Gestein hier Wände gebildet, älter als jede Erinnerung. Shar wusste, dass seine

Vorfahren einst Zuflucht in dieser Ödnis gesucht hatten, und doch kam er sich vor, als sei er der Erste, der einen Fuß auf dieses feuchte Kalkgestein setzte. Niemand sagte ein Wort - offenkundig aus Angst vor einer Entdeckung, aber Shar spürte auch die Ehrfurcht seiner Begleiter. Im Angesicht dieser majestätischen Größe fühlten auch sie sich wohl klein und unbedeutend.

»Beeindruckend, nicht wahr?«, fragte Thia so leise, dass nur er es hörte.

»Ich hatte ja keine Ahnung ...«, erwiderte er. Weit über ihm tauchte der Tag die rostbraunen Felswände in goldenen Schein. Der Anblick hatte etwas von einer Kathedrale, etwas Würdevolles.

»Wir haben den Bezug zu unserer Vergangenheit verloren. Dies ist der Ort, von dem wir stammen. Kein Wunder, dass er dich berührt.«

»Glaubst du das wirklich? Dass sich unsere Spezies hier entwickelte?«

Thia nickte. »So sagen es die Kodexe.«

Shar blieb skeptisch. »Und was ist mit Beweisen? Mit Relikten, Knochen, Höhlenzeichnungen? Wir wissen, dass in grauer Vorzeit *jemand* hier war, aber woher sollen wir wissen, dass dieser Jemand dem entspricht, was wir als Andorianer definieren?«

»Wo ist dein Glaube, Thirishar? Du denkst, die Wissenschaft sei das Mittel zur Rettung unseres Volkes, und doch bist du klug genug, nicht vorzugeben, all ihre Mysterien zu verstehen. Das nennt man Glauben. Aber vielleicht liegt genau da dein Fehler: Du glaubst, diese Rettung müsse von außen kommen.«

»Lass mich raten: Du glaubst, der Unendliche kommt und erlöst uns.«

»Nein, ich glaube, dass wir - als Volk und als Bund - vereint sein, *Eins* sein müssen, um unsere Antworten zu finden. Bis dahin bleiben uns die Tore Uzavehs verschlossen.«

Shar seufzte und schüttelte den Kopf. Es hatte Zeiten gegeben, da hätte er ihr möglicherweise zugestimmt, und vielleicht wollte ein Teil von ihm es noch heute, doch er war längst zu skeptisch geworden, um ihren Worten Glauben zu schenken. Obwohl er in seinem kurzen Leben viele unerklärliche und sogar an Wunder grenzende Dinge gesehen hatte, vermochte er keines von ihnen als Beweis für die Existenz andorianischer Götter auszulegen.

Vor einigen Wochen hatten die gläubigen Bajoraner auf DS9 nächtelange Messen gefeiert, um dcn Propheten für die erneute Rettung aus einer Bedrohungslage zu danken, für die Rückkehr des Abgesandten. Shar hatte sich damals gefragt, wodurch Bajor einen solchen Schutz verdiente. Dabei spielte es für ihn keine Rolle, ob die Propheten nun Gottheiten oder nichtlineare Wesen außerhalb der normalen Raumzeit waren. Was aber zählte, war, wie sehr sie sich um die Bajoraner sorgten - genug, um in den Lauf der Ereignisse einzugreifen und sicherzustellen, dass Bajor weiter gedieh. Wo waren Andors Götter? Wenn jemand himmlische Gnade benötigte, dann ja wohl die Andorianer.

»Wie kommt es, dass Rückwärtsgehen Fortschritt bedeutet?«, unterbrach Prynn seine Gedanken.

Shar drehte den Kopf zu ihr und bemerkte ein herausforderndes Funkeln in ihren Augen. Er gesellte sich näher zu Thia, sodass sie zu dritt nebeneinander gehen konnten.

»Falls du damit sagen willst, der Glaube sei ein Rückschritt«, begann Thia, »bin ich nicht deiner Ansicht.«

»Das meine ich auch gar nicht. Doch von außen betrachtet, scheint mir dieses ganze Zusammenzwingen von Bündnissen zum Zwecke des Eins-Seins nicht sonderlich gut zu funktionieren.«

»Ehrlich gesagt, Ensign, hätte ich von einer Sternenflottenoffizierin erwartet, dass sie sich über Kulturen, die sie nicht versteht, kein vorschnelles Urteil erlaubt.« Prynn wollte etwas erwidern, aber Thia sprach einfach weiter. »Wir gehen vorbestimmte Bündnisse ein, um unsere aktuelle Lage zu meistern und weil wir keine Alternative wissen. Wir Andorianer sind nicht länger fähig, den Fortbestand unserer Spezies durch normal entstehenden Nachwuchs zu sichern. Im gesamten Universum zählen wir kaum noch neunzig Millionen und waren einst drei Milliarden stark. Es gab eine Zeit, in der unsere Zahl größer und es weit einfacher war, Kinder zu kriegen. Eine Zeit, in der sich Bündnisse ohne Zwang fanden und wir aus freiem Willen Eins wurden, nicht aus Not. Wir hoffen auf die Wiederkehr dieser Zustände, doch damit das geschieht, müssen wir in die Zukunft investieren.«

»Indem ihr die Gegenwart opfert«, sagte Prynn.

Thia blieb stehen und sah sie an. »Wie bitte?«

»Ihr verkauft euer Hier und Jetzt für die Hoffnung auf ein Morgen.«

Inzwischen war die ganze Gruppe stehen geblieben. Thia sah kurz zu Shar, dann wieder zu Prynn. »Wir kämpfen ums Überleben.«

»Nein, und das hast du selbst gesagt: Ihr kämpft um die Zukunft. Ihr *bezahlt* sie mit eurem Leben. Ihr habt eure Gesellschaft umstrukturiert, weil ihr glaubt, eure oberste Pflicht sei das Überleben eurer Spezies. Ihr verschreibt euch von Kindesbeinen an diesem Glauben. Eure Kinder halten es für ihre oberste Pflicht, weitere Kinder zu zeugen. Und um dies zu können, erzieht man sie zu den bestmöglichen Partnern, Liebhabern und Eltern - zu Wesen, die das Bündnis wollen. Wesen, die Bündnispartner lieben, die sie nicht einmal selbst wählen durften.«

Thia hob das Kinn. »Wir akzeptieren unsere Pflichten und erfüllen sie mit Freuden.«

»Na ja, die meisten von euch. Doch diese Kulturdenke lässt euch wenig Spielraum, richtig? Eine einzige Gesundheitskrise oder ein Todesfall - ach was, eine Gegenstimme genügt schon - *vor* der Zeugung eines Kindes, und schon sind vier Leben gleichzeitig zerstört. Dann ist das, was ihr als euren größten Lebenszweck kennengelernt habt, Geschichte - es sei denn, ihr findet schnellstens einen bündnisfreien Fremden mit dem richtigen Genprofil, um die Lücke zu füllen. Ich schätze, dieses Glück bleibt den meisten zerbrochenen Bündnissen verwehrt. Ein kaputtes Glied in der Kette, aus welchem Grund auch immer, und alles bricht zusammen.«

»Das genügt, Prynn«, sagte Matthias.

»Wie kannst du es wagen?«, zischte Thia. »Was erdreistest du dich, uns zu beurteilen? Du, deren Spezies sich nie mit einer solchen Krise, mit solchen Entscheidungen konfrontiert sah.«

»Ich urteile nicht«, sagte Prynn sanft. »Ich stelle nur ein System in Frage, das meiner Ansicht nach unerforschte Situationen erzeugt. Vielleicht erkauft ihr euch tatsächlich die Zeit, die ihr braucht. Nach dem, was ich bisher gesehen habe - und erfuhr, seit ich Shar kenne und hierherkam - frage ich mich allerdings, ob eure Anstrengungen euch nicht innerlich auffressen. Kein Wunder, dass euer Volk als gewalttätig verschrien ist. Bei dem ganzen Druck, den ihr euch macht, diesem lebenslangen und selbsterzeugten Stress, ist es erstaunlich, dass ihr nicht alle selbstmordgefährdet seid.«

Die Worte hatten ihren Mund kaum verlassen, da sah Shar, wie leid sie ihr taten. Prynn wünschte sich, sie könne sie zurücknehmen, und sah ihn aus großen, flehenden Augen an. »Oh Mann, ich ... Entschuldigung ... Shar, ich ...«

Gefasst trat er auf sie zu. »Denkst du das wirklich?« Er beobachtete, wie sie mit den Worten rang. Schließlich traf sie ihre Wahl, und in ihr Mienenspiel kehrte Ruhe ein.

»Ja. Ja, das denke ich.«

»Dann entschuldige dich nicht. Entschuldige dich niemals.« Damit ging er weiter und spürte die Blicke der anderen in seinem Rücken.

»Mehr hast du nicht zu sagen?«, fragte Thia.

Shar antwortete, ohne sich umzudrehen: »Ich könnte noch betonen, wie ironisch es ist, meinen langjährigen Streit mit meiner *Zhavey* von zwei anderen Personen nachgespielt zu sehen, aber davon abgesehen - nein.«

»Wie kannst du zulassen, dass eine Fremdweltlerin auf diese Weise von Shathrissía spricht?«

Shar hielt inne und sah sie skeptisch an. »Wie kannst du als Wissenschaftlerin ihre Argumente ignorieren? Es stimmt - Prynn wird die Umstände, die unsere Kultur prägten und uns vorm Aussterben bewahren sollen, vermutlich nie nachvollziehen können, aber ich finde, sie hat die Folgeschäden ziemlich gut umrissen. Mag sein, dass wir uns die Zeit zur Rettung unserer Spezies erkaufen … Jedoch frage auch ich mich, ob das reine Überleben ein ausreichender Lebensgrund ist.«

»Das reicht jetzt«, fuhr Phillipa auf, bevor Thia erneut das Wort ergreifen konnte. »Ich verstehe die Wichtigkeit dieser Unterhaltung, doch ihr Zeitpunkt ist schlecht gewählt. Sie behindert unsere Mission, und deshalb endet sie hier.« Sie blickte nach vorn. »Wir haben ohnehin dringendere Probleme.«

»Sir?«, wunderte sich Prynn.

»Seht mal nach oben.«

Das gesamte Team tat wie geheißen. Eine dunkle Wolkenmasse zog über den Himmel, und in der Luft hing das Grollen fernen Donners.

Shar sah auf seinen Trikorder. »Zwei Luftmassen kollidieren. Der barometrische Druck fällt rapide. Jede Sekunde kann ein Sturm über uns hereinbrechen.«

»Lauft«, sagte Thia, und ihre Worte straften ihre gefasste Körperhaltung Lügen. »Wir müssen dringend hier weg.«

Sie hatten erst wenige hundert Meter hinter sich, als der Regen die Schlucht erreichte und das glatte Gestein zu einer Rutschgefahr machte. Prynn verlor mehrfach den Halt. Mal verdrehte sie sich den Knöchel, mal scheuerte sie sich das Knie auf. Der Regen kam schneller, als sie ihn wegblinzeln konnte, und sie kam nur noch vorwärts, indem sie sich mit den Händen an den Felswänden entlanghangelte. Das ohrenbetäubende Prasseln des Regens übertönte jedes andere Geräusch. Stolpernd knallte sie gegen einen Stein, und als sie weiter wollte, gab der Schlamm ihre Stiefel nicht mehr frei.

Dann lag eine Hand auf ihrem Arm. Shar. Er zog sie aus dem Dreck und ließ sie erst los, als sie den gewundenen Weg hinter sich und eine Öffnung erreicht hatten - die Große Schwemme, eine karge Mondlandschaft voller Krater und Geröll. Der kürzeste Weg auf die andere Seite führte durch und um Lavakrater und runde, pilzähnliche Auswüchse. Prynn sah hinter sich, wo Phillipa und Thia das Tempo hielten, und begann, mit Shar zur anderen Seite zu joggen.

Bis sie den Lärm hörte. Eine Windbö jagte durch die Schwemme, der Boden bebte.

Eine Sturzflut kam!

Panisch sah sie zu Shar. *Nach oben. Wir müssen nach oben.* Durch den Vorhang aus Regen erspähte sie am anderen Ende der Schwemme eine Reihe dicker grauer Gesteinsfinger am Hang der einstigen Küste.

Sie rannten los.

Matsch und Wasser spritzten unter ihren Füßen auf. Prynn holte das Letzte aus ihren Beinen und Armen heraus. Sie keuchte, schluckte Regenwasser, ließ die Furcht Treibstoff ihrer Flucht werden. Neben sich konnte sie ihre Gefährten ausmachen: dunkle Formen, die zum Hang eilten.

Und das Rauschen nahm zu, hallte durch die Schluchten. Prynn kletterte als Erste auf den Felsvorsprung, stemmte sich mit den Füßen dagegen und zog erst Shar, danach Phillipa in Sicherheit.

Die Flut kam. Eine tosende Wand schlammigen Wassers brach aus dem Tal, das sie noch vor Minuten durchschritten hatten, und brachte Felsgestein, Pflanzen und entwurzelte Bäume mit.

Unter sich sah Prynn etwas Schwarzes im verschwommenen Regengrau: Thias Turban.

Sie zögerte nicht. Sie sprang von dem Vorsprung, rutschte den Hang wieder hinunter und stemmte sich mit den Füßen in den Matsch, um zu bremsen. Als sie Thia erreichte, sah sie sofort, dass die *zhen* mit dem Fuß in einer Felsspalte steckte. Prynn schob die Arme unter Thias Achseln und zog. Selbst durch das Tosen hindurch hörte sie noch Thias Schmerzensschrei.

»Streck die Zehen aus«, brüllte Prynn. »Mach den Fuß ganz flach.« Sie hörte sich kaum selbst.

Thia biss die Zähne zusammen und gehorchte. Beim nächsten

Versuch glitt ihr Fuß aus der Spalte. Prynn legte ihren Arm um die Hüfte der *zhen*, Thia den ihren um Prynns Schultern. Thia stützte sich auf sie und gemeinsam eilten sie zum Vorsprung zurück. Ein kurzes Zögern und die gierige Flut würde sie verschlingen. Prynn fiel das Atmen schwer. Ihre Muskeln zitterten. Dennoch kämpfte sie weiter, erreichte den Hang - und war in Sicherheit.

Shar hatte bereits das Kletterseil herabgeworfen. Prynn schob Thia darauf zu, wickelte es der *zhen* um die Schultern und unter ihren Armen hindurch. Während Shar zog, kletterte Prynn mit Phillipas Hilfe den Hang hinauf. Dann saßen sie schweigend da, beobachteten die reißenden Wassermassen. Sie schäumten und tobten, rissen an Felsen und Bäumen, nahmen Sand und Schmutz mit sich.

Der Regen verging so schnell, wie er gekommen war. Die Wolken teilten sich und gaben den Blick auf das ewig stille Gesicht der Nacht frei. Nach und nach sank der Wasserpegel, der Strom kam zur Ruhe. Er hatte einige Stromschnellen gebildet, doch die größte Gefahr war vorbei.

Während sie darauf warteten, dass sich die Wetterverhältnisse stabilisierten, kümmerte sich Phillipa um Thias Knöchel und verabreichte ihr ein leichtes Schmerzmittel. Prynn war unverletzt, sah man von einigen Kratzern im Gesicht ab. Thia wollte sich bedanken, doch sie winkte nur ab. Sie hätte bei jedem so gehandelt, das hatte nichts mit Edelmut zu tun. Ohnehin fühlte sie sich nach ihrem hitzigen Streit alles andere als edel, ganz gleich, was Shar sagte.

Dieser verteilte gerade Rationsriegel.

»Wir bräuchten ein Wasserfahrzeug, um das Becken zu durchqueren«, sagte Thia. »Die ursprüngliche Route ist nicht mehr. Ich fürchte, wir müssen diese Wand weiter hinaufklettern und auf den Ebenen weitergehen. Nach drei oder vier Kilometern auf dem Plateau kommt ein Weg, der uns wieder in die Korallenschlucht und auf den Tempelpfad bringt.«

»Kannst du denn noch gehen?«, fragte Phillipa.

Thia nickte und bewegte den Fuß.

Phillipa verstaute ihr Medikit. »Geh du voran, Shar. Ich folge hinter Prynn und Thia.«

Shar wickelte das Seil auf und trat zur Seite auf einen weiteren Felsvorsprung. Die Hände nach oben gestreckt, tastete er sich vor, suchte nach der besten Stelle für einen neuen Kletterhaken.

Um der Gefahr zu entgehen, in das schlammige Wasser abzurutschen, bewegten sie sich nur langsam vorwärts. Der Abend kam, und sie kletterten noch immer. Phillipa hatte bislang nur einen einzigen Fehler gemacht - sie hatte das Seil hinter Prynn nicht wieder straff gezogen. Da sie es zu locker werden ließ, verlor sie den Halt, kippte nach hinten weg und baumelte plötzlich völlig in der Luft. Sie war aber klug genug, ihren Körper zu strecken, sodass sie mit dem Rucksack und nicht dem Gesicht voran gegen die Felswand schlug. Shar, der ihren Aufstieg von oben beaufsichtigte, stabilisierte ihre Position. Nach einigen kostbaren Minuten - und das Gesicht voller rauer Sandsteinkrümel - fand Phillipa endlich eine Stelle, an der ihr Fuß Halt fand und sie weiterklettern konnte.

Irgendwann war auch sie wieder auf festem Boden - zumindest hatte sie keinen festeren gesehen, seit das Wasserfahrzeug sie vor fünf Stunden am Strand abgesetzt hatte.

Das Licht war hier oben so grell, dass sie für einen Moment nichts erkennen konnte. Sie senkte den Blick, kniff die Augen zu und blinzelte. Ihr Nacken war steif geworden, und als sie ihn mit den Fingern massierte, ließ der Schmerz sie zusammenzucken. Knoten, groß wie Kieselsteine, widersetzten sich ihrer Berührung. *Jetzt ist nicht die Zeit, sich darüber den Kopf zu zerbrechen*, entschied sie. Vermutlich litt sie unter Schlafmangel, war dehydriert und ausgehungert. *Was kommt als Nächstes?*

Shar, Prynn und Thia knieten in einem Halbkreis. Zwischen ihnen, auf einem Rucksack, lag der Trikorder. Phillipa hörte zu, wie die anderen die weitere Route besprachen. *Sie haben alles im Griff. Ich kann mich beruhigt der Ausrüstung widmen, bis es weitergeht.*

Als sie aufstand, schoss ein brennender Schmerz durch ihren Körper. Phillipa befühlte ihre Stirn: heiß. Als sie auf ihre Hand blickte, fielen ihr rote Striemen auf - und etwas, das nach Pusteln aussah. Sie juckten. Phillipa rieb die Hand an ihrem Expeditionsanzug. Seit ihrem Aufbruch war sie Dutzenden Allergenen ausgesetzt gewesen. *Verdammt. Ich werde mir hinterher Salben besorgen müssen.*

»Seid ihr startklar?«, fragte sie, als sie den letzten Ausrüstungsrest in Shars Rucksack packte. Ihr eigener schnitt bereits unangenehm in ihre Schultern, sodass sie ihn erneut absetzen und die Schlaufen lockern musste.

Thia nickte und hielt ihr den Trikorder hin. »Ich habe die schnellste Route markiert. Wenn du mir deinen Trikorder gibst, kann i...« Dann hielt sie inne, und ihr klappte die Kinnlade runter. Sie blinzelte. »Shar, halt mal deine Handgelenklampe hier rüber.«

»Wohin?«

»Auf Commander Matthias' Gesicht.«

Phillipa stöhnte leise, als der Lichtkegel ihr in die Augen fiel. »Ist das wirklich nötig?«

»Ich sehe sie«, sagte Shar.

Phillipa hörte die Furcht in seiner Stimme. »Sehe was?«, fragte sie und rieb sich die Augen. Das Licht reizte sie zu Tränen. Plötzlich spürte sie ein Kribbeln auf den Wangen, fuhr sich mit der Hand übers Gesicht. Als sie die Hand wegholte, war sie schwarz und rot beschmiert.

»Ich sehe sie auch, weiß aber nicht, *was* ich sehe«, sagte Prynn.

»*Sehe was?*«

»*Shax*-Nester«, antwortete Thia. »Als du gegen den Fels schlugst, musst du eine *Shax*-Kolonie aufgescheucht haben. Sie leben dort. Und manche fanden offensichtlich auf deiner Haut Zuflucht.«

»Ist das ...« Phillipa schlug sich in den Nacken, wo das Kribbeln nun auch einsetzte. »Sollte ich mir jetzt Sorgen machen?« Als sie sich aus dem Oberteil ihres Expeditionsanzugs schälte, bemerkte sie geschwollene Striemen überall auf ihrer Haut.

»Nur, wenn wir kein Medikit dabei hätten«, antwortete Thia und nahm ihr den Rucksack ab. Dann kniete sie sich hin. Phillipa sah sie den Inhalt durchwühlen. »Die *Shax* legen ihre Eier gern in die Epidermis ihrer Wirte. Ihr Speichel ist giftig. Ein *Shax* wird dir nicht schaden, aber ein starker Befall könnte ...« Plötzlich brach sie ab.

»Was ist?«, fragte Phillipa. Sie spürte die Anspannung der *zhen*. Vor ihrem geistigen Auge sah sie unzählige Insekten auf ihrer Haut krabbeln, und schüttelte sich. Doch je mehr sie Arme und Hände bewegte, desto wärmer wurde ihr. Inzwischen kam sogar Schwindel hinzu.

Thia atmete tief durch. »Das Medikit nahm Schaden, als du gegen den Felsen schlugst. Ich kann das Serum nicht herstellen.«

»Kannst du's nicht reparieren?«, fragte Phillipa lauter als beabsichtigt. Ihre Stimme hallte schmerzhaft in ihrem Kopf wider.

Shar prüfte das Kit ebenfalls. »Nein«, urteilte er dann. »Nicht schnell genug, und nicht mit unseren Mitteln. Wir müssen abbrechen. Ich lasse uns hier rausholen.« Bevor Phillipa protestieren konnte, hatte er seinen Kommunikator berührt und versuchte, das vor der Küste wartende Wasserfahrzeug zu erreichen.

Phillipa konnte ihn kaum noch erkennen, so sehr verschwamm alles vor ihren Augen. Das Delirium setzte ein, grell, rot und gnadenlos, und überhöhte alle Wahrnehmungen. Sie taumelte und wäre fast gestürzt, doch Prynn fing sie und half ihr, sich zu setzen.

»... müssen die Musterverzerrer auch Komm-Signale blockieren«, hörte sie Shar sagen. »Ich komme nicht durch und kann nicht abschätzen, wie weit wir gehen müssen, um außerhalb ihres Radius zu gelangen.«

Thia ergriff die Initiative und wandte sich zu Shar und Prynn um. »Einer von euch muss mir eine Pflanze suchen. Schau unter allen Felsvorsprüngen nach kleinen, moosigen Büscheln, auf denen gelbweiße Blüten wachsen. Ich brauche so viele, wie du auftreiben kannst.«

»Mach ich«, sagte Shar. »Meinst du Shanchens Mantel?«

»Genau«, antwortete Thia. »Prynn, wir brauchen heißes Wasser – mindestens zwei Liter. Außerdem ein scharfes, langes Metallstück. Mehrere, falls du das schaffst. Die Enden müssen ziemlich heiß sein.«

»Ich könnte einen der Karabiner aufschneiden«, schlug Prynn vor.

»Mach das.« Dann wandte Thia sich an Phillipa. »Zieh den Anzug aus. Ich muss jeden Striemen sehen.«

Schweißtropfen wurden zu Bächen und strömten ihr übers Gesicht. Ihre Zunge schien am Gaumen festzukleben. »Sag ... Sag mir ehrlich: Was wird passieren?«

»Du spürst gleich überall einen starken Schmerz. Als würde dir die Haut abgezogen. Und, falls das Gift weiterarbeitet, auch eine Art Lähmung.«

»Und dann?« Sie hustete.

»Sofern mir kein Wickel gelingt, bekommst du hohes Fieber. Das Gift stört deine Blutgerinnung und du verblutest.«

Mireh, Arios und Sibias erschienen vor ihrem geistigen Auge, doch ihre Gesichter verschwammen. Dann verlor sie das Bewusstsein.

Prynn riss eine Notfalldecke auf, damit Phillipa nicht im Dreck liegen musste. Gemeinsam mit Thia zog sie sie aus, und Thia umwickelte den zitternden Körper mit ihrem Turban. Prynn sammelte einige Steine, stellte ein paar Becher darauf und schoss so lange mit dem Phaser auf die Steine, bis diese rot glühten und das Wasser kochte. Dann nutzte sie den Phaser, um einen Karabiner in schmale Streifen zu zersägen.

Shar kehrte mit den Pflanzen zurück. Thia bestätigte, dass es die richtige Sorte war, und gab sie ins Wasser. Verschiedene Salben und Schmerzmittel aus dem Medikit würden die Arznei verstärken müssen. Sobald die Pflanzen zu einem Brei verkocht waren, wollte Thia diesen auf die befallenen Hautstellen schmieren und Phillipa zwingen, den Rest zu essen. Allerdings gestand selbst sie, dass sie nicht wusste, wie gut das alte Hausmittel bei einem Menschen wirkte. Wenn überhaupt.

Was Thia mit den Metallstücken vorhatte, erriet Prynn schnell. Rote Striemen bedeuteten ein Nest im Entwicklungsstadium, die Pusteln bildeten sich, wenn die Eier kurz vor dem Aufbrechen standen. Ein rotglühendes Eisen auf dem Striemen würde die nistenden *Shax* aus der Haut treiben. Auf die Pusteln gepresst, würde es die Eier zerstören, bevor sie aufplatzten.

Als Thia die erste Pustel mit dem heißen Karabinerstück bearbeitete, sah Prynn Phillipa zusammenzucken. Der Geruch versengter Haut stieg ihr in Nase, Augen und Mund. Ihr wurde speiübel, und als sie zur *zhen* sah, erkannte sie, dass es dieser genauso ging. Doch sie arbeiteten weiter, kämpften gegen die Infektion. Dunkle purpurrote Kapillarnetze erschienen auf Phillipas Haut und bezeugten, wie weit das Gift bereits in ihren Blutkreislauf vorgedrungen war. Kurz darauf war ihr Leib mit nässenden schwarzen Brandwunden übersät.

Kaum war der Pflanzenbrei endlich so weit, schälte Shar sich bis zur Hüfte aus seinem Anzug und zog sein Tanktop aus, riss es in Streifen und warf diese in das Gemisch. Dann umwickelte er Phillipas Beine mit diesen behelfsmäßigen Bandagen. Prynn und Thia kümmerten sich um den Oberkörper. Als alle betroffenen Stellen versorgt waren, nahm Thia die verkochten Reste aus den Bechern und verrieb sie auf den Bandagen.

Nachdem Phillipa bestmöglich versorgt war, wussten sie nicht weiter. »Was machen wir jetzt?«, fragte Prynn und ließ den Trikorder über Phillipas Körper gleiten. Ihre Werte hatten sich stabilisiert.

Thia seufzte. »Ich schätze, sie ist außer Gefahr, aber sie muss ruhen. Zum Glück für uns haben wir Zeit gespart, als wir den Plateauweg genommen haben. Wir können uns eine Pause gönnen. Aber beim zweiten Mondaufgang müssen wir zur Lavahöhle aufbrechen - also irgendwann in den nächsten Stunden. Bis dahin sollten wir entschieden haben, ob wir die Mission abbrechen oder uns aufteilen.« Dabei rutschte sie unruhig hin und her. Schließlich kratzte sie sich sogar am Rücken.

»Thia«, begann Prynn sorgenvoll. »Dein Rücken ...«

»Es ist nicht *Shax*«, versicherte Thia ihr. »Seit ich meinen *Thei* entwöhne, vertrocknet mein *Kheth* unangenehm schnell. Und das ... juckt eben. Ich komme schon klar.«

Auch Shar wirkte unruhig. Prynn sah von Thia zu ihm und zurück, doch beide schienen nicht mehr sagen zu wollen. Prynn spürte, dass da noch mehr war, aber sie war nicht Phillipa. Sie konnte keine Leute deuten - erst recht keine Andorianer, die sich nach Kräften bemühten, undeutbar zu sein. *Und ich bin zu müde, um nachzufragen.* Sie schlug sich auf die Oberschenkel. »Na, dann geh ich mich mal frischmachen.«

»Ein paar Meter weiter kommt ein Strom«, sagte Shar, ohne ihren Blick zu suchen. Er nickte nur in die Richtung, in der er den Shanchens Mantel gefunden hatte.

»Soll mir recht sein.« Prynn bahnte sich einen Weg durch das Gewirr aus Felsen. Erst als sie das Wasser rauschen hörte, merkte sie, dass sie ihren Rucksack mit ihren Hygieneartikeln im Camp vergessen hatte. Also kehrte sie um.

Schon von Weitem hörte sie die Stimmen. Da sie niemanden stören wollte, verlangsamte sie ihren Gang. Der Rucksack lehnte an einem rauen Stein. Prynn näherte sich diesem von hinten, und erst als sie nach dem Rucksack griff, riskierte sie einen Blick auf die anderen und ...

Als sie zum Fluss zurücklief, schlug ihr Herz wie wild. In diesem Moment wäre sie bis nach DS9 gelaufen, wenn sie gekonnt hätte.

»Ich weiß nicht, wie ich mich in dieser Situation verhalten soll, Thirishar«, sagte Thia. Sie lag am Boden, den Kopf auf die Unterarme gebettet.

Geht mir ähnlich, dachte Shar, *aber wir müssen tun, was wir tun müssen.* »Und ich schätze, es wäre dir unangenehm, Prynn in dieser Sache um Hilfe zu bitten.« Er schob den Stoff ihrer Unterbekleidung nach oben und legte ihren unteren Rücken frei. Die verkrusteten, schuppigen Linien des *Kheth*, die ihren Unterleib prägten, waren faszinierend und abstoßend zugleich. Shar hatte Sexualanatomie und -physiologie gelernt, wie man einen Partner beglückte, ein Kind zeugte und gebar - aber keine seiner Unterrichtsstunden hatte ihn auf den Anblick eines *Zhavey*-Körpers kurz nach der Geburt vorbereitet. Thias Rücken war regelrecht purpurfarben. Geronnenes Blut und *Kheth*-Schmiere, die nässende, vor lauter Reizung dunkelblaue Spalte. Shar ließ die Hand über ihrer Haut schweben. Er wusste nicht, ob er sie berühren sollte.

»Es ist dir unangenehm. Ich weiß, dass diese Situation dir ein Maß an Intimität aufdrängt, das es außerhalb des Bündnisses nicht geben sollte.« Thia schob ihr Unterhemd runter, drehte sich um und wollte wieder aufstehen.

Shar legte ihr die Hand auf die Schulter. »Nein. Ich helfe dir.«

Er goss sich ein wenig Fruchtöl auf die Handfläche und ließ es auf ihre Wunde und die sie umgebenden Hautpartien tropfen. Dann berührte er sie mit den Fingerspitzen, massierte das Öl ein. Er spürte, wie die gereizte Haut unter seinen Bemühungen nachgab und Thia sich entspannte. Ihre Atemzüge wurden gleichmäßiger. Shar konzentrierte sich darauf, ihr Linderung zu verschaffen.

»Ich bedaure keineswegs, dir gestattet zu haben, meine Qual zu lindern, aber ... Ich fühle mich, als hätte ich dich um die Chance gebracht, diese Erfahrung innerhalb eines Bündnisses zu erleben.«

Shar schluckte schwer. »Ich habe meine Bündnisposition an jemand anderen weitergegeben.«

»Mir ist bewusst, dass du Shathrissía verloren hast. Aber warum versagst du dir die Chance, diese Freuden mit denen zu erleben, die du liebst?«

Shar schwieg, goss neues Öl auf ihren Rücken und massierte es in ihre Haut.

»Wir sehen die Dinge unterschiedlich, Thirishar. Das weiß ich. Aber bestrafe dich nicht für Shathrissías Entscheidungen. Versage dir nicht dein Geburtsrecht, die größte Segnung deiner Existenz: das

Shelthreth. Keine Erfahrung ist gewaltiger als die Einswerdung der Vier.«

Sie erinnerte sich daran, das spürte er, und er sehnte sich plötzlich wieder danach, eigene, ähnliche Erlebnisse machen zu dürfen. Doch er wusste nicht, wie das möglich sein sollte.

Plötzlich drehte sich Thia auf den Rücken und setzte sich auf. Ihre Augen waren graugrün. Das war ihm vorher nie aufgefallen.

Einen langen Moment über betrachtete sie ihn schweigend, bis er sich abwandte, sich versteckte, um sich selbst zu schützen.

Doch Thia streckte die Hand nach ihm aus. Sanft ergriff sie sein Kinn und zog seinen Kopf zurück in ihre Richtung. Shar spürte ihr Mitgefühl, ihr Angebot von Nähe - und mit einem Mal ließ er die Sorgen und Ängste, die ihn schon so lange quälten, aus ihrem Gefängnis. Hilflos sank er in Thias Arme. Sie zog ihn zu Boden, bis sein Gesicht auf dem V unter ihren Rippen ruhte, nah an ihrem Herzen. Und sie strich ihm über das Haar, fuhr mit den Fingern durch seine Locken, flüsterte die leisen Gesänge seiner Kindheit.

Shar benetzte ihre Haut mit seinen Tränen.

Prynn schritt in den gurgelnden Fluss. Ihr Expeditionsanzug lag zusammengefaltet auf einem Fels. Sie hatte noch immer den Gestank der Arznei in der Nase. Nichts konnte ihn vertreiben. Auch das Zischen des versengenden Fleisches und die sich unter Schmerzen aufbäumende Phillipa gingen ihr nicht aus dem Sinn. Thia hatte Phillipas Hand gehalten und ihr die *Shax* aus dem Leib gebrannt. Prynn brachte nicht länger den Willen auf, ihre Ration zu essen. Sie wusste, dass ihr Körper Nährstoffe brauchte. Wusste, was getan werden musste. Doch etwas zu wissen und danach zu handeln, waren zwei verschiedene Dinge.

Phillipa kommt wieder auf die Beine, erinnerte sie sich. Der Gedanke war die Rettungsleine, an die sie sich klammerte.

Im Mondlicht wirkte der weißpinke Ufersand wie die Unterseite einer Seemuschel. Die Szenerie hatte etwas Makelloses - fremdes, blattreiches Buschwerk, gelegentlich umherflitzende Spinnenwesen. Unter besseren Umständen wäre der Anblick romantisch gewesen. Doch Prynn suchte Zuflucht, keine Romantik. Sie hatte sich hinter einen riesigen Kalkstein verkrochen und sich, während sie sich auszog, vorgestellt, die Person, deren Aufmerksamkeit sie am meisten begehrte, schliche sich hinterrücks heran, um sie zu überraschen. Doch niemand war gekommen. Niemand *würde* kommen. Prynn war nicht dumm - idealistisch, ja, aber nicht dumm.

Tatsache: Erst gestern hatte Shar romantisches Interesse an ihr gezeigt. Er mochte ein andorianischer *chan* sein, aber er war auch Mann genug, dass sie die Zeichen deuten konnte. Zumindest hatte sie das geglaubt. Ihre Erinnerung an das Fest war verschwommen, doch irgendetwas musste dort zwischen ihnen geschehen sein. Warum sonst behandelte er sie seitdem, als hätte sie die marbagonianische Pest? Gut, am Ende hatte das *Saf* ihn beeinflusst - aber bereits vor dem *Saf* hatte sie seine Blicke gespürt, die zufälligen Berührungen genossen, die Chemie gespürt. Und ihr war es doch nicht anders gegangen! Doch seit Beginn dieser Mission sah er ihr kaum noch in die Augen, abgesehen von dem einen Moment, als sie ihre Skepsis über den andorianischen Weg in Worte gekleidet hatte.

Anfangs hatte sie geglaubt, er ignoriere sie aus Scham (die sie teilte) und/oder weil er sich schuldig fühlte (was sie verstand). Seit sie ihn mit Thia gesehen hatte, war sie allerdings anderer Meinung.

Und hier, in der Einsamkeit, ließ sie ihrer Eifersucht freien Lauf. Sie biss sich auf die Unterlippe, schloss die Augen und rief sich die Szene wieder in Erinnerung. Thia hatte bäuchlings im Sand gelegen, den Kopf auf den Armen. Shar, Ölfläschchen in Händen, hatte sich Öl in die Hand gegossen und begonnen, ihren unteren Rückenbereich zu massieren - dort, wo ihr das *Kheth* aus der Wirbelsäule wuchs. Gut möglich, dass der Hautbeutel nun, da sie ihren *Thei* seit Tagen entwöhnte, trocken wurde und juckte. Aber konnte eine erfahrene *Zhavey* sich das Öl nicht ohne Shars Hilfe auftragen? Oder sie, Prynn, bitten, es zu tun?

Vielleicht nicht. Vielleicht scheute sich Thia, sie zu fragen. Sie war schließlich keine Andorianerin. Und vielleicht ging es in Wahrheit nur darum: Shar war *ihr* Freund, aber Thia gab *ihr* das Gefühl, hier die Außenseiterin zu sein.

Prynn seufzte.

Sie schöpfte mit den Händen Wasser, goss es sich über die Schultern und genoss das Gefühl der Rinnsale, die ihren Körper hinabliefen. Die Augen geschlossen, ließ sie die angenehme nächtliche Brise über ihre nasse Haut streichen. Bald würde der zweite Mond aufgehen, und sie wollte diese letzten friedlichen Momente auskosten.

Schon von Weitem lauschte Prynn auf akustische Hinweise. Sie wusste nicht, wie lange diese Massage dauerte, und wollte in nichts hineinplatzen. Andorianer machten sich vielleicht keine Gedanken über Intimität, Menschen schon, und Prynn konnte ihre kulturelle Programmierung nur bis zu einem gewissen Grad abschalten. Trotz der vielen Sommer an der Riviera, wo die Sonnenbadenden einen lässigen Umgang mit ihrer Nacktheit gepflegt hatten, war es ihr unangenehm, Personen, die sie kannte, derart »entblößt« zu erwischen.

»Na dann ...«, sagte sie. Ihr Blick ging zur Bahn des zweiten Mondes, wanderte über die Tausende von Sternen, strahlend und hell. Dann atmete sie tief ein, räusperte sich übertrieben laut und trat ins Camp - sofern ein paar Rucksäcke und flach ausgestreckte Wandererkörper dieser Bezeichnung gerecht wurden.

Thia kümmerte sich gerade um Phillipa, strich ihr mit einem Stück Stoff über das aschgraue Gesicht. Sie nickte Prynn grüßend zu, ohne ihre Arbeit zu unterbrechen. Shar - eine Studie in Reglosigkeit - saß an einen Fels gelehnt und betrachtete konzentriert einen Trikorder.

»Haben wir irgendwas entschieden?«, fragte Prynn.

»Phillipa ist nicht in der Verfassung zu reisen«, antwortete er und befestigte den Trikorder an seiner Hüfte. »Ihre Werte sind besser, aber ihr Körper muss erst entgiften, bevor sie stark genug ist, aufzubrechen.«

»Ich bleibe bei ihr«, sagte Thia fest.

»Aber du weißt, wo die Lavahöhle ist«, warf Shar ein. »Du weißt am ehesten, was uns erwartet. Du kannst auf deine Bündnispartner einreden.«

»Die Strecke ist recht simpel, wenn ihr das Plateau erst hinter euch habt. Der Weg gehört zu einer archäologischen Ruine, einem Tempel. Die Dunkelheit wird euch Schutz bieten, und aufgrund der radiologischen Interferenzen können meine Partner genauso wenig Sensoren benutzen wie ihr.« Thia rollte Phillipa auf die Seite, schob die Bandagen fort und nahm die Wunden in Augenschein. »Phillipa braucht mich viel dringender als ihr.«

Mit sichtlichem Zögern stimmte Shar zu und begann, seinen Rucksack zu packen.

Prynn trank Wasser aus ihrem Reservebehälter und knabberte an einem Rationsriegel. Sie hatte kaum geschlafen und brauchte Energie.

»Shar«, sagte Thia. »Bitte ...« Ihre Stimme brach. »Meine Bündnispartner. Verschone sie, falls du kannst.«

Er streckte die Hand aus und presste seine Handfläche gegen die ihre, suchte Thias Blick. »Ich verspreche es.«

»Wartet.« Thia griff in den Kragen ihres Expeditionsanzugs und brachte ihr *Shapla* zum Vorschein. Sie zog es sich über den Kopf und gab es Shar. »Damit könnt ihr belegen, dass ich mit euch reise. Vielleicht hilft es euch - und deiner *Zhavey*.«

»Danke«, sagte Shar und neigte den Kopf.

»Ich danke *euch*.«

Irgendwas hat sich verändert, dachte Prynn. *Für uns alle.* Sie wusste es nicht zu benennen, aber sie spürte, dass eine Art Grenze gefallen war. Lag es am Vertrauen zwischen ihnen dreien? Zum ersten Mal seit ihrem Aufbruch aus dem Klansitz - ach, seit dem Verlassen der Orbitalstation - ließ Prynns Anspannung nach, und sie spürte instinktiv, dass alles war, wie es sein sollte. Sie staunte über den Zusammenprall lebensverändernder Ereignisse, der sie mit Shar verband, Shar mit Thia, Thia mit Phillipa. *Nur ein zerbrochenes Kettenglied ...*

Nein, riss sie sich zusammen. Niemand von uns wird zerbrechen.

»Dann mal los, Shar«, sagte sie laut. »Deine Mutter wartet.« Plötzlich kam ihr ein Gedanke. Es wurde Zeit, Reife zu beweisen. »Ach, und Thia?«

Die *zhen* sah von ihrer Arbeit auf.

Prynn trat zu ihr und streckte ihr die Handfläche entgegen.

Thia machte große Augen, hob aber langsam die Hand und berührte Prynns. Ihre Blicke trafen sich. Prynn lächelte ein wenig, und Thia neigte den Kopf.

So verharrten sie einen langen Augenblick, bis Prynn die Verbindung trennte.

Sie durchquerten die Ebene lautlos und ließen sich vom Ortungssystem des Trikorders weiter hinaus aufs Plateau führen. Der zweite Mond spendete ihnen genügend Licht, zwang sie aber in den Schatten der Felserhebungen zu bleiben, um etwaigen Beobachtern zu entgehen. Soweit Shar ausmachen konnte, bot das verlassene, karge Plateau sonst kaum Verstecke. Wenn die Sonne aufging, würden Thia und Phillipa sich nicht länger vor ihren Feinden verbergen können.

Dann sind wir eben vor Sonnenaufgang fertig.

Zum Glück war Prynn so gut zu Fuß wie er. Mit schnellen, geschickten Schritten eilten sie über gelegentlich instabile Sandtaschen - die durch den Regen entstanden waren - und durch die Zwischenräume zwischen den Felsen und dem niedrigen Buschwerk. Sie blieben dicht beieinander, reichten sich die Hand, wann immer die Steine glitschig oder der Weg steil wurden. Als sie die Kante des Plateaus erreichten, merkte Shar, dass sie den Pfad hinab um einige hundert Meter verfehlt hatten. Thia hatte sie vor der geringen Strahlung in dieser Gegend gewarnt. Diese wirke sich negativ auf die Sensoren aus, was damit bestätigt wäre. Er bedeutete Prynn, unter einem Felsvorsprung in Deckung zu gehen. Er brauchte Zeit, den Trikorder zu rekalibrieren und die Interferenzen zu kompensieren.

»Sollen wir's noch mal durchgehen?«, fragte er - nicht zuletzt, um die Spannung, die er zwischen ihnen spürte, zu lösen.

Sie seufzte. »Wir folgen dem Tempelpfad bis zum Boden der Schlucht. Der Eingang dieser Lavaröhre liegt etwa achthundert Meter nordwestlich der Ruine, hinter einer Gruppe Sickerweiden. Hab ich was vergessen?«

Shar entging die Schärfe in ihrem Ton nicht. Prynn hatte Dutzende Gründe, auf ihn sauer zu sein, und er wusste nicht, wo er anfangen sollte, sich zu entschuldigen. Außerdem war dies der falsche Zeitpunkt. »Nein«, antwortete er daher schlicht.

»Gut.« Sie setzte sich, streifte die Kapuze ab, nahm einen Schluck Wasser und hielt ihm den Behälter hin. Nicht durstig schüttelte Shar den Kopf, dann aber sah er den Schmerz in ihren Zügen und begriff, dass er mit ihr sprechen *musste*. Nicht über die Mission, nicht wie zwei Offiziere - sondern so, wie sie es wochenlang getan hatten. Die Zeit drängte, das begriff er. Und er wusste, dass unvorhersehbare Gefahren auf sie warten mochten - das hatte er an Phillipa gesehen. Er dachte an Thia und die Güte, die sie ihm trotz seiner Wut im Klansitz hatte zuteilwerden lassen. Sie hatte ihn vorbehaltlos angenommen, hatte ihn ermahnt, sein Leben zu reparieren und dem endlosen Kreislauf aus Selbstkasteiung und Bedauern zu entfliehen. Es gab schon genug, was er bedauerte. Prynn sollte nicht auch dazu gehören.

Den Blick auf die Sensoranzeigen gerichtet, rutschte er näher zu ihr. Er musste sie nicht ansehen, um zu wissen, dass sie den Blick absichtlich abwendete. »Prynn?«

»Hmmm?«

Shar begann den Trikorderneustart. Es würde einige Minuten dauern, bis das Gerät wieder bereit war. »Wir haben wenig Zeit, und es war falsch von mir, dem Gespräch mit dir so lange auszuweichen. Ich war nicht fair zu dir.«

»Wie genau meinst du das?«, fragte sie leise, gefasst.

Er seufzte. »Ich meine, dass ich mich für das, was auf diesem Fest geschah, verantwortlich fühlte. Ich war wütend auf meine *Zhavey*, und wenn ich wütend bin, tue ich selten etwas Gutes. Ich lief fort und nahm dich mit, und dabei brachte ich dich in Gefahr. Du hättest dein Leben verlieren können.«

»Absolut«, sagte sie.

Mit dieser Erwiderung hatte er nicht gerechnet. Er wusste zwar nicht, was er erwartet hatte, das aber nicht.

»Du warst ziemlich planlos«, fuhr sie in sachlichem Ton fort, »das kommt hin. Ich verstehe, dass du eine schwere Zeit durchmachst. Mehr als schwer, unfassbar hart. Aber ich stand immer zu dir, und soweit ich es sehen kann, juckt dich das kaum.«

»Was? Ohne dich ...« Er brach ab. »Was kann ich sagen, damit du mich verstehst?«

Sie sah ihn an. »Sag mir, warum du Thia massiert hast. Was lief da zwischen euch beiden?«

Er blinzelte. Sie hatte ihn mit Thia gesehen und falsche Schlüsse gezogen? »Thia brauchte Hilfe. Und ich habe ihr geholfen.«

»Du hast sie berührt - und zwar auf sehr private, sehr intime Weise.«

Es war zwecklos, ihre Miene in dieser Dunkelheit deuten zu wollen. Shar zermarterte sich das Hirn. Wie konnte er sich ihr verständlich machen, die Situation retten? Er dachte an den kurzen Moment mit Thia und musste sich eingestehen, dass auch er verwirrt war. Nicht wegen einer etwaigen emotionalen Bindung zu der *zhen*, sondern weil er seine Rolle in diesem Moment so selbstverständlich übernommen hatte. Wie konnte er Prynn erklären, was er selbst kaum verstand? Würde sie ihm überhaupt glauben, wenn er es versuchte? »Prynn, ich war ihr verpflichtet. Sie brauchte das.«

»Brauchte?« Sie hob die Hände. »Wonach sehen die bitte aus? Nach

Phasern? Oder warum hat sie nicht mich um Hilfe gebeten?«

»Ich bin *chan*. Es obliegt dem *chan*, zu helfen. Es wird von ihm erwartet.«

»Seit wann richtet sich Thirishar ch'Thane nach dem, was sein Volk erwartet?«

»Ich bin Teil des Ganzen«, sagte er schärfer als beabsichtigt, »ob ich es will oder nicht.« Wie sollte er beschreiben, was auch er erst allmählich begriff? Wie diese intuitive Verbindung schildern, die er zu etwas empfand, das größer als er, als Thia, sogar größer als seine eigenen Bündnispartner war? Bis zu dieser Nacht hatte er das Ganze, das Eins-Sein, stets als ein Abstraktum verstanden. Nun aber fragte er sich, ob es nicht mehr als nur eine Idee war. »Als ich Thia half, fühlte ich mich mit einem Teil meiner selbst verbunden, den ich nie zu erreichen geglaubt hatte. Ich *konnte* einer *zhen* die *chan*-Pflicht nicht verweigern. Es wäre falsch gewesen.«

Prynn legte den Kopf in den Nacken, schloss die Augen und seufzte. »Und was heißt das jetzt? Ich würde alles für dich tun, Shar. So viel bedeutest du mir. Aber gibt es überhaupt einen Platz für mich - für uns - in diesem Ganzen?«

Der Trikorder piepte, die Rekalibrierung war abgeschlossen.

»In meinem Leben wird es immer einen Platz für dich geben«, versprach Shar.

»Das würde ich gern glauben«, erwiderte sie.

Er konnte ihr die Zweifel nicht verübeln. Wäre er an ihrer Stelle, würde er sich unter diesen Umständen nicht anders fühlen als sie. Aber sie *mussten* die Zweifel überwinden - denn so sehr er seiner andorianischen Identität nicht entkommen konnte, so sehr weigerte er sich, seine Gefühle für Prynn zu verdrängen.

»Wir müssen weiter.« Prynn stand auf und klopfte sich den Schmutz, den Pflanzensaft und die vertrockneten Blätter von ihrem Anzug. »Es sind nur noch wenige Stunden bis Tagesanbruch.«

Dieser Logik hatte er nichts entgegenzusetzen. »Hol schon deine Höhlenausrüstung raus. Wir sind leiser, wenn wir sie schon parat haben, bevor wir die Röhre erreichen.«

»Guter Vorschlag«, sagte sie und nahm die Nachtsichtbrille aus ihrem Rucksack.

Shar fand ihre Position auf dem Trikorderdisplay. Dann brachen sie auf.

Kapitel 9

Tief im Berg waren Tag und Nacht für Vretha eins geworden. Man kümmerte sich um sie, gab ihr Nahrung und Wasser. Und mit den Stunden war es auch weniger erniedrigend geworden, Gesellschaft zu haben, während sie sich erleichterte. Welche Ziele ihre Entführer auch verfolgten, sie leiden zu lassen gehörte nicht dazu. Für Kriminelle hatten sie recht gute Manieren.

Doch die ständigen Fesseln an Händen und Füßen setzten Vretha zu. Ihre Schultermuskulatur war verkrampft und ihre Gelenke protestierten dagegen, für so lange Zeit in der gleichen Position verharren zu müssen. Sie wollte wissen, ob und wann es ein Ende gab. Deshalb fragte sie.

Der Anführer, der *thaan*, schwieg nachdenklich. Dann sagte er: »Ich glaube, meine politischen Mitstreiter haben sich auf friedlichem Weg vergebens bemüht, Aufmerksamkeit auf die ungeheuerlichen Fehler der Wissenschafts...«

»Das Thema wird bereits behandelt«, wehrte Vretha ab. »Diese Vorwürfe sind zyklischer Natur. Allein während meiner Amtszeit traten sie schon ...«

»Nein«, unterbrach der *thaan* sie. »Sie verstehen das nicht. Ich habe die Unterlagen gesehen, mit eigenen Augen! Ich bin Controller für Sicherheitssysteme. Ich kümmere mich um Regierungsaccounts. Ich weiß, dass ich die Wahrheit sage.« Er hielt ihr ein Padd vors Gesicht. Text scrollte darüber. »Sehen Sie?«

Vretha kniff die Lider enger zusammen, betrachtete das kleine

Display und tadelte sich insgeheim für ihre unzureichende Beherrschung der Wissenschaftssprache. Wäre Shar hier, bekäme sie all diese Diagramme und Formeln erläutert. Normalerweise hatte sie Berater, die sie für sie in Zivilistensprache übersetzten. Vretha sah ein Modell, das sie als DNA-Strang identifizierte, verstand aber nicht, wie die Anschuldigungen des *thaans* mit ihm zusammenhingen. »Bedaure, aber bei Gentechnik mangelt es mir an Fachkenntnis. Wenn Sie mir eine Kopie dieser Daten zur Verfügung stellen, lasse ich sie aber gern evaluieren, sobald ich zurück in Zhevra bin.«

Ihr Entführer schnaubte und schob sich das Padd in die Jackentasche.

Er wirkt enttäuscht, dachte sie, *wahrt aber höfliche Distanz. Ich registriere keinerlei Aggression an ihm.* Wohl aber den Frust, der ihn die Hände zu Fäusten ballen ließ. Seine Miene blieb allerdings die ehrlicher Besorgnis. Politiker zu sein bedeutete, seine Gegner einschätzen zu können - und obwohl Vrethas Logik ihr sagte, dass dieser *thaan* Unfug redete, war ihr Instinkt anderer Meinung.

Er glaubt, was er sagt, erkannte sie. *Nur prangert er leider etwas an, das unmöglich ist.* Sie wünschte, sie könnte es ihm verständlich machen. Doch selbst die Diskussion in der Klausur war rein theoretischer Natur gewesen: Was, wenn das Wissenschaftsinstitut tatsächlich einen solchen Ansatz verfolgen würde? Vretha hatte in letzter Zeit hauptsächlich mit Europa Nova und Bajor zu tun gehabt, entsprechend wenig wusste sie über Andors aktuelles Innenleben.

»Ich werde mich der Sache annehmen«, versprach sie. »Ich wäre längst dabei, hätten Sie mich nicht entführt. Gemeinsam finden wir die Wahrheit.«

»Ist das ein Versprechen? Genauso wie Sie versprachen, unsere Krise zu den besten Denkern in der Föderation zu tragen, auf dass diese eine Lösung fänden? So wie Sie uns wiederholt versicherten, wir würden nicht vergessen?«

»Die Wissenschaftler der Föderation sind nicht minder ratlos wie unsere. Außerdem hat der Krieg die Ressourcen auf ein Minimum reduziert. Viele Welten sind in weitaus schlimmerem Zustand als And…«

»*Politik!*«, zischte der *thaan.*

»Ach, und die Entführung einer ranghohen Offiziellen ist kein politischer Akt?«, fragte Vretha. »Wenn Sie sich der Legitimation Ihrer Vorwürfe so sicher sind, warum wenden Sie sich nicht an die Presse? Warum diese extremen Maßnahmen?«

»Ich habe es versucht, doch die Medien rühren das Thema nicht an. Ich konnte die Echtheit meiner Unterlagen nicht belegen, und das Wissenschaftsinstitut stritt natürlich alles ab.« Er kniff die Lider enger zusammen. Als er weitersprach, war er gefasster. »Was wissen Sie über sogenannte Yrythny-Eier?«

Shar. Vretha war, als müsse sich ihr Magen umdrehen. Ihre Antennen versteiften sich.

»Ich sehe Ihnen an, dass Sie davon gehört haben. Ich glaube, Ihr *Chei*, Ensign ch'Thane, übergab sie dem Institut zu Forschungszwecken.«

»Und wenn?«

»Die Yrythny-Eier sind die Grundlage dieser Freveltaten.«

Sie spuckte aus. »Mein *Chei* hat mit derlei Forschungen nichts zu tun.«

»Weiß ich, ob das stimmt? Nein. Aber gehen wir mal davon aus. Trotzdem: Ohne sein … sein Geschenk wäre dieses Grauen nicht möglich.«

Ob der *thaan* mit seinem Gerede über eine Verbindung zwischen den Yrythny-Eiern und dem Geschlechterprojekt nun recht hatte oder nicht - Vretha bekam Angst, das Gespräch fortzusetzen. Sie wusste nicht, welche Kontakte ihre Entführer pflegten. Falls sie Shar für die Quelle des Problems hielten, mochte er dauerhaft in Gefahr sein, ganz egal, welche Richtung ihre Karriere einschlug. Der Anschlagsversuch auf die Transporterstation war ihr noch frisch im Gedächtnis. *Ich muss diese Sache von Shar wegsteuern.* »Sie nennen diese angeblichen Untersuchungen frevlerisch und grauenvoll, aber was ist mit unserem Los? Unser Volk stirbt! Wenn wir die Wahl hätten zwischen einer Existenz in zwei Geschlechtern oder der Ausrottung, hätten wir dann überhaupt eine?«

»Wir könnten Andorianer bleiben oder zu etwas ganz anderem werden«, antwortete er. »Wir wurden nicht erschaffen, um unsere Biologie zu pervertieren. Wenn wir uns im Bündnis vereinen, wird das Ganze größer als das Individuum. Ein Eingriff in unsere Identitäten als *chan*, *shen*, *zhen* und *thaan* zerstört das Fundament unseres Daseins. Es steht geschrieben: ‚Ich brauche nicht die Weisheit des *chan* oder der *shen* Blut, um Eins zu sein. Ich, der Eine, kann auch ohne die anderen groß sein.' Doch eine solche Arroganz wäre unser Untergang.«

Dann hörten sie die Explosion, und Dunkelheit erstickte das Licht.

Hundert Meter weiter kauerte sich Shar hinter einen breiten Stalagmiten und presste die Hände auf die Ohren. Das Ködergerät ahmte eine Explosion nach und sonderte einen niedrigen elektromagnetischen Puls aus, der die technischen Gerätschaften - inklusive der Lichter - der Entführer ausschalten würde. Nun stand Phase zwei des Köders bevor: Shar und Prynn würden das Versteck stürmen und Vretha befreien. Dank der Atemgeräte und Nachtsichtbrillen dürfte der Vorstoß recht leicht werden. Ihre Geräte waren immun gegen den Puls. Die Entführer hatten dem Angriff nichts entgegenzusetzen, hoffte Shar. Er hatte *Zhaveys* Stimme gehört. Er wusste, dass sie lebte. Das genügte.

Eine große Staubwolke stieg vom Höhlenboden auf, und der Köder schoss Obsidianstücke und Sand dazu. Shar winkte Prynn zur Kammer. Mit gezückten Phasern pirschten sie vor, und die Wolke schützte sie vor den Blicken der vielleicht auf Fackeln umgestiegenen Entführer. Diese mochten Charivretha und ihre Retter zwar noch dank ihrer Antennen registrieren, sie aber nur mit Mühe lokalisieren können, solange sie sich bewegten.

Shar hatte den »Raum«, in dem Vretha gefangen gehalten wurde, fast erreicht, da erschienen drei Umrisse in seinem Sichtgerät. Er hielt inne und beobachtete die violetten Gestalten, die ihre eigene Körperwärme verriet. Zwei von ihnen liefen von einer Höhlenwand zur anderen, die dritte rührte sich nicht. Shar vermutete, dass *Zhavey* gefesselt war, und eilte auf die dritte zu - gebückt, um vor Stalaktiten und etwaigem Steinschlag gefeit zu sein. Auf dem Weg hierher hatten sie erkannt, wie unterschiedlich der Verlauf dieser Lavaröhre war. Manche Bereiche waren groß und breit, leicht zu durchqueren, in anderen erwies sich der unebene Boden als Hindernis. Dieser Sektor gehörte zu den trügerischen.

Messerscharfer Obsidian brachte ihn beinahe zu Fall. Prynn, die einige Schritte vor ihm war, hielt ein Atemgerät in der Hand. Sie würde sicherstellen, dass Vretha wach, bei Sinnen und zur Flucht fähig war. Shar wollte derweil ihre Fesseln durchtrennen. Dann würden Prynn und er sie in die Mitte nehmen. *Zhavey* genoss nicht den Luxus eines Expeditionsanzugs.

Durch die neblige Dunkelheit seiner Brille sah er einen leuchtenden Schemen - *Zhavey* - hin und her rutschen. Sie versuchte wohl, zu erkennen, was vor sich ging. Shar kniete sich zu ihr und durchschnitt ihre Handfessel mit einem Messer. Bevor sie etwas sagen konnte, hatte Prynn ihr das Atemgerät angelegt. Shar legte sich einen von Vrethas Armen um die Schultern, den anderen auf Prynns. Prynn stolperte gelegentlich, und auch er stieß mit nahezu jedem Schritt irgendwo an, doch sie entfernten sich schnell vom Lager der Entführer.

»Shar?«, flüsterte Prynn.

»Ja?«

»Wir müssen nachsehen, ob man uns folgt. Hier führt nur ein Weg raus, und falls die den Ausgang blockieren ...«

»Tu das.«

Shar registrierte, wie sie anhielt und zurückblieb. Dank der Brille wirkte das Leuchten ihrer Trikorderanzeige regelrecht grell. Dann übernahm Prynn wieder Vrethas andere Seite.

»Zwei sind hinter uns, mindestens einer vor uns. Wie willst du vorgehen?«

Selbst mit der Nachtsichtbrille hatte er keinen Schimmer, wo genau sie sich befanden. Er merkte, wie der enge Gang in eine größere Kammer mündete. Ein Windzug kam von links. Hier warteten die scharfen, rauen Überreste des Lavastroms von einst, und würden ihre Haut ebenso leicht durchschneiden wie ein *bat'leth.* Wo sie sich auch hinwanden, riskierten sie also, verletzt zu werden. Erst nach zwanzig oder dreißig weiteren Metern in Richtung Ausgang würden sie genug sehen können, um das Terrain zu sondieren, ein besseres Versteck zu suchen und einen Fluchtplan zu schmieden. Der EM-Puls hatte ihnen einen taktischen Vorteil verschafft, doch Shar hatte keine Ahnung, was er von den Gegnern erwarten musste, die *vor* ihnen waren.

»Sobald wir genug Licht haben, sehen wir, wie wir uns einen strategischen Vorteil verschaffen können.«

»Ich könnte sie ablenken, indem ich behaupte, Vretha sei verwundet und ich wolle verhandeln. Wenn du dich zurückschleichst und mindestens einen unserer Verfolger ausschaltest, kümmere ich mich um den zweiten. Danach versuchen wir unser Glück und halten auf die Schlucht und den Tempelpfad zu.«

Einige Schritte später fiel erstes Licht in den Tunnel. Shar konnte nun die Umrisse der Felsen und die Spitzen der Stalagmiten ausmachen. »Hier trennen wir uns«, sagte er.

»Viel Glück.«

Shar presste sich flach an die Höhlenwand und schlich vorsichtig weiter, ertastete sich den Weg mit den Füßen. Er hörte Prynn und Vretha weggehen und sah, wie ihre leuchtenden Schemen kleiner wurden. Zwei Personen näherten sich aus der anderen Richtung, der, aus der sie gekommen waren.

Kurz vor dem Ende der Höhle wurde der Weg schmaler. Es ging dort steil nach oben, vorbei an felsigen Gesteinsauswüchsen, die wie erstarrte Geysire aus dem Erdreich ragten. Shar kauerte sich hinter eine der größeren Steinsäulen, führte einen Trikorderscan durch und sah, dass die Entführer seine zwei Begleiterinnen noch immer verfolgten. Außerdem machte er einen dritten aus, gleich vor dem Höhlenausgang. Die Entführer wussten nicht, wie viele Gegner sie hatten. Ihre Unsicherheit würde sie zögern lassen.

Prynn konnte jeden Moment mit ihrem Täuschungsmanöver beginnen, und er musste bereit sein.

Als hätte sie seine Gedanken gelesen, zog sie sich just in diesem Moment die Atemmaske vom Gesicht, zerzauste ihr Haar und atmete tief ein. »Hey!«, rief sie, und ihre Stimme hallte durch das Höhleninnere. »Ich weiß, dass Sie da sind.« Sie sah sich um, schien aber keinerlei Bewegungen festzustellen. Daher zog sie weiter, Vretha an ihrer Seite. Beim nächsten Halt nahm sie die Hände und hielt sie sich trichterförmig vor den Mund, um noch lauter zu sein. »Ratsmitglied zh'Chane ist verletzt. Wenn Sie ihr helfen, ergebe ich mich.« Sie half Vretha, sich zu setzen. Shar sah, wie sie *Zhavey* etwas ins Ohr flüsterte.

Dann stand sie wieder auf, stemmte die Fäuste in die Hüften und drehte sich langsam um. »Ich kann nicht mehr! Bitte helfen Sie mir! Ich flehe um unsere Sicherheit.« Das Echo verhallte. In der folgenden Stille waren nur die Schritte der sich nähernden Verfolger zu hören.

Prynn setzte sich neben Vretha und griff in ihren Rucksack, vermutlich um Vrethas Verwundung glaubhafter zu machen. Und tatsächlich zog sie die kläglichen Überreste ihres Medikits hervor.

Wenige Meter neben Shar trat plötzlich ein *chan* aus den Schatten. *Wurde ich entdeckt?* Shar atmete flach. Er rührte keinen Muskel mehr, aus Angst, einen Stein ins Rollen zu bringen. Der *chan* richtete seine Aufmerksamkeit allein auf Prynn, das sah er. *Aber wo steckt sein Partner?*

»Sie sind eine Närrin, Mensch«, erklang die laute Stimme des *chans*.

»Was Sie von mir denken, kümmert mich wenig«, erwiderte Prynn und wandte sich zu ihrem Gegner um. Sie hielt sich tapfer, sah ihm direkt ins Gesicht, die Schultern gestrafft. »Rätin zh'Thane ist verwundet. Wir können nicht fliehen. Und ich würde ungern hier als Leichnam enden.«

»Und Sie glauben, wir helfen Ihnen? Nach all dem Ärger, den Sie uns bereitet haben?«

»Denken Sie nach. Wir sind hier, also werden auch andere Ihr Versteck kennen. Angenommen, wir erreichen unsere Kontaktleute nicht zur verabredeten Zeit - dann *wird* die planetare Sicherheit uns suchen kommen. Sollte sie uns tot auffinden, können Sie jegliche Hoffnung fahren lassen, Ihrer Sache zu dienen.«

Der *chan* stieß einen Pfiff aus. Augenblicke später warf das Licht des frühen Morgens, das vom Eingang der Lavahöhle hereinfiel, einen weiteren Schatten: Ein zweiter *chan* stand am Eingang, den Phaser in der Hand. Er blockierte Prynns Fluchtweg.

»Waffe fallen lassen!«, befahl der erste.

Prynn gehorchte, legte ihren Phaser auf den Boden und kickte ihn weg. Dann hob sie langsam die Hände. »Okay, ich habe getan, was Sie verlangen. Nun helfen Sie uns, bitte.«

Der zweite *chan* kam vom Eingang herüber, hob ihre Waffe auf und steckte sie sich in die Tasche. Seine eigene hielt er dabei auf Prynn und Vretha gerichtet. Der zweite Entführer trat derweil ebenfalls näher und entfernte sich gleichzeitig von Shar.

Nur noch ein bisschen ... ein wenig weiter ...

Shar schoss. Einen Moment lang tauchte die Phaserentladung die Höhle in oranges Neonlicht. Doch der Strahl fand sein Ziel - nicht den *chan* in Shars Nähe, sondern den bewaffneten vom Eingang. Er brach sofort zusammen.

Shars Angriff hatte den ersten *chan* abgelenkt, Prynn konnte loslegen. Sie stürzte auf ihn zu, packte seinen Kopf mit beiden Händen und ließ ihn auf ihr Knie prallen. Schon strömte indigofarbenes Blut aus seiner Nase. Dann war Prynn hinter ihm und nahm ihn in den Würgegriff.

»Wir behalten ihn als Geisel«, schlug Shar vor. »Und jetzt nichts wie raus hier.«

»Wo ist der dritte?«, fragte Prynn.

Shar sah auf seinen Trikorder. Die Strahlungswerte innerhalb des Reservats verhinderten erneut definitive Ergebnisse. »Keine Ahnung«, knurrte er.

»Shar«, keuchte Prynn. Der *chan* schien sich ihr widersetzen zu wollen, und sie ließ ihn ihre Kraft spüren. »Hilf Vretha. Sie hat sich den Knöchel verstaucht. Du musst sie tragen.«

Shar nahm das Atemgerät von Vrethas Gesicht und untersuchte sie flüchtig vom Kopf bis zu den Zehen. Abgesehen von dem geschwollenen Knöchel - einer für ihre Verletzung ganz natürlichen Reaktion - schien sie in Ordnung zu sein. »Du wirst schon wieder«, sagte er gleich mehrfach und fasste es noch immer nicht, hier bei ihr zu sein. In Sicherheit.

Vretha nickte. Ein Schluchzen stieg aus ihrer Kehle, und ihr Kopf sank gegen seine Brust. Sie weinte. Shar nahm sie in die Arme, strich ihr beruhigend über den Rücken und mit einem Mal löste sich die Anspannung in ihm. Eine lange getragene Last fiel von ihm ab. »Wir schaffen das, *Zhavey*. Wirklich, ich verspreche es. Aber wir müssen jetzt weiter.«

»Shar.«

Prynn. Ihre Stimme klang beinahe schrill. Shar drehte sich zu ihr um.

Ein *thaan* hielt ihr sein Messer an den Hals. Der *chan*, den sie umklammert gehalten hatte, kroch gerade zur Seite. Blut strömte ihm über das Gesicht.

Shar zog seine *Zhavey* enger an sich. Er kam nicht an seinen Phaser. Sein Blick traf Prynns und hielt ihn, doch statt der Angst, die er in ihren Augen zu finden erwartet hatte, sah er Entschlossenheit und Wut.

»Ich töte sie«, drohte der *thaan* und drückte gerade fest genug zu, um die Haut zu verletzen.

Shar sah Prynn zusammenzucken. Ein dünner roter Blutfaden lief ihren Hals hinunter. *Wenn ich jetzt einen Fehler mache, kostet es sie das Leben. Uns alle.*

»Lassen Sie sie gehen«, keuchte Prynn. »Wenn Sie sie töten, machen Sie Märtyrer aus ihnen. Wollen Sie das?«

Der *thaan* presste sie gegen seinen Körper, und Prynn schrie vor Schmerz. »Sie reden zu viel.«

»Sie hat recht«, sagte Shar. »Wenn Sie einen von uns töten, schenken Sie den Progressiven den Sieg. Kämpfen Sie nicht genau dagegen an?«

»Sie denken zu klein, *Chei* von zh'Thane. Unser Ziel übersteigt die Politik. Uns geht es um Moral, um die Barbarei der Wissenschaft. Sie spielt mit dem Wesen der Andorianer und behauptet, es geschähe zu unserem Besten. Uns geht es darum, dass Sie ihr geholfen haben!«

Was habe ich denn damit zu tun? »Ich sah die Unterlagen, die Sie mir hinterließen, aber sie schienen mir absurd. Damit habe ich nichts zu tun. Wie kommen Sie darauf?«

»Die Yrythny-Eier, Shar«, sagte Vretha. »Er behauptet, sie machen alles erst möglich.«

Shar erstarrte. Mit einem Mal sah er die Dokumente, die *Zhaveys* Entführer ihm hinterlassen und die er so leichtfertig abgetan hatte, in ganz neuem Licht. *Kann das sein?* »Beweisen Sie das«, verlangte er.

Einen Arm noch immer an Prynns Hals, griff der *thaan* in seine Jacke und brachte ein Padd zum Vorschein, das er Shar dann reichte.

Shar scrollte schnell durch die Daten, überflog die wichtigsten Punkte und betrachtete sie im Kontext dessen, was man ihm hier begreiflich machen wollte. Sein Atem ging nun schneller, schwerfälliger, denn er begriff, dass es wahr war!

Sie nahmen, was ich ihnen brachte. Seine Beherrschung wankte. *Ich wollte Andor Hoffnung geben, aber sie verdrehten sie ...*

Das Padd glitt ihm aus den Händen, fiel klappernd zu Boden. Shar schloss die Augen, als könne er so die Erkenntnis aussperren, legte den Kopf in den Nacken und schrie.

Das Echo seines Gebrülls hallte noch lange in der Höhle nach.

Erst Prynns sorgenvolle Stimme riss ihn aus seinem Schock: »Shar ...?«

Er öffnete die Augen und sah den *thaan* an. Sein Atem ging noch immer schwer. »Ich werde Ihnen helfen«, keuchte er. »Aber nicht auf diese Weise. Wir gehen nun gemeinsam zurück, und dann finde ich heraus, ob das wirklich so ist, wie es scheint.«

»Erwarten Sie wirklich, dass ich Ihnen vertraue?«, blaffte der *thaan* ihn an.

»Sie möchten es«, antwortete Shar. »Andernfalls würden Sie das nicht fragen. Ich gebe Ihnen mein Wort - und noch etwas.« Er griff in den Kragen seines Anzugs und zog sich Thias *Shapla* über den Kopf. Dann hielt er es dem *thaan* hin. »Ich weiß nicht, wer von Ihnen es wiedererkennt, aber ich biete es Ihnen als Beweis für unsere Vertrauenswürdigkeit.«

Der diamantförmige Anhänger glitzerte im Licht des Morgens.

Das Messer an Prynns Hals fiel zu Boden. Prynn löste sich vom *thaan*, hielt sich die Hand an die Wunde. Shar spürte ihre Nervosität und wünschte sich, er könne sie beruhigen, doch seine Konzentration musste allein dem *thaan* gelten, dessen geschockte Miene ihn als Thias Bündnispartner auswies. Was immer als Nächstes geschah, hing davon ab, ob er das *Shapla* akzeptierte.

Und der *thaan* bleckte die Zähne! Er sprang vor, schlug Shar das *Shapla* aus der Hand und zerbrach den Verschluss. »Das haben Sie ihr gestohlen! Sie haben sie getötet, um es ihr abzunehmen!«

»Nein«, erwiderte Shar. »Sie gab es mir vor einigen Stunden. Sie erwartet uns auf dem Plateau, wo sie sich gerade um unsere verletzte Kommandantin kümmert. Schicken Sie Ihre Partner vor. Wir werden hier warten, bis sie zurückkommen und es bestätigen.«

Der *thaan* fiel auf die Knie. Stöhnend vergrub er das Gesicht in den Händen, und seine Antennen zuckten vor Trauer.

Ungehindert konnten Shar und Prynn Charivretha auf die Beine helfen. Gemeinsam beschritten sie den gewundenen Pfad zwischen den Lavasäulen und dem Höhleneingang. Dort erwartete sie ein strahlender Morgen.

Shar war beinahe entspannt.

Nirgends auf ganz Andor fühlte er sich heimischer als im Laborflügel des Wissenschaftsinstituts. Er kannte jeden Sessel, jede Wand. In diesem Labor hatte er sein letztes Jahr vor dem Aufbruch zur Sternenflottenakademie verbracht, und selbst jetzt hätte es ihn nicht gestört, hier eine Pritsche aufzustellen und den Rest seiner Tage hier zu verbringen. Einzig der Vorfall in der Höhle mit Thias *th'se* hinderte ihn am Entspannen. Diese irritierende Behauptung bezüglich der Yrythny-Eier. Shar hatte den anderen gesagt, er wolle eine alte Freundin besuchen - was stimmte -, er brauchte aber auch Gewissheit. Sagte der *thaan* die Wahrheit?

»Na, was hast du mir mitgebracht?«, fragte Dr. sh'Veileth und nahm den taschengroßen Behälter von ihm entgegen. Vorsichtig trippelte sie zum Labortisch und betrachtete ihn, hielt ihn ins Tageslicht, das durch das Fenster fiel.

»Als wir im Reservat waren, stellte eine mitreisende Botanikerin diese Substanz her, um eine Verwundete zu heilen. Ihr Grundstoff ist eine Wildpflanze.« Auf Thias Bitte hin hatte er eine der alten Bandagen vor dem Recycler gerettet. »Laut der Botanikerin handelt es sich um eine Unterart von Shanchens Mantel. Ich dachte mir, du würdest hier jemanden kennen, der die Substanz mal analysiert.«

Sh'Veileth nahm den Deckel ab, schnupperte und verdrehte die Augen. »Beißend, kurz gesagt. Aber höre ich richtig: Du warst draußen im Reservat? Wie hast du das denn geschafft? Ich will da seit Zyklen hin, doch das Komitee reagiert immer gleich: ‚Wir bezweifeln, dass Sie einen Nutzen belegen könnten, der die Erteilung einer derartigen Erlaubnis rechtfertigt.'« Die Hände in die Hüften gestemmt, lehnte sie sich an die Tischkante.

»Ich vergaß, dass die Geschichte noch nicht in Gänze in den Nachrichtennetzen steht«, sagte Shar. Das Gespräch mit einem ihrer

Hauptkorrespondenten war erst für den Abend geplant. »Meine *Zhavey* wurde dort als Geisel gehalten. Ich gehörte zur Rettungsmannschaft.«

»Ich hoffe, die Mission verlief erfolgreich.«

Er nickte. »Nennen wir's herausfordernd. Eines meiner Teammitglieder musste danach ins Krankenhaus. Das zweite leistet ihm Gesellschaft.«

»Die Botanikerin?«

»Nein«, antwortete Shar. Dieses unangenehme Gefühl, das er seit der Abschlussbesprechung hatte, kehrte wieder. »Ich habe keinen Kontakt mehr zu ihr.«

Seit der Rettungstransporter sie nach Zhevra gebracht hatte, hatten er und Thia kein Wort mehr gewechselt. Die Kabinentür war kaum offen gewesen, da hatten Sicherheitsleute sie umzingelt und von den anderen getrennt. Auch ihre Bündnispartner standen unter Arrest. Charivretha und Thia würden beide gegen sie aussagen.

Das Schicksal der jungen *Zhavey* blieb ungewiss. Aufgrund ihrer Hilfe bei Vrethas Auffinden und weil sie Phillipas Leben gerettet hatte, würde sie straffrei ausgehen. Sie hatte sich zwar nicht mit ihren Partnern verschworen, diese aber auch nicht aufgehallten. Ihre *sh'za* kooperierte ebenfalls. Doch wie Thias Zukunft aussehen würde - was aus ihrer Karriere, ihren Kindern und ihrer Bündnisgruppe wurde -, stand in den Sternen.

»Aber ich bin nicht hier, um das Drama um meine *Zhavey* zu besprechen, Doktor«, wechselte Shar so höflich wie möglich das Thema. »Ich hoffte, du hättest Neuigkeiten bezüglich der Yrythny-Eier für mich.«

»Oh ja!«, sagte sh'Veileth. »Absolut. Entschuldige, dass ich's nicht längst vorbereitet habe.« Sie befahl dem Computer, die für ihre Forschung relevanten Daten aufzuzeigen. Sofort erschien ein rotes, dreidimensionales Modell auf dem Monitor.

Shar erkannte, dass es sich um ein andorianisches Chromosom handelte - Nummer siebzehn. Die meisten Genforscher Andors glaubten, das Problem der Fortpflanzung läge in der Mutationsanfälligkeit dieses Chromosoms verwurzelt.

»Und jetzt pass auf!«, bat die Wissenschaftlerin entzückt. Eine Reihe gelber Blinklichter erschien auf den roten DNA-Umrissen.

Shar zuckte mit den Achseln. »Ich kann nicht behaupten, dass ich verstehe, was ...«

»Wenn man hier, hier und hier«, sie deutete auf drei der blinkenden Stellen, »Segmente der Yrythny-DNA einfügt, verändert sich das andorianische Genmaterial.« Sie riss die Augen auf und beugte sich vor, als wolle sie ihn in ein unwiderstehliches Geheimnis einweihen. »Nämlich zum Besseren!«

Shar empfand ein vertrautes Kribbeln - das der Begeisterung, die mit wissenschaftlichem Durchbruch einherging. *Ich wusste es. Ich wusste, dass uns die Yrythny-Eier helfen würden.* »Und?«

»Das Konzept löst nicht alle Probleme, ist aber vielversprechend. Eine auf Yrythny-DNA basierende Gentherapie hat das Potenzial, das andorianische Fruchtbarkeitsfenster zu vergrößern. Konservativ geschätzt, wage ich von einem Zyklus zu sprechen, vielleicht auch zwei oder mehr.«

»Mehr Zyklen, mehr Chancen für eine Empfängnis.«

Sh'Veileth nickte. »Und jetzt zum besten Teil.«

Shar war zu perplex, um zu sprechen. *Noch mehr?*

»Modifiziert man die Gentherapie ein klein wenig, könnte sich die Anzahl in Frage kommender Keimzellen erhöhen, die die einzelnen Partner bilden. Ich denke an eine Verdopplung oder gar Verdreifachung des Jetztstandes. Und an *gesunde* Keimzellen.«

Bei dem Gedanken an die Folgen wurde Shar ganz schwindelig. »Mehr als ein Säugling gleichzeitig? Auf Andor gab es keine Mehrfachgeburten seit ...«

»Über hundert Jahren, ich weiß. Das hier könnte unsere Bevölkerungsverhältnisse in relativ kurzer Zeit auf den Kopf stellen.«

Ich möchte ein Teil dieser Forschung sein. »Und wie laufen die Tests?« Shar nahm vor dem Monitor Platz, scrollte sich durch

Hunderte von Akten und suchte die entsprechenden Angaben der Ärztin.

Diese schürzte die Lippen. »Keine Tests. Das Institut hat sie noch nicht genehmigt.«

Er hielt inne. »Warum?«

»Weil ich nach Ansicht der Leiter noch nicht genug Modelle gemacht habe. Zu neu, zu früh ...« Sh'Veileth seufzte tief. »Sie wollen weitere Theorie, weitere Modelle, weitere Daten, bevor sie diese Gentherapie Bündnisgruppen empfehlen.«

»Wüsste das Volk von dieser Entdeckung, würden sich die Gruppen freiwillig als Testobjekte melden«, warf Shar ein. »Hunderte, Tausende Bündnisse, die fürchten, das Empfängnisfenster verpasst zu haben, würden erneut versuchen, Kinder zu zeugen. Die Nachrichtennetze sind doch voller Visionistenpropaganda. Man sollte meinen, das Institut würde entsprechend gern eine legitime Entdeckung publizieren!«

»Ich verstehe ja auch nicht, warum die Leiter so handeln. Aber sobald die Testerlaubnis vorliegt, bin ich bereit.«

Shar packte sh'Veileth an der Schulter und drückte sie. »Du hast's geschafft, meine Mentorin. Mein Vorbild. Du hast unserem Volk ein Fenster der Hoffnung geöffnet.«

Sh'Veileth errötete und legte ihrerseits Shar die Hand auf die Schulter. »Es ehrt mich, dass du so viel Glauben und Vertrauen in mich steckst.«

Shar wollte den Moment nicht beflecken. Daher wählte er seine nächsten Worte mit Sorgfalt. »Ich entschuldige mich im Voraus für das unangenehme Thema, aber meine Neugierde treibt mich voran: Werden diese Eier in Untersuchungen verwendet, bei denen es um die mögliche Neugestaltung unserer Geschlechter geht?«

»Du stellst eine schwierige Frage, Thirishar«, sagte sh'Veileth. »Offenkundig kennst du die Gerüchte, sonst würdest du nicht fragen. Es stimmt - auch andere Teams bedienen sich der Eier. Woran sie forschen, ist mir allerdings unbekannt.«

Shar reichte ihr das Padd, das Thias *th'se* ihm gegeben hatte.

Sh'Veileth studierte es einige Minuten. Dann sah sie ihn an. »Lass mich schauen, was ich herausfinden kann.«

Charivretha saß an ihrem Schreibtisch im Parlamentsgebäude und starrte auf das Padd in ihrer Hand, ohne seinen Inhalt wirklich zu begreifen. Sie wusste nicht genau, wie viel Zeit schon vergangen war - jedenfalls Stunden seit Shars Besuch im Institut. Er hatte sie unterrichtet, dass er vorbeikommen würde, nachdem er auch Commander Matthias im Krankenhaus besucht hatte. Nun wartete er im Vorzimmer.

Ich weiß nicht, ob ich das kann. Zum ersten Mal in einem Leben, in dem sie kein Nein akzeptiert und stets geglaubt hatte, jede Herausforderung mit Stärke und Willenskraft zu meistern, erkannte Vretha, dass man nicht alles tun sollte, was man tun konnte. Sie berührte ihren Kommunikator. »Schicken Sie Shar herein.«

Sie drehte sich im Sessel um und genoss die Aussicht vor dem Fenster: der prachtvolle Platz mit seinem mosaikähnlichen Boden aus Steinplatten. Laut den Überlieferungen hatte Thalisar dort unten den Frieden unter den Klans errungen und war später auch dort gestorben. Seitdem befand sich ihr Volk in der Obhut der von ihr geschaffenen repräsentativen Demokratie. Eines Systems, an das Charivretha stets geglaubt hatte. Eines, dem sich ihrer Vorstellung nach alle anderen ebenso verpflichtet fühlten wie sie. *Ich habe mich geirrt.*

Hocherhobenen Hauptes schritt Shar über die Schwelle. Es war lange her, seit sie ihn zuletzt so selbstbewusst gesehen hatte. Er verströmte eine Stärke wie zu Akademiezeiten und den Tagen seiner ersten Dienststelle ...

Wie viel Schaden habe ich angerichtet, als ich dich zwang, dich mit deinen Bündnispartnern im Shelthreth *zu verbinden?*, fragte sie sich seufzend und bedeutete ihm, sich zu setzen. *Wie lange kann sich eine* Zhavey *entschuldigen? Und wo fange ich an, mein* Chei*?*

Er wartete nicht darauf, dass sie etwas sagte. Enthusiasmus

loderte in seinem Blick. »Ich habe unglaubliche Neuigkeiten von Dr. sh'Veileth aus dem Institut, *Zhavey*. Sie hat Ergebnisse bezüglich der Yrythny-Eier und ...« Dann hielt er inne. »Was ist los? Du hast doch irgendetwas.«

Ihr war, als schnüre ihr etwas die Brust zu. *Ich wünschte, ich könnte dich davor beschützen.* »Sieh selbst«, sagte sie sanft und schob ihm das Padd über den Tisch.

»Das stammt auch von Dr. sh'Veileth. Weshalb ...?«

»Sie konnte deine *und* meine Antworten liefern. Sie dachte, ich sollte meine zuerst sehen. Und sie hatte recht.«

Shar runzelte die Stirn und las, scrollte ungeduldig vor und wurde immer langsamer. Schließlich saß er still da, regungslos. Sein Gesicht war, wie sie es sich vorgestellt hatte: Ein Spiegel ihres eigenen Schmerzes und Schocks. Das Padd plumpste in seinen Schoß. Er starrte an die Wand mit Vrethas Urkunden und anderen Belobigungen für ihre vielen Zyklen im Dienste des Volkes, dann glitt sein Blick zu Boden und zum Teppich, den Thantis ihr gewebt hatte. Der Teppich zeigte Vrethas Lieblingslegende: die Geschichte von Thirishar, dem großen Krieger, nach dem sie ihren einzigen *Chei* benannt hatte.

»Also ist es wahr«, sagte er halb fragend. Als er sie ansah, war sein Blick wie tot.

»Ja«, antwortete Vretha gefasst. Sie hatte ihre Wut hinter sich, denn sh'Veileths Anruf lag bereits einige Zeit zurück, und was erst eine tiefe Wunde gewesen war, existierte nur mehr als dumpfer Schmerz. »Die Verschwörungstheorien der Visionisten treffen ins Schwarze. Die Experimente, heimlich von der Institutsleitung autorisiert, galten als ‚Versuch, jedwede Möglichkeit zur Verhinderung eines Aussterbens der Andorianer zu nutzen'. So hat Dr. th'Saarash es ausgedrückt, als ich ihn vorhin damit konfrontierte. Man dachte, wenn erst der Nutzen dieses Ansatzes offensichtlich sei, würde das Volk ihn schon hinnehmen.«

Shar blinzelte, nach wie vor perplex, öffnete den Mund, schloss ihn wieder. Schüttelte den Kopf. »Und es besteht kein Zweifel ...«

»Keiner«, sagte sie ihm. »Unsere eigenen Wissenschaftler entschieden, unsere Spezies umzugestalten.« Die Arroganz hinter diesem Vorgehen verblüffte sie noch immer. »Und ich war mir sicher, unser Volk besser zu kennen als meine Entführer. Dass unsere Wissenschaft zu so einer Tat nicht fähig sei!«

»Es ist meine Schuld«, murmelte Shar. »Ich brachte die Yrythny-Probe her.«

»Nein, mein *Chei.* Laste dir das nicht an. Es wurden viele Fehler begangen, nicht zuletzt von mir, aber du bist nur einer einzigen Sache schuldig: der Suche nach Antworten.«

»Was jetzt, *Zhavey*?«

Sie spürte, wie er litt, und sehnte sich danach, ihn zu trösten und zu beruhigen, wie in seiner Kindheit, als die Enttäuschungen weitaus kleinerer Natur gewesen waren. Doch jene Tage lagen weit zurück. Inzwischen gab es eine andere Person. Eine, die auf Shar wartete. *Sie kann das weitaus besser als ich. Prynn wird ihm guttun.* »Für Andor? Der Verrat wird publik, die Verantwortlichen bestraft werden. Für uns? Für den Tiefsten ist eine Pressekonferenz angesetzt. Die Bevölkerung Andors sollte die Wahrheit aus meinem Mund erfahren: Dass es Verzweifelte gibt, die glaubten, den richtigen Weg zu kennen, und dafür jeden Preis zahlten. Blind in ihrer Treue zu Andor, brachten ihre Überzeugungen sie zu den falschen Schlüssen.«

»Sprichst du von den Wissenschaftlern?« Er hielt inne und betrachtete sie kritisch. »Oder von dir selbst?«

Vretha schloss die Augen und wünschte sich, sie könnte eine andere Antwort geben. »Von beiden. Ich werde mich dem Volk stellen und verkünden, dass es mir zwar eine große Ehre war, ihm zu dienen, ich nun aber beantrage, dass meine Partei einen neuen Repräsentanten für den Föderationsrat nominiert. Dass ich zurücktrete.«

Er wusste - besser als jeder andere, besser als ihre Bündnispartner -, dass der Dienst für Andor im Föderationsrat stets ihr Traum gewesen war. »*Zhavey*, bist du dir sicher?«

»Ich habe mich von jenen entfernt, die ich liebe. Auch von dir, mein *Chei.* Ich muss mein Volk neu entdecken und erkennen, wo ich falsch abgebogen bin.« Sie stieß ihren Sessel zurück und trat um den Tisch zu Shar. »Falls du mir dabei nicht zur Seite stehen willst, habe ich dafür Verständnis.«

Ein langer Moment verstrich, dann stand auch Shar auf. Er streckte den Arm aus und presste seine Handfläche gegen die ihre. »Wenn du sprichst, sprichst du auch für mich, *Zhavey.* Ich werde ihnen mit dir gegenübertreten. Es ist nicht die andorianische Art, allein zu sein.«

Sobald die Pressekonferenz vorüber und er sich sicher war, dass *Zhavey* seiner Gesellschaft nicht länger bedurfte, schlich sich Shar mit Prynn fort. Der Tiefste war bereits vorüber, und seit dem Besuch bei Phillipa im Krankenhaus hatte er sie nicht gesehen. Prynn war dem Counselor nicht von der Seite gewichen, seit sie aus dem Reservat zurück waren. Das Erste, was sie getan hatte, war, eine Subraumbotschaft an Sibias auf der Station zu schicken. Phillipas Kinder sollten wissen, dass ihre Mutter versorgt war.

Danach hatten sie nur noch auf die letzten Testergebnisse warten müssen. Kaum war Phillipa entlassen, waren die beiden Frauen auf *Zhaveys* Drängen hin in ihr Penthouse in der Hauptstadtmitte gezogen. Dort konnte Phillipa sich bequem ausruhen. Und dort erhielten sie auch Nachricht aus Cheen-Thitar: Thriss' Entsendung würde in drei Tagen stattfinden, zum Tiefsten ... und Thantis lud Charivretha, Shar und Prynn ebenfalls ein. Vrethas Ehrlichkeit während der Konferenz schien die Lage zwischen ihnen beiden entspannt zu haben.

Nun schlenderten Shar und Prynn Seite an Seite durch die hell erleuchtete Stadt. Prynns vorsichtige Art sagte ihm, dass sie ahnte, wie es um ihn stand, aber sie stellte keine Fragen, und er hatte ihr bislang keine Antworten gegeben. Zu viel war während der vergangenen Tage geschehen, als dass er zwischen sich und Prynn von einer Rückkehr zur Normalität ausgehen konnte. Die Sache mit dem Fest, die Mission im Reservat - selbst ihr Urteil über seinen Umgang mit Thia belastete sie nach wie vor. Und ihm selbst ließ auch sh'Veileths Enthüllung noch keine Ruhe.

Sie überquerten eine Straße mit vielen Fußgängern, passierten Kioske und Restaurants - auch eines mit »vulkanischer Fusionsküche« - und erreichten ein eher nobles Wohnviertel. An nahezu jedem Fenster quollen Blumenkästen über vor See-Efeu, einem schwarzhalsigen Muschelgewächs mit pelzig-gelben Zweigen. Im Klansitz hatte das Relief wütende Monster und dramatische geometrische Formen gezeigt, in Zhevra kannte die Architektur offensichtlich nichts Bedrohlicheres als Reben und friedliche Waldszenen. Shar erläuterte, dass zumeist Parlamentsmitglieder diese Häuser mit ihren Klans bewohnten. Seine *Zhavey*, so sagte er, war erst nach der räumlichen Trennung von ihrer Bündnisgruppe in ihr Apartment gezogen.

Prynn hörte ihm zu und betrachtete ihn skeptisch aus dem Augenwinkel. Sie hatte die Hände hinter dem Rücken gefaltet und hielt eine Armlänge Abstand, doch Shar spürte, wie besorgt sie trotz der Distanz um ihn war. »Läuft das so bei Bündnisgruppen? Man zieht ein Kind groß, und das war's?«

»Manche Bündnisse berufen sich auf das Ganzheitsgesetz und brechen komplett auseinander. In anderen widmen sich die einzelnen Partner schlicht ihren individuellen Karrieren - so war es bei meiner *Zhavey*. Mein *Thavan* und meine *Shreya* verbringen gelegentlich Zeit mit ihr - besonders mein *Thavan* steht ihr nahe -, aber die meiste Zeit lebt sie allein.«

Sie runzelte die Stirn. Shar fragte sich, was sie wohl dachte.

Dann lächelte sie wehmütig. »Klingt ziemlich einsam, ehrlich gesagt. Man wächst so eng mit seinen Liebsten auf, nur um dann auseinanderzutreiben. Wo bleibt da die Beständigkeit? Die lebenslange Verpflichtung den anderen gegenüber?«

»Die stecken in der Erschaffung der Kinder«, überraschte Shar sich selbst mit einer Antwort. Er zögerte, sich einzugestehen, dass diese Reise ihn dazu gebracht hatte, seine jüngsten Entscheidungen zu hinterfragen - insbesondere die Sache mit dem Ganzheitsgesetz und der endgültigen Trennung von Anichent und Dizhei. Seit er sie wiedergesehen hatte - und seit dem intimen Moment mit Thia im Reservat -, fragte er sich, wie es wohl war, Teil einer zeugenden Bündnisgruppe zu sein, ein Kind zu erschaffen. Andererseits hatte er sich aber für ein neues Leben entschieden und bereute es nicht.

Und für Prynn. Sie war alles andere als zweite Wahl. Er schuldete es ihr - und sich selbst - ihrer Beziehung die Chance zu geben, sich zu entwickeln.

Als sie durch das Osttor den Therin Park betraten, verfielen sie in Schweigen. Stille umfing sie, durchsetzt vom melodischen Plätschern von Wasser und dem leisen Geräusch ihrer Schuhe auf den Steinplatten. Kräuterduft lag in der Luft. Shar und Prynn spazierten an Wasserfällen und Wassergärten vorbei, an bildschönen Pflanzen mit untertassenförmigen Blättern, an luftigen Farnen, hüfthohen Stängeln voller klebrigem Nektar und strahlenden Blütenmeeren. Es gab kaum andere Besucher, und Shar genoss die Ruhe.

Prynn schien besonders vom Heiligtum der Wasserhüterin angetan. Sie bestaunte die Hunderten von farblosen Glaskugeln mit ihren Flämmchen und sah zu, wie die melonenfarbenen Fische mit ihren flügelähnlichen Flossen aus der Seeoberfläche schossen und nach schwärmenden Schilfgrasfliegen schnappten. Dann ging sie zu der rebenumrankten Laube, beugte sich über die Brüstung und beobachtete die scharlachroten und gelben Fische im sich wiegenden Seegras. Das Licht des aufgehenden Mondes spiegelte sich auf ihren bronzenen Schuppen.

Shar folgte ihr und trat an ihre Seite.

»Ich könnte die ganze Nacht hierbleiben«, sagte Prynn, den Kopf auf die Hände gestützt. »Es ist so friedlich.«

»Das war in letzter Zeit selten der Fall.«

»Shar ...«

»Nein.« Er berührte ihren Arm. »Ich will dir etwas sagen. Ich ... habe volles Verständnis dafür, wenn du bedauerst, nach Andor gekommen zu sein, wenn du meinst, ich habe dich enttäuscht.«

»Nein, nein«, sagte Prynn leise kichernd. »Als ob ich dich für den ganzen Wahnsinn verantwortlich machen könnte, der uns widerfahren ist.«

»Vieles davon geschah meinetwegen.«

»Schon ... Aber wäre ich nicht gekommen, hätte ich das hier nie gesehen.« Sie deutete auf die sie umgebenden Gärten. »Erst recht nicht mit dir. Deine Heimatwelt ist beeindruckend und lebendig. Wer würde da *nicht* wahnsinnig? Und das Beste an allem war die Zeit, die ich mit dir verbringen durfte.«

»Die ganze?«

»Die meiste.« Sie zuckte mit den Achseln. »Vom *Saf* mal abgesehen, war dieses Fest echt toll. All diese Gerüche, die Lichter ... selbst unsere Flucht hat mir gefallen. Okay, besonders die Flucht. Vor allem, weil du mich an ihr hast teilhaben lassen. Ich will einfach ...« Sie hielt inne, schüttelte den Kopf, wandte sich von ihm ab. »Nein. Dies ist der falsche Moment für so ein Gespräch.«

Er ergriff sie an den Schultern und drehte sie wieder zu sich. »Was für eins?«

»Eins über uns. Über dich und mich.« Sie sah zu Boden. »Darüber, wie das hier funktionieren soll. Ob es das kann.« Als sie wieder aufblickte, lag ein Funkeln in ihren Augen. »Wir stehen erst am Anfang, Shar. Wir können noch so vieles miteinander teilen ...«

Shar schloss die Augen und ließ ihre Worte sacken. Dass sie nach all seinen Fehlern noch eine Beziehung wollte, hatte er nicht mehr zu hoffen gewagt. Ausgerechnet sie, die wunderschöne und aufrichtige Prynn, wollte ihr Leben mit ihm teilen. Shar sah das Lachen in ihren Augen, den offenen und vergebenden Gesichtsausdruck, und er berührte ihre Wange, streichelte sie sanft.

Prynn seufzte und gab sich seiner Berührung hin.

»Wenn das hier vorbei ist«, murmelte er, strich um ihr Ohr, über ihren Nacken.

»Wenn das hier vorbei ist ...« Die Hände auf seinen Schultern, schloss sie die Augen und presste ihre Lippen gegen die seinen. Shar erstarrte kurz, wusste nicht, wie er reagieren sollte. Doch dann vertrieben die angenehmen Empfindungen, die sie in ihm weckte, seine Furcht und ersetzten sie durch ein Kribbeln in der Brust. Eines, bei dem ihm ganz schwindelig wurde.

Er mochte ihren Geschmack. Wie ihre Zähne seine Lippen berührten, wenn sie den Mund bewegte. Er ließ sich von ihr führen, glich sich ihrem Druck an. Als er an ihrer Unterlippe knabberte, erschrak sie spürbar. Schnell löste er sich von ihr, entschuldigte sich.

»Nein«, sagte sie heiser und legte ihm einen Finger auf die Lippen. »Nein, das war gut. *Echt* gut. Du lernst überraschend schnell, weiter nichts.« Das Funkeln in ihren Augen wurde immer heller. »Hast du Lust, nach der Entsendung zusammen mit mir wegzufahren? Wir haben noch Urlaub übrig, und Phillipa will ohnehin noch Freunde auf Andor besuchen. Blieben also nur wir beide.«

»Klingt gut. Lust auf eine Empfehlung vom Einheimischen? Ich weiß von einer abgelegenen Hotelanlage auf einer der südlichen Inseln. Auf der Erde hab ich mal Neuguinea besucht - so ähnlich sieht's dort aus.«

»Gehen wir surfen?«

»Wenn du darauf bestehst.«

»Klingt perfekt.«

»*Ist* perfekt«, sagte er und lehnte seine Stirn an die ihre.

Kapitel 10

»Wie läuft das nochmal?«, fragte Prynn und wühlte sich durch einen Haufen weißer Morgenmäntel. »Eine Stunde vorm Tiefsten treffen wir uns im Hof am Eingangstor, gewandet in unsere Beerdigungskleidung. Dann geht's in Prozession zum Turmhügel, wo die Totenbahre bereitsteht. Dort wird die Andacht gefeiert, und dann? Zurück hierher zum Essen?«

»Mehr oder weniger«, antwortete Shar. Sie waren schon seit ihrer Landung im Klansitz von Cheen-Thitar nervös. Beim letzten Mal, als sie vor dessen Toren standen, hatte man sie als feindliche Eindringlinge betrachtet. Heute sah alles anders aus. In der Stunde seit ihrer Ankunft hatte er Thriss' *Shreya* und ihrem *Charan* seinen Respekt erwiesen. Beide hatten ihn so herzlich empfangen als wäre er ihr lange vermisster *Chei.* Sie hatten ihn umarmt, nach Vretha gefragt - und voller Interesse auch nach seiner Arbeit bei der Sternenflotte.

Als er Prynn geholfen hatte, wurde er in Thantis' Studierzimmer erwartet. Sie hatte um ein Treffen gebeten. Shar wusste nicht, was er davon halten sollte.

In seiner Jugend hatte er immer ein herzliches Verhältnis zu seiner *Zhadi* gepflegt - selbst dann noch, wenn sie und Vretha zutiefst zerstritten gewesen waren. Trotzdem ließ sie keinen Zweifel daran, dass sie ihn für mitschuldig an Thriss' Freitod hielt. Daran hatten auch ihre Hilfe bei Charivrethas Rettung und ihr Einschreiten bei seinem Angriff auf Thia nichts geändert. Warum also wollte sie ihn jetzt sehen? Vielleicht hatte er einfach zu viel Zeit unter weniger vertrauensvollen Wesen verbracht, aber er wurde das Gefühl nicht los, dass die Wahrheit hinter ihren Worten und Gesten lag. Und das war wenig überraschend. Schließlich übte sich sein Volk ein Leben lang darin, sich hinter einer schützenden undurchdringlichen Fassade zu verstecken.

Prynn zog einen Morgenmantel aus dem Haufen, hielt ihn sich an die Schultern und prüfte seine Länge. Er reichte ihr bis zur Hälfte der Oberschenkel. Sie warf ihn fort und begann ihre Suche von Neuem, bis sie endlich einen Kaftan mit Kapuze und geflochtenem Band entdeckte. Sie zog ihn sich über den Kopf. Die langen Ärmel fielen ihr nicht über die Hände, der Saum reichte bis zum Boden, schleifte aber nicht. Das würde genügen.

Sie sah toll aus, fand Shar. Braungebrannte Haut unter weißem Stoff. Und so jung - weit jünger als ihre sechsundzwanzig Jahre. Plötzlich drängte es ihn danach, ihr nahe zu sein.

Prynn raffte das Gewand hoch und sah ihn erwartungsvoll an, sie berührte ihn am Arm. »Das wird schon, glaub mir.«

Er nickte. »Ich weiß.«

»Hast du schon von Dr. sh'Veileth gehört?«

»Danke, dass du mich daran erinnerst. Ich hatte heute Morgen mehrere neue Nachrichten in meiner Datenbank, kam aber noch nicht dazu, sie durchzusehen.«

»Ich kann das für dich erledigen. Thia würde die Resultate sicher gern hören - ganz egal, was die Ärztin berichtet.«

Shar hob die Brauen. »Haben wir unsere Meinung bezüglich Thia geändert?«

»Weiß nicht. Sie riskierte ihr Leben für uns. Und sie hat Phillipa gerettet.« Prynn nickte pragmatisch. »Und sie ist nicht hier. Manche Leute kann man viel leichter mögen, wenn sie nicht neben einem stehen. In meinem Volk sagt man zwar ‚Aus den Augen, aus dem Sinn', aber ich glaube, das stimmt nicht.«

»Interessant. Mein Volk sagt etwas ganz Ähnliches.«

Nun, da Prynn angemessen gekleidet war, hatte Shar keine

Entschuldigung mehr, seinen Besuch bei Thantis hinauszuzögern. Er musste sich seiner *Zhadi* stellen und ließ es auch Prynn wissen.

»Ich könnte dich hinbringen - sogar bleiben, wenn du es willst«, schlug sie vor. »Thantis traut sich bestimmt keine Gemeinheiten, wenn ich dabei bin.« Sie lächelte, doch es war ein unsicheres Lächeln - eher beunruhigend als aufmunternd.

Shar spürte, wie nervös die Situation sie aller gegenteiligen Beteuerungen zum Trotz machte. Prynn war die Einzige hier, die keinen direkten Bezug zu Thriss hatte. Sie war nur wegen ihm gekommen.

»Nein«, sagte er daher. »Das hier muss ich allein schaffen.«

Die Entsendung war noch einige lange Stunden entfernt. Prynn hatte keine Ahnung, wie sie diese füllen sollte. Phillipa bastelte noch an ihrer Trauermaske. Von Prynn wurde keine erwartet - dafür war sie zu spät eingeladen worden und hatte zu wenig mit der Verstorbenen zu tun. Ihr Pech, hätte die Arbeit sie doch wenigstens beschäftigt. *Und jetzt?*, fragte sie sich. *Bleiben höchstens Shars Nachrichten.*

In einer Nische im Korridor fand sie ein öffentliches Computerterminal, rief sich das Komm-Netz der Sternenflotte auf und gab Shars Kennung ein. Dann wartete sie auf den Posteingang. Als sie die Liste überflog, sah sie Stationsmeldungen von Captain Kira, die wöchentlich wechselnde Speisekarte vom *Quark's* und einen Willkommensgruß der Vereinigung der Promenandenhändler an den neuen Manager des Replimats.

Sh'Veileths Botschaft befand sich zwischen einem Schreiben der DS9-Stationstechniker und einem Nachrichtenüberblick aus dem Komm-Netz Bajors. Prynn überflog den Brief der Forscherin und konnte sich ein Lächeln nicht verkneifen. Da war er, der so dringend gesuchte Zeitvertreib.

»Ich muss Thia finden«, murmelte sie. Sie erinnerte sich, dass ihre Unterkunft ganz in der Nähe war - vermutlich sogar Zugang zum Untergrundbahnnetz hatte, und schon hatte sie eine Beschäftigung bis zur Entsendung gefunden .

Im Foyer, das sie im Geiste seiner vielen Korridoreingänge wegen »Hub« getauft hatte, war ihr plötzlich, als sähe sie einen *thaan* von einem Gang in den nächsten eilen. Prynn kniff die Lider enger zusammen. Tatsächlich, er war es! Hatte er sie bemerkt? Würde es ihn stören, wenn sie ihn ansprach? Sie und Shar verdankten ihm ihr Leben.

»Anichent.«

Sichtlich verblüfft blieb er stehen und drehte sich um. Seine Miene wurde sanfter, als er sie erkannte, und er verneigte sich. Prynn tat es ihm gleich. Und dann fragte Anichent, wie er ihr helfen könne.

»Ich weiß nicht, ob mir die Bemerkung zusteht«, sprudelten die Worte mit einem Mal aus ihr heraus, »aber in meinem Volk ist es eine Sache des Anstands, eine derart große Tat nicht unkommentiert zu lassen. Ich ... und Shar ... Wir wären an dieser Überdosis gestorben, hätten Sie nicht ...«

»Ich tat, was getan werden musste. Einer allein kann nicht Eins sein - genauso wenig wie es zwei oder drei können.«

Prynn erinnerte sich an das Klassenzimmer und die Maßregelung des *chans*. Der Gedanke war wie ein kleiner Stich in die Brust.

Anichent fuhr fort: »Ungeachtet der Umstände, ist Shar ein Teil meines Ganzen.«

Die Emotionen hinter seinen Worten berührten auch Prynn. Dass er Shar noch liebte, überraschte sie nicht - wohl aber, wie sehr. Sie hatte weit eher Verbitterung oder Trauer von ihm erwartet. Entsprechend wusste sie nun nicht recht, was sie sagen sollte, und sah ihm direkt in die Augen. Hoffend, er würde in ihrem Blick erkennen, was Worte nicht vermitteln konnten.

Anichents Antennen krümmten sich, und er lächelte. »Meine Gefühle für Shar sind wie eh und je. Von Stürmen umtost, ja, aber beständig.«

Plötzlich traf es sie: Anichents Verlust war ihr Gewinn! Weil er nicht mehr Teil von Shars Leben war, durfte sie es werden. Mitleid wallte in ihr auf, und ohne darüber nachzudenken, berührte sie ihn am Ärmel seines Gewandes. »Es tut mir leid, was mit Thriss passiert ist …«, flüsterte sie. »Und mit Shar.«

Anichent verneigte sich erneut. »Genau wie mir, Prynn Tenmei. Aber ich freue mich für meinen Partner und alle, die ihm Freude bereiten.«

»Hier bin ich, *Zhadi*«, sagte Shar und trat über die Schwelle in Sessethantis zh'Cheens Studierzimmer.

Sie sah nicht auf und bedeutete ihm nur, sich zu setzen. Sie trug bereits ihre Trauerkleider. Die fertige Maske lag auf dem Tisch. Auch die frisch verschorften Kratzer an ihren Unterarmen zeugten von ihrem Leid. *Ich habe mich selbst nie so verletzt*, dachte Shar nicht zum ersten Mal, *wie Anichent und* Zhadi. Was ihn wohl von den anderen unterschied?

Er setzte sich auf eine Ottomane, hielt respektvoll Abstand zu Thantis. Schon als junger *Chei* hatte er diesen Raum mit seinem gemütlichen Durcheinander und dem Geruch nach Erdreich und vertrockneten Pflanzen sehr gemocht. Bei ihren seltenen Besuchen hatten er und seine Bündnispartner sich hier oft vor den Älteren versteckt. Es kam Shar irgendwie angemessen vor, dass ausgerechnet hier auch sein Abschied von seinem alten Leben begann. Geduldig wartete er.

»Ich habe dich hergebeten«, begann Thantis schließlich, »um dich einzuladen, am Ritus der Erinnerung teilzunehmen.«

Shar schluckte, blinzelte. Hatte er sich verhört? »Was?«, krächzte er.

»Ich ließ zwar alle glauben, ich hätte dich davon ausgeschlossen, weil ich dich für mitschuldig an Shathrissías Selbstmord halte, doch je länger ich diese Lüge als Wahrheit verkleide, desto …« Sie brach ab, als ringe sie mit den Tränen. »Ich bestrafe meine *Zhei* für meinen Stolz. Es wäre eine höchst grausame, höchst selbstsüchtige Tat, würde ich sie ohne dich in ihr nächstes Leben verabschieden, Thirishar. Ausgerechnet ohne dich. Ich hoffe, du verzeihst mir.«

Shar stand der Mund offen. Hilflos und verwirrt saß er da und wusste nichts zu erwidern, nichts zu tun. »Dir verzeihen? Es erscheint mir falsch, dass du die Verantwortung für meine Fehler übernimmst, *Zhadi*. All dies begann doch, als Thriss und ich aus dem Bund traten, um unserem Verlangen nachzugeben. Dadurch trennten wir unser Band zum Ganzen. Ich gebe niemandem außer mir selbst die Schuld.«

»Nein«, widersprach Thantis. Sie wusste ihre Emotionen kaum noch zu beherrschen. »Ich habe dir etwas vorenthalten - und Anichent und Dizhei. Zwar zweifle ich nicht daran, dass deine Partner meine *Zhei* verstanden, doch verstand sie niemand so wie du. Würdest du mir ins Gedächtnis blicken, verstündest du, was die anderen nicht wissen: dass ich Thriss retten konnte und es unterließ.«

Bevor Shar etwas sagen konnte, ergriff sie ihn bei der Hand und führte ihn durch einen Durchgang im hinteren Bereich des Studierzimmers. »Urteile selbst, Thirishar. Sieh, was ich dem Ritus des Erinnerns zu bieten habe. Dann weißt auch du, wer wirklich die Verantwortung für Thriss' Tod trägt.«

»Entschuldige, dass ich hier so kurzfristig reinplatze«, sagte Prynn und setzte sich Thia gegenüber an eine der freien Arbeitsstationen. Sie wollte so höflich wie möglich bleiben. Wem nutzte schon ein Groll? »Wie ich sehe, bist du bereits beschäftigt.«

Thia sah kurz auf, widmete sich aber schnell wieder dem Padd in ihren Händen. »Ich hatte noch nicht die Zeit, die Unterlagen bezüglich meiner Reise nach Dramia zusammenzustellen«, sagte sie. »Die Botanikergesellschaft wartet auf einen Artikelvorschlag von mir für ihr nächstes Magazin.« Sie schob das Padd in einen Schlitz ihres Tisches und begann den Upload.

Freut mich ebenfalls, dich zu sehen, dachte Prynn und staunte, dass Thia sich wieder so stolz und fast schon hochnäsig wie früher gab. Zwar wusste sie nicht, was sie erwartet hatte, aber ein »Hey, wie geht es Phillipa?« wäre sicher nicht unhöflich gewesen. Doch die *zhen* hatte bei Vrethas Rettung geholfen und verdiente somit ein wenig Geduld - andernfalls hätte Prynn nämlich null Verständnis für diese Primadonna-Haltung aufgebracht. Prynn dachte an Shar, dem sie einen Gefallen tun wollte, und räusperte sich. »Shar hörte heute Morgen etwas Interessantes von Dr. sh'Veileth«, kam sie zum Thema. »Er wollte, dass auch du es schnellstmöglich erfährst.«

Thia hob eine Braue. »Ja?«

»Sieh selbst.« Sie nahm den Datenchip aus der Jackentasche und reichte ihn ihr. »Soweit ich das verstehe, unterscheidet sich die Pflanzenart, mit der du Phillipa geholfen hast, von dem Typ, der sonst auf Andor auftritt. Man findet sie auch in keiner der üblichen Datenbanken.«

Thia aktivierte den Chip und gab einige Befehle in ihre Konsole. Auf dem Monitor erschienen die Diagramme, die Prynn bereits aus sh'Veileths Nachricht kannte.

»Der Unterschied bei dieser besonderen Unterart besteht ...«

»... in der Fortpflanzung«, beendete Thia den Satz für sie. »In den vier Keimzellen.« Ihr stand der Mund vor Staunen offen. »Das ist unglaublich. Wir suchen bereits seit Jahrhunderten nach einem solchen Beweis.«

»Allem Anschein nach aber am falschen Ort. Andererseits hält sh'Veileth es auch für möglich, dass sich der Lebenszyklus dieser Unterart von dem der Norm unterscheidet. Vielleicht braucht diese Sorte länger oder andere Umstände, um zu wachsen. Das Wissenschaftsinstitut will jedenfalls ein Team losschicken, das Proben sammelt. Durchaus möglich, dass die Mischung, die du für diese Wickel hergestellt hast, die existierende Probe verfälscht hat.«

»Dennoch ist dieses Forschungsergebnis vielversprechend. Der erste echte Hinweis, dass die Natur tatsächlich viergeschlechtlich plant. Das ist unglaublich.«

»Und wenn eine Gläubige das sagt, muss es so sein.« Prynn lächelte freundlich. *Komm schon, Thia. Nimm's an. Lass uns nicht als Feinde scheiden.*

Thia beugte sich vor und berührte Prynns Hände. »Danke sehr. Ich war nicht gerade nett zu dir und ...« Sie brach ab.

»Thia?«

Sämtliche Farbe schien aus dem Gesicht der *zhen* zu weichen. Sie kippte nach vorn, ihr Padd fiel zu Boden.

Prynn fing sie an den Schultern und schob sie zurück in den Sitz. Thias Kopf sackte auf die Brust, ihr Mund stand halb offen. Prynn griff nach ihrem Handgelenk, fühlte nach einem Puls und fand keinen.

Verflucht, ich weiß nicht einmal, ob ein andorianischer Puls da überhaupt messbar ist.

Dann bemerkte sie einen dunkelblauen Blutfleck auf Thias Hand. Prynn fluchte, schob Thias Ärmel hoch und sah lange, blutige Wunden auf ihren Unterarmen.

Was zum Geier ...?

Prynns Herz raste. Sie schlug der *zhen* auf die Wangen, und der Kopf gab jedem Schlag nach. Kurz darauf kam wieder Leben in Thia. Sie klammerte sich an die Armlehnen, und Prynn legte ihr beruhigend eine Hand auf die Schulter.

»Ist dir noch schwindelig?«

»Ich weiß n...« Thia kippte ein wenig zur Seite. »Vielleicht.«

»Ein Vielleicht ist kein Nein«, sagte Prynn. Sie half der *zhen* aus dem Sitz und zu Boden, wo sie sich hinlegen konnte. Dann kniete sie sich daneben und tadelte sich in Gedanken dafür, keinen Trikorder griffbereit zu haben. Rein optisch wies Thia nichts Besorgniserregendes auf, von den Armwunden mal abgesehen. Doch fehlte Prynn auch die medizinische Kenntnis, dies zu beurteilen. »Kann ich dir etwas zu essen holen? Ein Getränk? Ein feuchtes Tuch für auf die Stirn?«

Thia schüttelte schwerfällig den Kopf. »Mir geht es gut. Glaube mir.«

»Du bist verletzt. Hast du etwas gegessen?«

Die *zhen* wirkte verlegen.

»Irgendetwas? Oder geschlafen?«

»Die Zeit seit unserer Rückkehr aus dem Reservat war schwer. Mich plagten mehrere Sorgen.«

»Typisch Andorianer«, murmelte Prynn. »Ihr wisst immer, wie ihr's euch so richtig schön schwer machen könnt.« Sie hatte absolut nichts für all diese Melodramatik übrig, mit der sie hier ständig konfrontiert wurde. »Ich rufe dir einen Arzt.«

Thia ergriff ihren Arm. »Nein. Nicht ...«

»Aber du bist verwundet.«

»Nein. Darum kann ich mich selbst kümmern.« Sie vergrub das Gesicht in den Händen. »Lass mich. Bitte.«

Prynn war verwirrt. Sie durchsuchte ihre Erinnerungen - Gespräche mit Shar, Anekdoten über Andorianer, über Thriss - doch auch dort fand sie keine Erklärung. Warum will Thia keine Hilfe, trotz ihrer Wunden? Dann begriff sie. »Du hast sie dir selbst zugefügt, oder?«, fragte sie und sah die *zhen* skeptisch an. »Du warst das.«

Thia zog die Knie an die Brust und wiegte sanft vor und zurück. »Sie haben mich verlassen«, sagte sie wieder und wieder. »Ich bin allein.«

Prynn versuchte, Thia zum Reden zu bringen, doch die *zhen* war zu gefangen in ihrem eigenen Elend. Ratlos wandte sich Prynn zur Arbeitsstation um und suchte nach etwas, das ihr helfen mochte, die Situation besser zu verstehen. Eine Jacke hing auf dem Stuhl. Prynn durchwühlte die Taschen, fand aber nichts. Dann nahm sie sich den Tisch vor, öffnete alle Schubladen.

Und da war es, oben rechts in einer der Laden. Prynn nahm die Kette mit dem *Shapla* hervor und öffnete dessen Verschluss.

Leer. Die geflochtene Strähne, gebildet zur Zeit des Wissens aus den Locken der vier Bündnispartner, war fort.

»Ich bin allein ... allein ... allein.« Thias Singsang wurde schwächer, ihre Stimme heiserer.

Hilflos sah Prynn sich um. *Ich muss etwas tun. Ich kann sie hier nicht so lassen.* Sie zog Thia auf die Beine und packte sie an den Schultern. »Bist du nicht. Du kommst mit mir.«

»Warum?«, schluchzte Thia.

»Weiß ich auch nicht, aber ich will verdammt sein, wenn ich dich hierlasse.« *Shar wird wissen, was zu tun ist.*

Shar - und nicht Shar - öffnete die Augen und fand sich an einem eigenartigen, dunklen Ort wieder. Hohe Marmorsäulen umgaben ihn. Er sah die Silhouetten kopfloser Statuen, hörte das Kreischen in Käfigen gefangener Vögel. Unter Mauerresten lagen ihrer Blätter und der Erde beraubte Blumen, und auf einem in Standard verfassten Schild stand: Betazed Kunstschule. Der Dominion-Krieg. Betazed. Ich bin mitten in der Invasion!

Shar wollte den Kopf drehen, doch eine kalte, unsichtbare Hand hinderte ihn daran.

Vor einem Fenster sah er Flammen aufsteigen. Dann brachte eine Reihe donnernder Explosionen die Halle, in der er sich befand, zum Beben. Rauch stieg durch jede Öffnung, ein dichter, beißender Nebel.

Shar bewegte die Hand zu seiner grünen Ceara *und wusste, dass nicht er diese Finger bewegte, nicht er an diesem Ort war. Er befand sich in jemandes Gedächtnis. Und dann begriff er: der Ritus des Erinnerns.*

Er tastete an sich entlang, fand die Hüfte, die Rippen. Irgendetwas Kaltes und Schweres lastete auf seiner Brust, und er mühte sich vergebens, es wegzuschieben. War die Decke eingestürzt?

Plötzlich erklang Lärm hinter ihm. Das metallische Geräusch eines Phaserschusses, gefolgt vom Schritt mindestens eines halben Dutzends Füße.

Eine warme Hand berührte ihn an der Schulter. »Zhavey! Zhavey!«

Shars Herz setzte einen Schlag aus. Er spähte durch den Nebel, suchte nach ihrem Gesicht.

Thriss war neben ihm in die Hocke gegangen. »Wir hörten, die Schule sei beim letzten Angriff der Jem'Hadar getroffen worden. Also stellte ich ein Team zusammen. Ich hole dich hier raus.« Sie ergriff seine Hand und rief: »Reshus! Leilo! Hierher!«

Soldaten. Oder nicht. Einer war Bolianer, den anderen erkannte er nicht. Zu viel Nebel. Der Druck ließ nach. Shar setzte sich langsam auf, hustete Blut und Spucke auf den Boden.

»Oh nein, das lässt du«, befahl Thriss und zwang ihn zurück. »Nicht, bevor wir deinen anderen Arm frei haben.«

Erst dann merkte Shar, dass ein rundes, dumpfes Gewicht auf seinem Oberarm ruhte. Eine Statue war umgefallen und hatte ihn unter sich begraben. Er sah eine Blutlache unter seinem Ellbogen, weiteres Blut sprudelte im Takt seines Herzschlags aus einer Wunde.

Thriss nahm etwas aus ihrem MediBeutel und umwickelte seine Schulter damit. Eine Binde. Sie zog sie fest, bis die Blutung beinahe versiegte. Dann untersuchte sie den Arm mit dem Trikorder, runzelte die Stirn, atmete tief aus und ergriff seine Hand.

Shar liebte das Gefühl ihrer Hand in seiner, hatte es immer geliebt. Sie hatte die schönsten, längsten, zartesten Finger ...

*»*Zhavey*«, sagte Thriss sanft. »Dein Arm. Ich ... Ich kann ihn nicht retten. Wäre ich Medizinerin und meine Begleiter mehr als Pfleger ...«*

Kalter Schweiß perlte auf seiner Stirn, und ihm wurde übel. Allmählich begriff er die Bedeutung ihrer Worte: Amputation.

Thriss schmiegte ihre Wange an seine und flüsterte in sein Ohr: »Ich werde dir den Eingriff genau erklären. Ich verspreche, du wirst keine Schmerzen haben.«

Bevor er etwas erwidern konnte, erzitterte der Raum unter einem ohrenbetäubenden Knall. Staubwolken stiegen auf. Thriss warf sich schützend über ihn. Shar wollte sie wegschieben und flehte sie an, sie möge diesen gefährlichen Ort verlassen, doch sie weigerte sich. Das spürte er. Sein ganzes Leben lang hatte er Thriss noch nie so gesehen - so konzentriert und entschlossen, selbst unter diesem grauenvollen Stress.

»Reshus! Hierher, Leilo! Ich brauche eure Hilfe!«

Der Bolianer kauerte leise weinend an einer Säule. Die zweite Person lag leblos am Boden. Shar wollte Thriss sagen, dass Schock unter den Umständen keine seltene Reaktion war, doch sein Mund vermochte die Worte nicht zu bilden.

Er spürte, wie Thriss an der Binde hantierte. Dann war ihr Gesicht nah an seinem. »Ich bin gleich zurück, Zhavey.«

Anfangs behandelte Thriss diesen Leilo noch freundlich, hoffte auf dessen Unterstützung. Doch nach und nach wurde ihr sanfter Ton rau, und schließlich erteilte sie schroff Befehle. Ist das wirklich Thriss? *Der Blutverlust erschwerte Shar zunehmend die Konzentration, und er fragte sich, ob er halluzinierte. Dann kniete Leilo neben ihm. Sie schien ihn überzeugt zu haben. Mit zitternden Händen befestigte der Bolianer einige Sensoren an Shars Stirn. Shar sah Schweißperlen in Leilos Gesicht. Er hatte Angst. Thriss nicht. Als sie entschlossen ein Laserskalpell aus ihrem Beutel nahm, sah er, wie sich ihr Mund bewegte, hörte aber nur sein eigenes pochendes Herz. Etwas drückte sich gegen seinen Nacken, dann wurde alles taub. Zeit verstrich in endlos scheinenden, warmen Minuten, bis ihm plötzlich der ätzende Geruch versengten Fleisches den Atem raubte und er wusste, dass der Arm fort war.*

Thriss weinte still. Sie lag auf seiner Brust. Er spürte ihr weiches, schönes Haar an seinem Nacken. »Du bist mein Ganzes, Zhavey.«

Shars Sicht verschwamm. Er ahnte, dass seine Zeit mit ihr verging, und tief in Thantis' Erinnerungen schrie er auf, flehte um mehr ...

»Leilo, hilf mir, sie aufzuheben«, befahl Thriss. »Wir müssen sie ins Hospital bringen. Sie braucht eine Transfusion!«

Der Rauch wich Dunkelheit. Shar öffnete die Augen.

Er war zurück.

Thantis half ihm, sich aus dem Rückblicksystem zu befreien. Als das letzte Kabel abgeklemmt war, stand er auf. Wie sie sah auch er zu Boden.

»Ich wusste gar nicht, wie stark sie war«, flüsterte Shar schließlich. »Sie hatte einen starken Willen, das ja, aber diese Befehle erteilende, zuversichtliche *zhen* in deinen Erinnerungen ... Die Thriss, die ich kannte, wäre unter einer Belagerung durch die Jem'Hadar zerbrochen.« Er hielt inne und dachte daran, was er in Thantis' Gedächtnis gesehen hatte. »Zumindest dachte ich, ich hätte sie gekannt.«

»Ihre Medizinerkollegen respektierten sie, trauten ihr. In ihrer Gesellschaft blühte sie auf und wurde selbstsicherer. Wäre sie Andor länger fern geblieben, wäre sie auch die geblieben, die du in meinen Gedanken sahst. Ich hätte sie ermutigen sollen, für die Dauer deiner Reise in den Gamma-Quadranten zu mir nach Betazed zurückzukehren. Stattdessen ließ ich mich von Charivretha überzeugen, dass Thriss zu ihren Bündnispartnern gehöre.« Nachdenklich brach sie ab. »Nein, das ist nicht ganz richtig. Ich wollte, dass meine *Zhei* war, wie Andorianer sein sollen. Ich war zu stolz zuzugeben, dass die Wünsche unserer Welt zu viel für sie waren.«

Die Nacht war über den Klansitz hereingebrochen.

Eine Stunde vor der Entsendung hätte sich Prynn eigentlich an der Schlafhalle mit Shar und Phillipa treffen und mit ihnen zum Turmhügel gehen sollen. Nun, da Thia zu ihrer Gruppe gehörte, war sie sich nicht sicher, ob sie die Einladung entsprechend ausweiten durfte. Doch Shar fehlte ohnehin. Seit er zu Thantis gegangen war, so erfuhr sie, hatte niemand ihn gesehen. Prynn hoffte, ihn am Versammlungspunkt unter den wartenden Trauernden zu finden. Sie wollte Thantis nicht beleidigen und musste ihm unbedingt von Thias Kommen erzählen.

Nicht, dass Thia negativ aufgefallen wäre. Der anfängliche Schock über den Bruch mit ihren Bündnispartnern hatte sich ein wenig gelegt. Während sie sich um Thias Wunden kümmerte, hatte Prynn sie daran erinnert, dass dieser Bund trotz allem drei Kinder gezeugt hatte. Die Verpflichtung der Gemeinschaft gegenüber war erfüllt.

Doch Thia liebte ihren *th'se* seit Kindertagen, wie Shar Thriss geliebt hatte. Sie träumte davon, noch viele Zyklen mit ihm zusammenzubleiben. Und es wäre sogar möglich, da Charivretha als eine ihrer letzten politischen Handlungen für die Begnadigung ihrer Entführer eingetreten war.

Thias *th'se* hatte sich auch tatsächlich mit Thia getroffen - allerdings nur, um sie zum Verlassen des Bündnisses aufzufordern. Aufgrund ihrer Entscheidungen, so hatte er gesagt, sei sie nicht länger vertrauenswürdig. Die übrigen drei Partner würden noch eine Einheit bleiben, bis die Kinder erzogen waren, und dann ebenfalls getrennte Wege gehen. Und das Ganzheitsgesetz, auf das sich Shar bereits bei seiner Trennung von Dizhei und Anichent berufen hatte, half auch dem *th'se.* Thia war am Boden zerstört.

Bevor sie Shar suchen ging, hatte Prynn bereits eine Trauerrobe für die *zhen* besorgt und im Schlafraum eine Ecke gefunden, in der sie Thia ungestört auf die Entsendung vorbereiten konnte. Zu ihrem Glück war auch Phillipa dort aufgetaucht. Seitdem konnte sie sich nach Shar umsehen, ohne sich wegen Thia sorgen zu müssen.

Als sie die Räume durchstreifte, bemerkte Prynn, dass immer mehr Leute weiße Trauerkleidung anhatten. Der Moment der Versammlung schien nicht mehr fern.

Plötzlich ahnte sie, wo Shar stecken mochte. Ohne sich um etwaige tadelnde Blicke oder Beschwerden der anderen Klansitzbewohner zu scheren, rannte sie los.

Sie fand ihn, wo sie ihn vermutet hatte. Zuerst hielt sie ihn für einen anderen *chan*, doch als er das bronzene Kopfteil mit der Zeremonienmaske auszog, bestand kein Zweifel mehr. In seiner traditionellen Kleidung der *chan* ähnelte er kaum noch dem schlanken, drahtigen Sternenflottenwissenschaftsoffizier, den sie kannte. Das hier war ein Krieger, die Arme in Leder und Metall gewandet. Sein Haar fiel ihm frei über die Schultern. Prynn hatte es noch nie offen gesehen.

Die Kammer war dunkel. Einzig Thriss' Sarg, neben dem Shar stand, verströmte weißes Licht. Prynn trat zu ihm, und die schwere Tür schloss sich hinter ihr.

»Ich hätte dich fast nicht erkannt«, sagte sie. Sie berührte seinen Brustpanzer mit den Fingerspitzen, strich über das in das Leder eingravierte Symbol der *chan*, spürte die Kraft der Linien und Formen. »Ich dachte mir schon, dass ich dich hier finden würde.«

»Ich hatte noch eine Sache zu erledigen.« Er öffnete die Hand.

Prynn sah, dass er drei Haarsträhnen hielt. Das Symbol des Bundes. Er hielt sie, als wisse er nichts damit anzufangen. Und warum sollte er? Sie repräsentierten ein gebrochenes Versprechen.

Prynn sah ihn an und fand in jeder Kurve und jedem Winkel seines wunderschönen Gesichts die Trauer gespiegelt. »Kann ich helfen?«, fragte sie leise.

Er nickte sichtlich erleichtert und atmete aus. Eine Last schien von ihm abzufallen.

Prynn fand eine Taste an der Seite des Sarges und berührte sie. Sofort glitt der Sargdeckel zur Seite. Prynn wich zurück - dies war ein privater, heiliger Moment, und sie wollte kein Eindringling sein -, doch Shar ergriff ihre Hand.

»Bleib.«

Prynn war, als schnüre ihr etwas die Kehle zu. Sie konnte kaum noch atmen. Sie drückte seine Hand, schob ihre Finger zwischen die seinen.

Shar streckte die andere vor, die mit den Flechten. Sie zitterte, als er sein Opfer darbrachte, dann ließ er sie an seine Seite sinken. Schweigend stand er da, und Prynn neben ihm. Regungslos.

Die Glocken der Feste erklangen: fünf sonore Schläge, die die Trauernden zum Tor riefen, wo man sich versammeln würde.

Prynn hörte die Tür aufgehen, drehte sich um und sah Anichent. Er trug das Kettenhemd der *thaan*. Dizhei neben ihm hatte das Gesicht in den Farben der *shen* bemalt, Thantis war in das weiße *Ceara* der *zhen* gewandet. Als Dizhei Shar sah, atmete sie erschrocken ein und hob die Hände zum Mund. Anichent aber trat seinem *ch'te* mit offenen Armen entgegen.

Prynn ließ Shars Hand los und wich zurück in die Schatten. Sie sah zu, wie sich Anichent und er umarmten und Dizhei schließlich dazustieß. Die Partner fassten sich an den Händen. Tränen auf den Wangen, sangen sie geflüsterte Worte in Alt-Andorii.

Prynn, die sie nicht verstand, schlich sich aus einer Nebentür.

»Wo warst du?«, zischte Phillipa und zog Prynn aus der Menge der Trauernden, die um die landwirtschaftlichen Gebäude versammelt war. Sie hatte drinnen so lange auf sie gewartet, wie sie konnte, war dann aber mit Vretha und Thia aufgebrochen. Seitdem sah sie sich draußen nach Prynn um, doch im Dunkeln war das nicht leicht, zumal die meisten Anwesenden Kutte und Kapuze trugen und ohnehin kaum unterscheidbar waren. Nun endlich fand sie sie!

Prynn blinzelte verwirrt. Für einen Moment sah sie Phillipa an, als sei sie eine Fremde. »Was?« Sie klammerte sich an ihren weißen Kaftan, als wisse sie nichts damit anzufangen. »Oh. Tut mir leid. Ich kam gleich hierher, als die Glocken begannen. Hast du lange gewartet?«

»Vergiss es. Mach dich lieber fertig.« Phillipa deutete auf das Gewand. »Und wo steckt Shar?«

Prynn zog sich die Kapuze über den Kopf. »Er müsste gleich kommen. Aber er begleitet uns nicht.«

»Was soll das heißen?«

Phillipa trat mit Prynn zu den anderen Wartenden, schaltete eine Laterne an und reichte sie ihr. Thia und Vretha hatten ihre bereits.

»Keine Ahnung«, antwortete Prynn gedankenverloren und hängte sich die Lampe ans Handgelenk. »Schätze, das werden wir sehen.«

Prynn wirkt verwirrt, dachte Phillipa, fand aber keine Erklärung dafür.

Als sie Vretha und Thia erreichten, grüßte nur Vretha sie mit knappem Nicken. Thia war ein Schatten ihres einstigen Selbst, trübselig und geistesabwesend. Flackernd wie eine Flamme im Wind. Phillipa machte sich Sorgen um sie.

Nun, da die Gruppe komplett war, setzte sich Phillipa die Trauermaske auf - schlichtes Rot, keine Verzierungen -, schlug die Kapuze hoch und wartete auf den Beginn des Marsches.

Immer mehr Personen stießen hinzu. Hunderte von Handgelenklampen erhellten schon die verrußten metallgrauen Wände des Klansitzes. Dem traurigen Anlass angemessen, waren die Fenster der Wachhallen verhangen worden. Unter den verwitterten

Totenschädeln an den Mauerspitzen hingen steinerne Wesen, Wasserspeiern ähnlich, deren hohlen Augen keine Bewegung der Wartenden zu entgehen schien.

Mireh bekäme hier Albträume, dachte Phillipa und wünschte sich, es ginge bald los.

Ihr Wunsch wurde erfüllt. Knarrend öffnete sich das zwei Stockwerke hohe stählerne Tor, und frischer Wind, duftend nach Wildblumen und dem Weidegras des Hochlands, wehte herein. Phillipa, Vretha, Thia und Prynn eilten beiseite, als ein Trupp Sicherheitsleute der Prozession den Weg bahnte. Dann setzte Trommelschlag ein, langsam und rhythmisch.

Auch die Glocken erklangen wieder. Sie verkündeten die Ankunft der Bahre. Köpfe wandten sich um, und Thriss' Sarg kam aus dem inneren Festungstor und die Treppe hinab, ruhend auf den Schultern von vier verhüllten Trägern. Dies, so wusste Phillipa, war die Erste Sippe, Repräsentanten der mythologischen Ureltern. Ihnen folgte eine Gestalt in brauner Kutte und prachtvoller Goldmaske: die Priesterin der Erdhüterin, Thriss' Patronin. Hinter ihr kamen drei Maskierte, die Thriss' Eltern sein mussten. Als die Erste Sippe an ihr vorbeiging, kniff Phillipa die Augen enger zusammen und sah überrascht genauer hin. Sie irrte sich nicht! »Shar, Anichent und Dizhei sind die Erste Sippe«, flüsterte sie Prynn zu. »Warum hast du mir das nicht gesagt?«

Dem Gesichtsausdruck nach zu urteilen, war auch Vretha schockiert. Gespannt wartete Phillipa auf Prynns Antwort.

»Weil ich's nicht wusste«, flüsterte diese. »Es geschah alles so schnell.«

Phillipa sah, dass Vretha noch Fragen hatte, doch dafür war jetzt keine Zeit. Kaum war der Sarg vorüber, schloss sich die Menge ihm an, marschierte zum Schlag der Trommeln. Auch Phillipa, Vretha, Prynn und Thia zogen hinter den Trägern her, wenngleich einige Reihen entfernt.

Als er das raue, karge Land außerhalb der Feste betrat, wurde Shar zu Thirishar.

Die Nacht fühlte sich kalt und endlos an, und er akzeptierte seinen Platz in ihr: ein unbedeutendes kleines Nichts unter dem Firmament wachsamer Sterne. Trotz seiner Stärke und Fähigkeiten konnte er nichts. Er konnte es nicht Licht werden lassen wie ein Stern. Er konnte keine Berge zerstören wie die wütende Erde. Er konnte nicht über die Ozeane bestimmen. Er konnte nichts vernichten wie das Feuer. Doch mit *zhen*, *thaan* und *shen* an seiner Seite konnten sie ihre Wesen verbinden, Eins werden und die Mächte des Universums herausfordern.

Mondlicht lag auf den Steinen, über die sie im Einklang mit dem Trommelschlag schritten. Die Stille war absolut. Einzig das Gras flüsterte mit jedem neuen Windstoß.

Shar hob den Blick zum Turmhügel und sah den Altar aus Obsidian, auf dem sie Thriss dem Sternhüter überantworten würden. Dann schaute er zu Thantis, die die kristallene Anzahl aus dem Ritus des Erinnerns trug. Mit dieser würde sie Thriss entsenden.

Der gewundene Pfad führte durch das Gras und das Buschwerk, war aber nicht lang. Shar beschritt ihn und näherte sich dem Ende des Lebens, wie er es kannte. Er klammerte sich an die Reste dieses Lebens, streckte die Hände nach Dizhei und Anichent aus.

Die Priesterin sang vom Anbeginn des Ganzen, als alles Leben Eins war. Ihr schlichtes Lied berührte Shar, weckte Kindheitserinnerungen. Bilder aus der Liturgie stiegen in seinen Geist, bis sich seine Lippen stumm zur *Sage der Spaltung* bewegten, die die Priesterin sang und der Wind weitertrug.

Hinter Shar sang ein Chor aus Trauernden mit.

Jeder Schritt in Richtung Turmhügel brachte sie der Stelle der Geschichte näher, an der Uzaveh Thirishar in vier zerbrach. Nun, da er endlich verstand, was verloren war, trauerte auch Shar. Seine Beine wurden schwer. Er blickte auf zu den letzten Kurven ihres Weges und fühlte sich plötzlich zu schwach, zu traurig, um sie zu beschreiten. Er sackte ein.

Anichent hielt ihn.

Dizhei hielt ihn.

Mit vereinten Kräften zogen sie weiter, bis die letzte Kurve gemeistert war. Seite an Seite standen sie auf dem Turmhügel, umgeben von den Geschenken der Erde: dem Geruch frischen Erdreichs, grünen Grases und einer Unmenge von Blumen. Die Erste Sippe stand am Altar aus Obsidian, als die vermummten Träger die Bahre dort ablegten.

Hinter ihnen verteilten sich die übrigen Gäste, ihre weiße Kleidung vereinte sie in diesem Anlass. Thirishar sah viele Masken, private Trauerbekundungen, viele gesenkte Blicke und verhüllte Gesichter. Er hörte das Schluchzen.

Als die letzten Trauernden eingetroffen waren, nahm die Priesterin ihren Platz gegenüber der Ersten Sippe ein. »Wer kommt, für Shathrissía sicheres Geleit zu erbitten?«

Die Erste Sippe antwortete einstimmig: »Wir, ihr Ganzes.«

Die Priesterin hob die Arme zum Himmel. »So geben wir Shathrissía zurück, Ihr großen Hüter der Nacht, und erflehen für sie sicheres Geleit ins nächste Leben. Von dir, Mutter Sterne, kam die Substanz ihres Lebens. Du gossest sie in das Gefäß ihrer Eltern, um ihr die Form zu geben. Dir, Mutter Sterne, geben wir sie zurück. Wer wird Shathrissía heim senden?«

Thirishar erwartete, dass Thantis vortrat, immerhin trug sie die Anzahl. Doch sie blieb reglos neben ihm stehen. Er spürte ihren Schmerz und berührte sie tröstend am Arm. Ohne sie fragen zu müssen, wusste er, dass sie das Ritual nicht beenden würde. Ihre Trauer war zu groß.

Einen langen Moment betrachtete er Thriss - zum letzten Mal. Erinnerungen fluteten seinen Geist, und die Welle aus Emotionen drohte, ihn zu ertränken. Ihm war, als könne er Thriss' Stimme hören, ihr melodisches Lachen, ihre Berührung spüren. Er würde sie vermissen, so lange er atmete, das wusste er.

Und, dass er sie gehen lassen musste.

»Ich, Thirishar, halte die Anzahl«, sagte er, »und ich entsende Shathrissía.« Er zwang sich, laut und klar zu klingen. Zum Wohle der Ersten Sippe, die bei ihm stand.

Shar setzte die Anzahl in eine Öffnung im Tisch, am Kopfende des Sarges. Als sie einrastete, drehte er sie zwei Mal fest und trat zurück zur Sippe.

Der Tisch gab ein Geräusch ab, ein tiefes Knacken. Dann schoss eine Säule blauen Feuers aus ihm empor, gefangenes Sonnenlicht. Sie ließ den Hügel erstrahlen, als sei es helllichter Tag.

Thirishar starrte in die Flammen und sah Shathrissía vergehen. Eben noch lag dort die Eine, die er kannte und liebte, dann niemand mehr.

Die Flammen wüteten weiter, krachend, springend, fließend.

Und eine Stimme erklang, sang klar und rein. Eine Trauerhymne, ein Lied von Verlust und Schmerz, die so treffend war, dass niemand, der sie hörte, das Leid der Sängerin hätte in Frage stellen können. Viele sahen sich nach ihr um, auch Thirishar, doch fand sie keiner. Erst als sich die Menge teilte, trat eine schlanke Gestalt in weißem Gewand auf den am Tisch versammelten engsten Kreis zu. Sie schlug die Kapuze zurück.

Thia.

Die Arme zum Himmel geöffnet, sang sie weiter, flehte um Uzavehs Gnade. Der Feuerschein fiel wie ein Heiligenschein um sie. Sie sah aus, als glühe sie. Thia sang, als ob sie Uzaveh kenne, als glaubte sie, die Macht zu besitzen, Thriss zu retten.

Ohne dass er es hätte begründen können, trat Thirishar auf sie zu und zog seine Bündnispartner mit sich. Anichent und Dizhei wehrten sich nicht, konnten nicht ertragen, dass Thia allein trauerte. Sie hießen sie in ihrem Kreis willkommen, stimmten in ihren Gesang ein, und begleiteten Thriss singend auf ihrem Weg zu den Sternen, bis das Feuer endlich verging. Der Tisch aus Obsidian war leer. Die Trauernden brachen auf.

Prynn verkroch sich in einer Felskuhle unter der Hügelspitze und wartete, bis der Letzte den Weg zurück zum Klansitz eingeschlagen hatte. Sie wollte - musste - allein sein. Einmal mehr hatte ihre Welt die Laufbahn geändert, und Prynn musste sich neu sortieren, wenn sie weiterhin in ihr leben wollte.

Der Tiefste war vorüber, doch die dunkelsten Stunden dieser Nacht lagen noch vor ihr. Prynn hatte keine Angst davor, sich dem Dunkel allein zu stellen, schließlich kämpfte sie schon den Großteil ihres Lebens ohne fremde Hilfe gegen ihre Albträume. Weil Vaughn stets Missionen und Ruriko oft Termine beim Flottenkommando in San Francisco gehabt hatte.

Für einen kurzen Moment hatte Prynn geglaubt, jemanden gefunden zu haben, der die Dunkelheit mit ihr gemeinsam ertrug. Doch dem war nicht so. *Noch nicht.*

Ihr Name wurde gerufen, aber sie reagierte nicht. Shar würde sie auch ohne ihre Hilfe finden. Und dann? Was würde sie ihm sagen, wenn er vor ihr stand? Prynn freute sich wirklich für ihn. Er bekam die Chance, die er verloren geglaubt hatte. Mehr noch: Er bekam ein *Shelthreth*, das er freiwillig wählte. Ohne Vretha. Ohne, dass Thantis, ein Computer oder eine Regierungsinstitution die Wahl für ihn traf. Ihm selbst war das noch gar nicht bewusst, aber er würde es schon bald begreifen. An diesem Punkt in seinem Leben war es das Richtige für Shar, seinem Geburtsrecht zu folgen. Prynn wusste es.

Und sie würde ihm nicht im Weg stehen.

Shar kam über die steile Wiese auf sie zu. Wie gut er in seinen Kriegersachen und mit dem wehenden Haar aussah, überraschte sie immer wieder. Vor ihren Augen war er heute Nacht jemand anderes geworden, und sie liebte diese neue Person, auch wenn sie es bedauerte, nicht mit ihr weiterzureisen. Vielleicht kreuzten sich ihre Wege und Leben eines fernen Tages erneut. Sie hoffte es.

»Prynn«, sagte er, ganz außer Atem. »Du bist ja gar nicht mit den anderen aufgebrochen.«

Sie schüttelte den Kopf. »Ich brauchte etwas Zeit für mich. Bevor ich von hier weg muss.«

»Die Abreise ist erst morgen. Komm mit mir. Wir können gemeinsam gehen.«

»Ich bin noch nicht so weit. Ich wäre gern noch ein wenig hier.«

Shar sah sich um. »Wunderschön, oder?« In der Ferne, jenseits der endlos steigenden und abfallenden Berghänge, spiegelten sich Gewitterblitze auf dem Wasser des Ozeans. Nebel kam vom Meer herüber, kroch über das Gras und verdeckte nach und nach die Berge. Bei Morgengrauen würde der Turmhügel verschwunden sein. »Ich leiste dir Gesellschaft«, sagte Shar und trat näher zu ihr.

»Nein, sie brauchen dich in der Feste«, sagte sie sanft. »Anichent und Dizhei suchen dich bestimmt schon. Und ... Und Thia sicher auch.«

Am Anfang wirkte er verwirrt. Nach und nach schlich sich aber Erkenntnis in seine Züge. »Nein, Prynn, du bist die Einzige ...«

Sie hob den Finger an seine Lippen. »Nein. Keine Worte mehr. Ich verstehe. Ehrlich, ich versteh's. Und ich bin bereit, selbstlos zu sein und dich zu ihnen zu schicken. Aber wenn du noch länger hier stehst, kann ich das vielleicht nicht mehr. Daher geh, Shar. Geh jetzt.«

Sanft wie ein Flüstern küsste er ihre Finger. Prynn schloss die Augen, spürte seine Fingerspitzen über ihre Wange streichen.

Als sie die Augen wieder öffnete, war er fort.

Epilog

Phillipa hielt sich die Hand über die Augen und spähte zur Lagune, in der ganze Heerscharen von Badenden sich um eine schwimmende, mit Gras überdachte Bar versammelt hatten. Dann sah sie zurück zum Strand. Die Zahl der Sonnenbadenden war deutlich kleiner, doch das grelle Licht, das sich im Wasser spiegelte, machte es schwer, sie voneinander zu unterscheiden. Phillipa stapfte durch den Sand, umrundete Sonnenschirme und Haufen aus sandfeuchten Handtüchern. Je weiter sie ans Wasser kam, wo die träge Flut den Sand zusammengedrückt hatte, desto schneller kam sie voran.

Anfangs war sie unsicher, die richtige Person gefunden zu haben. Schließlich herrschte unter Andors Sonne kein Mangel an Menschen und Fastmenschen mit gertenschlanken Körpern und braungebrannter Haut. Doch das hellorange Surfbrett mit den gelben Orchideen dort im Sand war ein untrügliches Zeichen.

Prynns Haare waren noch nass, und Wasser perlte von ihren Oberarmen. Sie lag bäuchlings auf einem großen Badetuch, die Arme an die Seiten gepresst. Ihre Sommerbräune wurde durch das Weiß des Stretch-Tanktops, das sie sich über den Bikini gezogen hatte, noch betont. Phillipa war nicht überrascht, sie allein vorzufinden, auch wenn sie insgeheim gehofft hatte, Prynn hätte in den vergangenen Tagen ein bis zwei neue Freundinnen gefunden, mit denen sie reden und tratschen konnte. Emotionale Wunden heilten besser, wenn man Ablenkung hatte, und die ihren würden Prynn noch monatelang beschäftigen. Morgen startete der Transporter zurück nach Deep Space 9 - ohne Shar.

Prynn drehte sich auf den Rücken, als Phillipa näher trat, und stützte sich auf den Ellbogen auf. Die Sonnenbrille fiel ihr auf die Nase. »Ich kann dir einen Badeanzug leihen.« Sie griff in ihre geflochtene Tasche und brachte ein Knäuel zum Vorschein, das aus einem Handtuch, einem Chrono, ein paar Padds und - so vermutete Phillipa dem Geruch nach, der von Prynn ausging - einer Flasche Sonnencreme mit Kokosextrakt bestand. Dann warf sie ihr zwei spärlich bemessene Kleidungsstücke zu.

Phillipa nahm die winzigen Stücke Stoff und Fäden in Augenschein. *Das nennst du Badeanzug?* »Ich lass mir doch die Chance nicht nehmen, den alten Fummel hier zu tragen«, sagte sie und deutete auf ihre Uniform. Den Badeanzug warf sie zurück. »Lass mal. Außerdem sagt mir dein Anblick, dass deine Badehosen es nicht über meine Hüften schaffen würden.«

»Wie du willst. Aber ich finde, das rote Pünktchenmuster würde dir stehen.« Sie seufzte. »Bist du gekommen, um mich abzuholen?«

»Du hast noch ein paar Stündchen in der Sonne. Danach könnten wir essen gehen. Ich habe in einer der Broschüren gelesen, in manchen der hiesigen Nachtclubs treten Magier und Sänger auf.«

Prynn schob sich die Brille zurück auf die Stirn. »Ich bin ziemlich groggy. Ich gehe mit, wenn du es willst, aber von mir aus repliziere ich mir auch einfach was. Dieses Hotel bietet in jedem Zimmer eine tolle Auswahl. Viele fruchtige Drinks mit Schirmchen.«

»Du kannst dich nicht ewig verstecken.«

Prynn hob das Badetuch vom Boden und band es sich wie einen Sarong um die Hüfte. »Klingt wie etwas, das ein Counselor sagen würde.«

»Niemand verübelt dir ein paar Tage Selbstmitleid, aber irgendwann musst du überlegen, wie es weitergehen soll.«

»Ohne meinen Beinahefreund, meinst du«, sagte sie resignierend. »Wie geht's ihm eigentlich? Was macht das neue Bündnis?«

»Ich sag dir nur eines über seine aktuelle Beziehung: Dr. sh'Veileth hat jetzt die Erlaubnis, ihre Gentherapie anzuwenden. Shars Gruppe war nicht vorbestimmt, von daher könnte dies zeigen, ob zwischen Bündnispartnern, die nicht vorherbestimmt waren, eine Fortpflanzung möglich ist.«

»Die Glücklichen. Sie haben einander, machen Babys und schreiben Geschichte. Kein schlechtes Paket.«

»Prynn ...«

»Ich weiß, ich weiß. Spar dir den Atem. Aber lass dir gesagt sein, dass ich mich intensiv nach Religionen umsehe, die ein Zölibat propagieren. Ich glaube, darin liegt mein Schicksal.«

Es war sinnlos, mit ihr zu diskutieren, Phillipa beschloss, dass der Moment so gut wie jeder andere war, zu tun, weshalb sie sich auf den Weg gemacht hatte. Sie griff in ihre Tasche und entnahm ihr eine kleine in Geschenkpapier verpackte Schachtel. »Shar meinte, du magst Dinge mit Schleifchen.«

»Er hat dran gedacht«, staunte Prynn und nahm das Geschenk entgegen.

»Ich lass es dich in Ruhe öffnen.«

»Bleib ruhig. Ist keine große Sache.«

»Nee, ich muss raus aus dieser Uniform und mir was Strandtauglicheres suchen.«

»Mein Angebot mit dem Bikini steht.«

»Ich passe«, sagte Phillipa und ließ sie allein für ihren Moment mit Shar.

Prynn fand ein ruhiges Fleckchen, ein sonnengewärmter Felsen über einem Gezeitenbecken. Krustentiere krabbelten im glasgrünen Wasser, Anemonen winkten mit federgleichen Fingern, und die bunten Seepflanzen wirkten wie Pfauenschwänze. Das Rauschen, Klatschen und Zischen der Brandung drang von unten herauf, und einen angenehmen langen Moment über ließ sich Prynn von dem friedlichen Rhythmus einlullen.

Dann öffnete sie die Schleife - azurblaue Seide - und band sie sich ums Handgelenk. Als Nächstes kam das Papier dran. Prynn legte eine kleine Zinndose frei, hielt sie auf der ausgestreckten Hand und betrachtete sie halb neugierig, halb besorgt. Es dauerte eine Weile, bis sie den Verschluss öffnete.

Im Deckel steckte ein Stück Papier, doch sie ignorierte es, sah nur das *Shapla* - und plötzlich löste sich der Krampf in ihrer Brust. Die Tränen kamen. Prynn nahm den kleinen Zettel, faltete ihn auseinander und blickte auf zwei kleine Worte.

Eines Tages.

Mit leicht zitternden Händen öffnete sich das *Shapla* nur schwer. Darin fand sie eine Locke weißen Haares.

Der Wind drehte. Prynn fror. Bald würde die Sonne untergehen, stiegen die Wellen an. Sie sah zum Horizont, wo das korallen- und lavendelfarbene Wasser auf den blauen Himmel traf.

Dann griff sie eine Strähne ihres eigenen Haares, nahm ein Taschenmesser aus ihrem Beutel und schnitt sie ab. Sorgfältig flocht sie weiß und schwarz zusammen und verschloss das *Shapla* wieder.

Eines Tages.

Als Nächstes legte sie sich die Kette um den Hals und schloss auch diese, spürte den Anhänger auf ihrer Haut. Sie berührte die diamantene Form durch das Shirt hindurch, drückte sie sich sanft gegen das Brustbein.

Eines Tages.

Danksagungen

Ich danke den Rangern vom Capitol Reef Nationalpark für die Beantwortung meiner Fragen. Dank gebührt auch *»The Letters of J.R.R. Tolkien«* und anderen biografischen und wissenschaftlichen Werken über Oxfords Schreiberlinge, aus denen ich viel Inspiration für Andors Neuromantik zog. Die Filme Hayao Miyazakis und Akira Kurosawas lieferten den visuellen und kulturellen Kontext dazu.

Mein Dank gilt zudem meinen Autorenkollegen, insbesondere Andy Mangels, Mike Martin und Danelle Perry, die in ihren Romanen *»Kathedrale«* und *»Einheit«* den wundervollen Hintergrund meiner Geschichte entwickelten. Keith DeCandido war mir wie immer ein wertvoller Freund und sollte über eine zweite Karriere als Therapeut nachdenken. High Fives an Terri Osborne, weil sie zu unserer verrückten Bande gestoßen ist und nun endlich eine weitere Frau mit uns auf der Shore-Leave-Convention abhängt. Besonderer Dank geht zudem an Dean Smith, Loren Coleman und Kris Rusch für ihre tollen Ratschläge.

Kirsten Beyer ist mir nicht nur eine Seelenverwandte, sondern öffnete mir auch die Augen für Andors Fremdartigkeit und war die beste Testleserin, die sich eine Autorin wünschen kann. Bethany Phillips war mir stets eine Stütze von unschätzbarem Wert.

Es gäbe dieses Buch nicht ohne meinen großen Bruder ehrenhalber, meinen Jem'Hadar: Jeff Lang hielt mich Tag für Tag am Leben und gab mir den weisen Rat, stets ein Wort hinter das andere zu setzen.

Der größte Dank gebührt meiner Familie, die es ertrug, dass ich gleichzeitig das Haus renovierte und einen Roman schrieb, obwohl sich überall die Schmutzwäsche stapelte und der Vorratsschrank leer war. Mein unfassbarer Ehemann Parry hätte es verdient, heiliggesprochen zu werden, und meine Töchter sind die Freude und das Licht meines Lebens. Keine Frau ist gesegneter, als ich es bin.

Und dann danke ich meinem Lektor Marco Palmieri - Freund, Ratgeber, Cheerleader und rundherum ein Supertyp. *Lunghi in tensione e prosperano!*

Glossar andorianischer Begriffe

In unserer Interpretation besteht das andorianische Volk aus Vertretern viererlei Geschlechts. Wir beziehen uns darin auf eine Bemerkung Datas in *»Datas Tag«*, einer Episode der Serie STAR TREK – THE NEXT GENERATION. In ihr sagt er, Andorianerehen bestünden aus vier Personen. Zwar räumen die Autoren und Lektoren von STAR TREK-Belletristik gern ein, dass A nicht notwendigerweise zu B führen muss, doch entschlossen wir uns zu dieser Interpretation, weil sie uns, wie wir finden, die interessantesten erzählerischen Möglichkeiten bietet.

Keines der andorianischen Geschlechter ist wirklich männlich oder weiblich, wie Menschen es verstehen. Andorianer gestatten aber die Verwendung männlicher und weiblicher Pronomen, weil diese den Umgang mit den zahlreichen zweigeschlechtlichen Spezies vereinfachen, die das STAR TREK-Universum dominieren. Außerdem hilft es ihnen, unwillkommenen Fragen bezüglich ihrer Biologie zu entgehen.

Die Geschlechter sind wie folgt:

zhen (»sie«)
shen (»sie«)
chan (»er«)
thaan (»er«)

Die gebräuchlichste Sprache auf dem Planeten Andor (oder Andoria, wie er mitunter ebenfalls genannt wird) heißt Andorii. Wie in vielen irdischen Sprachen sind auch in Andorii manche Begriffe geschlechtsspezifisch. Hier eine kleine Liste dieser Worte und einiger weiterer, wie sie in den nach der TV-Serie angesiedelten Romanen zu DEEP SPACE NINE verwendet werden:

Geschlecht:	*zhen*	*shen*	*chan*	*thaan*
Höfliche Anrede:	*Zha*	*Sha*	*Cha*	*Tha*
Geliebter (Bündnispartner):	*zh'yi*	*sh'za*	*ch'te*	*th'se*
Elternteil:	*Zhavey*	*Shreya*	*Charan*	*Thavan*
Nachkomme:	*Zhei*	*Shei*	*Chei*	*Thei*
Geschwisterteil:	*Zhi*	*Shi*	*Chi*	*Thi*
Schwiegerelternteil:	*Zhadi*	*Shidei*	*Chada*	*Thadu*
Schwiegerkind:	*Zhri'za*	*Shri'za*	*Chri'ze*	*Thri'ze*

Weitere Andorii-Begriffe

Ceara: traditionelle Kleidung der *zhen*

Challorn: süß riechende Blume

Eketha: ein Laubbaum

Elta: ein Baum mit Blüten

Grelth: spinnenartiges Tier

Hari: Fladenbrot

Katheka: stimulierender, kaffeeähnlicher Stoff

Kheth: Beutel, der für die Dauer der letzten Phase der andorianischen Trächtigkeit um das untere Abdomen einer *Zhavey* wächst

Klazh: für seine unachtsamen Bewegungen bekanntes Tier

Saf: psychoaktive Droge, die aus einer andorianischen Pflanze gewonnen wird und im *Shelthreth* verwendet wird. Auf Andor in der Regel nur auf Rezept erhältlich. Der Besitz außerhalb Andors ist illegal.

Shapla: Bindungssymbol. Die miteinander verwobenen Haarsträhnen der Bündnispartner

Shax: ein giftiger insektoider Parasit, der sein Nest unter der Haut eines Wirts baut

Shaysha: essbares käferähnliches Insekt

Shelthreth: ritueller Vollzug der Ehe zum Zwecke der Fortpflanzung

Taras: Baumsorte

Tezha: sexuelle Vereinigung außerhalb des *Shelthreth*

Vithi: essbare Blume

Xixu: farnähnliche Meerespflanze, in geriebenem Zustand in Säuglingsnahrung verwendet

Zhiassa: Milch einer *Zhavey*

Zletha: Blume

Über die Autorin

Im Gegensatz zu vielen anderen Mädchen träumte Heather Jarman nie davon, Ballerina oder Prinzessin zu werden - sondern Schriftstellerin. Schon mit sechs kannte sie den Text zu »Paperback Writer« (»Taschenbuchautor«) von den Beatles auswendig, hätte aber nie gedacht, dass ausgerechnet die faulen Samstagnachmittage, in denen sie in ihren Sitzsack geflätzt STAR TREK schaute, sie diesem Lebenstraum näher bringen würden.

Denn tatsächlich spielte sich ihr professionelles literarisches Debüt im STAR TREK-Universum ab: *»Dieser graue Geist«* wurde der zweite Roman des von der Kritik gefeierten Mission-Gamma-Zyklus, mit dem die DEEP SPACE 9-Romane die TV-Serie fortführten. Darüber hinaus schrieb Jarman *»Balance of Nature«*, einen Roman der Serie STAR TREK - CORPS OF ENGINEERS, und die Kurzgeschichte *»The Devil You Know«* (enthalten in *»Prophecy and Change«*, einer Anthologie zu Ehren von *DS9*s zehntem Geburtstag). Mit Jeffrey Lang verfasste sie »Mirror Eyes« für *»Tales of the Dominion War«*. Derzeit arbeitet sie an einem Jugendbuch.

Heather Jarman lebt mit ihrem Gatten und vier Töchtern in Portland, Oregon, und findet zu ihrem großen Bedauern kaum noch Zeit, sich in Sitzsäcke zu fläzen.

Übersicht der Star Trek-Romane

Star Trek – Vanguard
1 *Der Vorbote*
2 *Rufe den Donner*
3 *Ernte den Sturm*
4 *Offene Geheimnisse*
5 *Vor dem Fall*
6 *Enthüllungen*
7 *Das jüngste Gericht*
8 *Sturm auf den Himmel* (Aug.)

Star Trek – Titan
1 *Eine neue Ära*
2 *Der Rote König*
3 *Die Hunde des Orion*
4 *Schwert des Damokles*
5 *Stürmische See*
6 *Synthese*

Star Trek – The Next Generation
1 *Tod im Winter*
2 *Widerstand*
3 *Quintessenz*
4 *Heldentod*
5 *Mehr als die Summe*
6 *Den Frieden verlieren*
Doppelhelix 1: Infektion
Doppelhelix 2: Überträger
Doppelhelix 3: Roter Sektor
Doppelhelix 4: Quarantäne (Aug.)
DH 5: Doppelt oder nichts (Sep.)

Star Trek – Deep Space Nine
8.01 *Offenbarung, Buch I*
8.02 *Offenbarung, Buch II*
8.03 *Sektion 31: Der Abgrund*
8.04 *Dämonen d. Luft u. Finsternis*
8.05 *Mission Gamma I: Zwielicht*
8.06 *MG II: Dieser graue Geist*
8.07 *MG III: Kathedrale*
8.08 *MG IV: Das kleinere Übel*
8.09 *So der Sohn*
8.10 *Einheit*
Die Welten von DS9 1: Cardassia - Die Lotusblume
Welten 2: Andor - Paradigma
Welten 3: Trill - Unvereinigt (Sep.)
Ein Stich zur rechten Zeit

Star Trek – Destiny
1 *Götter der Nacht*
2 *Gewöhnliche Sterbliche*
3 *Verlorene Seelen*

Star Trek – New Frontier
1 *Kartenhaus*
2 *Zweifrontenkrieg*
3 *Märtyrer*
4 *Die Waffe*
Captain's Table: Gebranntes Kind

Star Trek – Enterprise
1 *Das höchste Maß an Hingabe*
2 *Was Menschen Gutes tun*

Star Trek – Starfleet Academy
1 *Die Delta-Anomalie*
2 *Die Grenze*

Star Trek
Feuertaufe: McCoy - Die Herkunft der Schatten
Feuertaufe: Spock - Das Feuer und die Rose
Feuertaufe: Kirk - Der Leitstern des Verirrten

Star Trek - Roman zum Film
Star Trek - Die Gesetze der Föderation
Star Trek - Einzelschicksale